サクラ咲ク

夜《や》光《こう》花《はな》

サクラ咲ク

いつもと変わらぬ日常が始まるはずだった。

早乙女怜士《さおとめれいじ》は、母の作ってくれた朝食をかきこむようにして腹に詰め込んだ。怜士の父は朝食は米でなければ駄目だという頑固者で、早乙女家では父が出張で留守にならない限り、朝の食卓にパンが出ることはない。この日も白米と味噌汁《みそしる》、焼き魚というメニューの朝食を急いで食べていた。パン食と違って、ご飯は食べるのに時間がかかるのが難点だ。朝という忙しい時間帯の中では、一分一秒が命取りになる。

「怜士、お弁当置いとくわよ」

キッチンから顔を出した母が、弁当箱を怜士の横にぽんと置く。怜士が生まれるまでモデル業をしていた母は、今でも年齢より若く見えて、スリムな体型だ。可愛《かわい》いものが好きな母の趣味のせいで、弁当箱はウサギのキャラクターの絵が入った可愛らしい布で包まれている。高校生になったのだから、少しはシンプルなデザインにしてほしいと言っているのに今日もこれだ。ただでさえ童顔で背の低い怜士は、こんな布で包まれた弁当を食べていたら友達にからかわれる。文句を言ってやろうとしたのに、母は弁当を置くなりさっさとキッチンに戻ってしまう。

「もっと早く起きればいいだろうが。本当にお前は慌ただしいな。一体誰に似たんだ」

トイレから出てきた父が、毎朝言う台詞《せりふ》を今日も繰り返している。父は銀行員で、真面目《まじめ》だけがとりえの男だ。この両親がどこで知り合って恋に落ちたのか、怜士には大きな謎になっている。味噌汁を一気に咽《のど》に流し込み、怜士は椅子《いす》から立ち上がった。

「ごちそーさま！」

五分で食べた食事に背を向け、怜士は弁当箱を鞄《かばん》の中に突っ込むと、ばたばたと廊下を走った。学ランの前を全開にして、焦りながら靴ひもを結ぶ。時間はぎりぎりだ。今日は学校まで全速力で自転車を漕《こ》がなければならない。

「いってきます！」

怜士が大声で叫んで玄関のドアを開けると、奥から「いってらっしゃい、気をつけて」という母の声が聞こえた。それに答える余裕もなく、怜士は門の近くに停めてある自転車のカゴに鞄とスポーツバッグを放り投げた。

門を開け、住宅地の細い道路を自転車で走り抜ける。

今日は一限目が英語の授業だ。苦手な授業から始まるなんてついてない。英語の教師はイギリス人で、ささいな発音ミスでも大げさに指摘するから嫌だ。

勉強はつまらないが、四月から入部したテニス部は、思ったよりも面白いので放課後は楽しみだ。部長の入江《いりえ》は、中学生の時憧《あこが》れていた先輩に少しだけ雰囲気が似ていて気になる。部活といえば成長期のせいか最近無性に腹が減るので、今度から母にお弁当を二つ作ってもらおうか。

怜士はあれこれと考えながら、ペダルを漕ぐ足に力を込めた。

いつもと同じ朝、同じ通学路——怜士は昨日と同じ一日が始まると信じて疑わなかった。

信号が見えて、怜士はハッとした。

周囲に学生が増えてきて、遠目に学校が見える。周囲を緑で囲まれた高校は、怜士がいくつか受験した学校の中で二番目にランクの高い学校だった。本当は第一志望の高校に進みたかった。憧れの先輩が進んだ高校に。けれど怜士のがんばりはあと少し足らず、結局近場のこの高校に進まざるを得なかった。

（なんだろう…すごく頭が重い）

怜士は重く感じる頭を手で押さえ、目眩《めまい》と吐き気を感じて首を振った。耳鳴りが時々して、ひどく嫌な気分だ。ふらふらとした足取りで歩いていた怜士は、我に返って自分の両手を見つめた。

（あれ？　俺、自転車どうしたんだ？）

気づいたら、自分は自転車ではなく徒歩で学校に向かっている。それだけではない。よく見ると自分以外は皆、夏服ではないか。今朝起きた時に勘違いしてしまったのだろうか？　まだ夏服の時期じゃないと思って、冬服を着てきてしまった。

立ち止まった怜士を、数人の生徒がちらちらと見ていく。どうしてか分からないが、誰もが興味津々《しんしん》といった顔で怜士を見ている。冬服を着てきたせいだろうか？　己の勘違いにうろたえて、怜士は着ていた学ランを脱ごうとした。

その時、また気づいた。

鞄はどこに置いてきたのだろう？

（え？　俺…なんか…変だ）

妙に頭がぼんやりしている。持っていたはずの鞄もないし、スポーツバッグも消えている。それに決定的におかしな点が、学ランを脱ごうとした瞬間、分かった。

白いシャツが泥で汚れている。わずかに血らしき茶色い染みも。

怜士は薄気味悪くなって、学校に背中を向けた。何かおかしい。何かが狂っている。急に鼓動が速まり、落ち着かなくなった。吐き気がますますひどくなっている。やっぱり今日は学校を休もう。

怜士はよろめくように道を戻り、自宅へと向かった。身体が異様に重く、頭は靄《もや》がかかったようになっている。こちらを振り返ってくる制服姿の人たちの目を避け、必死になって前に進んだ。視界はぐるぐるするし、咽が渇く。自転車はどこへやったのだろう？　新しく買ってもらったばかりなのに失くしてしまったなんて、きっと母に怒られる。

　ふらつく足取りだったせいか、自宅に戻るまでに時間がかかった。

　怜士は自宅の表札を見て、何故《なぜ》かホッとして門に手をかけた。

　庭には雑草が生い茂っている。おかしい。確かにさっき出た時は、まだ庭は寂しい装いで――。

　怜士は鍵《かぎ》を捜してポケットを探った。どこにもない。鞄の中に入っていたのだろうか。鞄をどこかにやってしまったなんてばれたら、今度は父に叱《しか》られる。けれど今はどうしても家に入りたい。

　怜士は自宅のチャイムを鳴らし、母が家にいるのを願った。買い物に出ていたらどうしようか。そんな不安をかき消すように、奥からスリッパの音が聞こえてくる。

「はい――怜士!!」

　ドアを開けたとたん、母が感極まったように叫んだ。自転車と鞄を失くしたのを謝ろうとしたのに、母は怜士の顔を見た瞬間、泣きながら抱きついてくる。

「どこに行ってたの!?　心配したのよ!!　よかった、無事で――」

　号泣しながら母がきつく怜士を抱きしめる。母がこんなふうに泣くのを初めて見た。怜士は呆気《あっけ》にとられると同時に、ざわざわと胸が騒ぐのを感じた。

　そのざわめきは、母が「あなた！　怜士が！」と家の中に向かって叫ぶと、より一層激しくなる。

「怜士!!」

　ころがるように玄関に出てきた父が怜士の顔を見るなり大きく震えて、駆け寄ってくる。父の顔が歪《ゆが》み、泣いている。これが現実とは思えず、怜士はぼうっとした。二人とも、どうしてしまったんだ。怜士は全身が小刻みに震えるのを感じ、息遣いがおかしくなった。二人して怜士をからかっているのだろうかとも考えたが、怜士の父は真面目な人柄で、こんなふうに息子を騙《だま》す真似はしない。

二人とも、怜士がまるでしばらく姿を消していたみたいに、涙を流して帰宅を喜んでいる。

血の気が引いて、頭が真っ白になった。

突然、両足に力が入らなくなり、かくんと身体が崩れた。

怜士は母に抱かれたまま、その場に倒れた。意識の限界を超え、脳がすべての事柄をシャットアウトした――――。

意識が戻った時には、怜士は病院のベッドの上だった。

そこで自分が三カ月ほど失踪《しっそう》していたという事実を知った。怜士は三カ月分の記憶がぽっかり抜けており、自分がどこでどうやって過ごしていたのか、まったく覚えていなかった。

怜士が登校した日、通学路の途中で通り魔事件が起きたという。犯人はすぐに捕まり、すでに事情聴取もすんでいる。通り魔事件が起きた日に失踪したのもあって、事件との関係を疑われたが、襲われた生徒や目撃した生徒に聞いても、怜士を覚えていた人はいなかった。両親たちは家出の可能性も聞かれたそうだが、家出する理由は一つも見当たらなかった。

肝心の怜士自身に記憶がなく、失踪理由とどこにいたかについては謎に包まれたままだ。戻ってきた時、怜士は出かけた時と同じ服装をしていて、検査をしたところ、体内から数種類の薬物が発見された。成分から、どうやら大量に風邪薬を飲んだのではないかという見解がもたらされた。過剰な薬の摂取で意識が朦朧《もうろう》とし、一時的に記憶障害を起こしたのではないかと言われた。

誰がなんのために怜士にそんなことをしたのか。あるいは自分で何かの意図があってそんな真似をしたのか。

真相は明らかにされないまま、時間だけが過ぎた。

――怜士の心に深い闇《やみ》を残して。

＊＊＊

前日に降った雪が、道路に少しだけ残っていた。

怜士は泥と混じった雪を避《よ》けるようにして歩き、白い息を吐き出した。二月も半ばを過ぎ、春は目の前だというのに、まだ気温は低い。両手に息を吹きかけ、つかのまの温かさを得ながら通りを進む。

夜九時を回った今、怜士が歩いている新宿《しんじゅく》三丁目はネオンの明かりと客引きで賑《にぎ》わっている。東京に戻ってきたのは一カ月ぶりだ。勤めているデザイン会社が倒産し、退職金ももらえず途方に暮れたのが一カ月ほど前の話。大学を卒業した後からずっと勤めていただけに、突然の解雇で目の前が真っ暗になった。それなりに貯金はあったので、この落ち込んだ気分を回復するためにも二、三週間ゆっくりしようと決意し、静岡《しずおか》の叔父に電話してしばらく滞在させてもらったのだ。静岡の叔父は父の弟で、小さな頃から仲がよかった。叔父夫婦は広い家に住んでいて、子どももいないため怜士一人くらいならいつ訪れても歓迎してくれる。自分の両親といるより、静岡の叔父夫婦といるほうがリラックスできるのは皮肉な話だ。都内にも母の弟である叔父はいるのだが、こちらはなんとなく好きではないのでめったに会わない。

　今年二十九歳になった怜士は、女性に興味を持てないままこの歳を迎えた。この先結婚の予定もなさそうだし、自分一人が食えるくらい稼げればいいとはいえ、就職先がすぐに見つかるか心配だ。明日あたりまたハローワークに行くつもりだが、デザイン関係の仕事は就職口が少ないと聞く。

（はぁ…。面倒だな…生きるって）

　軽く首を振り、繁華街を通り抜ける。二丁目の近くというのもあって、少し裏道に入るとニューハーフやゲイ寄りの店が多く、怜士が行こうとしている店も、そのうちの一つだった。細い路地の奥に、『カフェユニーク』はある。夕方から朝までやっている店で、マスターがゲイのため客も自然と同性愛者が多い。

（つまらなそうな顔してると、また怒られる…）

　怜士は顔のつくりがわりと整っていて、十人中十人が綺麗《きれい》というような顔なのだが、いつもつまらなそうな表情をしているので、よく宝の持ち腐れと言われる。まず基本的に笑わない。面白いと感じることがない。夢も希望もなく、未来に明るい絵も描けない怜士にとって、毎日にこにこするのは至難の業《わざ》だ。小さい頃は希望にあふれていたはずなのに、高校生の時のある事件から怜士はすっかり性格が変わってしまった。なるべく目立たないようにして、暗い道ばかり好んで歩き続けた。中学生の時までは生徒会執行部に入って友人もたくさんいたのに、今は親友と呼べる友人もいないし、たまに遊んでくれる大学の時の友人が二、三人いるだけだ。

「こんばんは……」

　ボードに手書きで書かれた看板があるだけの、至って簡素な店のドアを開け、カウンターに向かって声をかける。木製のドアの内側につけられた呼び鈴が、怜士が入ると共に小さく鳴る。

「あらぁ、シンヤ。お久しぶりぃ」

　怜士が顔を出すと、カウンターの中にいたマスターが笑顔で出迎える。ここでは怜士はシンヤと呼ばれている。最初に来た時、怜士と名乗ると、それじゃシンヤでいいね、と勝手にニックネームをつけられた。マスターは短髪に細身の男で、化粧もしていないのに女性っぽく見える。身に着けているピアスや指輪が女性の好みそうなデザインのせいかもしれない。カフェユニークに初めて入ったのは、何人目かに口説《くど》かれた男と最初にデートした時だ。彼とは三カ月で終わってしまったが、カフェユニークは三年くらい続いている。マスターはいつも楽しげな様子で、気を許せる友達もいない怜士にとって、一番親しみを感じている相手だ。彼にしてみれば客だから愛想よくしているだけだとしても、その対応が心地よい。

「ちょっと静岡に行ってたんだ。会社が倒産して最悪だよ」

　マスターに肩をすくめてみせて、怜士はコートとマフラーを脱いでカウンターの端の席に座った。店内は狭く、テーブル席は三つほどしかない。ジャズ好きのマスターが、四六時中ジャズのレコードを流しているので、店内はまったりとしたムードだ。怜士はジャズはどれも同じに聞こえるので、マスターのうんちくも半分以上は聞き流している。レコードプレイヤーなるものを見たのもこの店が初めてで、昔はこんなに大きな機械が必要だったのかと感心した。

「何飲む？　いつものでいい？　それにしても、ちょうどよかったわぁ。シンヤに客があったのよ」

　怜士がいつものようにホットワインを頼むと、マスターが安堵《あんど》した顔で微笑《ほほえ》んだ。顔見知りの客が二人、何やら額を突き合わせて深刻な顔で話をしている。九時ならこんなものか。いつもこの店は十時過ぎに人が増えてくる。

「俺に客…？　誰？」

怜士が頬杖《ほおづえ》をつくと、マスターが何故かうふふっと笑う。

「雅《みやび》について尋ねてきた客があってね、その人が雅とつき合ってた子にも話聞きたいって。ちょうど一カ月くらい前の話ね、来たら教えてあげるって言っておいたわ」

雅の名前が出て、怜士は顔を歪ませた。あまり聞きたい名前ではなかった。

「雅とはもう別れたよ。聞かれても困るな」

額に手を当てて、怜士はため息を吐《つ》いた。ワインを温めていたマスターが呆《あき》れた顔で振り返る。怜士がこの店に来るといつも頼むホットワインは、メニューにはない飲み物だ。ワインを温めるとアルコール分がほどよく抜けて、酒が苦手な怜士でも楽しく飲めるので気に入っている。

「やだ、また続かなかったの？　ホントにあんたって駄目ね。それで……どうなの？　ヤったの？」

マスターがカウンターに身を乗り出して、潜めた声で聞く。

「……またできなかった」

軽くへこんで、怜士はカウンターに突っ伏した。

「あらぁ、おめでと。あなたのバックバージンはまた守られてしまったのね！」

おかしそうに笑いだし、マスターが怜士の肩を揺らす。ムッとして怜士が顔を上げて睨《にら》み返すと、急いで顔を手で覆い、背を向ける。

男にしか興味が湧《わ》かないくせに、怜士は未《いま》だに男とセックスをしたことがない。怜士自身はしたいと思うし、毎回この人とはできるのではないかと期待するのだが、どういうわけか裸になっていざ抱き合おうとすると、激しい嫌悪感を覚えて相手を殴り倒してしまう。そのせいでまだはっきり恋人と呼べる存在ができたことがない。マスターにだけは以前打ち明けたので、それ以来怜士が誰かとつき合うたびに確認してくるようになった。

「でも雅は別れて正解でしょ、大体最初にやめておけって言ったのに…」

確かに雅は、本性はかなり暴力的な男で、あんな男と関係をもたなくてよかったと今は思っている。けれどそれについて責められるのはごめんだ。マスターの小言が続きそうになり、怜士は急いで言葉を遮った。

「分かってるよ。だから聞かれても答えることなんてないって。大体、何？　話、聞きたいって警察か何か？」

会社が倒産するまでつき合っていた雅のことを思い出して、怜士は顔を顰《しか》めて問うた。雅とは二丁目のゲイバーで知り合った。向こうから声をかけられて、とりあえずつき合ってみたものの、少し暴力的なところがあるし、何よりも向こうは従順な相手を望んでいた。見た目は大人しそうな顔をしている怜士だが、相手のいいなりになるのは好きではない。それに雅は背中に刺青《いれずみ》をしていて暴力団とも関わりがあった。

「警察って感じじゃなかったわね、名刺はくれなかったの。電話番号を書いたメモだけ」

雅について嗅《か》ぎまわっているらしき客の話をする時、マスターの顔がほころぶ。怜士は顔を引き攣《つ》らせてカウンターに身を乗り出した。

「そんなにいい男だったわけ？　マスターがうっとりするくらい」

怜士の勘は当たっていたようだ。とたんにマスターはきゃあきゃあと女子高生のように騒ぎ出した。

「そうなの！　すごいいい感じの男だったのよ！　イケメンだし、背は高いし、着ている物もよかったわね。年はシンヤより一つか二つ上かしら？　あーもう一度会っておきたいわ。シンヤがいるって電話していい？」

訪ねてきた客がいかにマスターの好みかというのがよく分かった。怜士は呆れて苦笑し、軽くマスターを睨みつける。マスターがすかさずホットワインを出してくる。

「駄目。俺、雅について聞かれても困るよ。もう関わりたくないし…」

マスターをそれほど騒がせる美形には会ってみたいと思ったが、雅の関係者だと思われたくない。今度こそ長続きするかもしれないと思ってつき合いだした男は、一皮むけば怜士のもっとも苦手とするタイプの男性だった。つき合うまではあれほど優しくて、なんでも受け入れてくれそうな言葉の数々を怜士に与えてきたくせに、いざつき合ってみるとまるで真逆の性格なんて詐欺だ。

「あーん、がっかり。でも…シンヤ、大丈夫なの？雅って悪い噂あるのよ。つき合っている相手とのエロ画像撮って、何かあると脅すんですって。ゲイバーのビリーから聞いたんだけど、シンヤが来たら教えておこうと思ったのよ」

マスターが顔を近づけて小声で打ち明けてくる。そんな恐ろしい話、つき合う前に教えてほしかった。けれどその点、怜士は心配ない。

「最悪だね。そうと知ってたらケータイ奪ってへし折ってやればよかった。俺はもちろん服を脱ぐ段階で、喧嘩《けんか》になっちゃったけどね」

ホットワインに口をつけて怜士はため息を吐いた。あらまぁとマスターが眉を下げる。

雅とは、セックスを土壇場で拒否した段階で頬を叩《たた》かれて喧嘩になった。怜士は頭に血が上りやすい性格なので、その場で逆に雅を殴り倒し、失神させた。外見から弱そうに見えるが、怜士は喧嘩が強い。高校生の頃、荒れて喧嘩ばかりしていた時期があったせいだ。失神した雅を放置し、死ねと書いた紙を残して立ち去った。

　結局また駄目だった。どうしてセックスをしようとすると急に気分が悪くなるのか。他人との触れ合いを異常に気持ち悪く思ってしまうのか。キスまでが自分の許容範囲なんて、狭すぎる。

「シンヤって本当に、接触拒否症なのねぇ。いつか身も心も結ばれるといいわねぇ」

　マスターがつまみのチーズを差しだして、なぐさめてくれる。接触拒否症なんて言葉が存在するのかどうか知らないが、本当に気楽にセックスできる恋人が現れてくれればいいと願っている。

「じゃあ、このメモどうしようかしら。あ、いらっしゃいま…あらぁ」

　電話番号が書かれたメモをひらひらさせていたマスターが、ちょうど入ってきた客に気づいて驚いた表情になる。その目が怜士に向けられ、目配せで例の客よと告げてきた。

　さりげなく振り返った怜士は、ドアを閉めようとする男性客の顔を見て、息を止めた。

　長身の、整った顔をした三十歳前後といった年齢の男だ。仕立てのいい黒いカシミヤのコートを着て、服の上からもスタイルのいいのが分かる。外国の血が混じったような鼻筋の通った顔立ちは、マスターが騒ぐのがよく分かるくらい甘くて凛《りん》としている。そしてなんといっても、雰囲気がある男だった。立っているだけで目を惹《ひ》かれるような人に会ったのは久しぶりだ。

「こんばんは。近くに来たもので、寄ってみました」

　育ちの良さを窺《うかが》わせるような口ぶりに、甘さを感じさせる笑顔。怜士は慌ててうつむいて男から目を逸《そ》らした。自分でも滑稽《こっけい》なくらい、鼓動が速まっている。男はマスターに声をかけて近づくと、怜士を見て一瞬不思議そうな顔になった。

「ちょうどよかったわぁ。シンヤが来てるから。こちらがそうよ」

素知らぬふりをしてくれればいいのに、マスターは客のイケメンぶりにうっとりして、さっさと怜士を引き渡す。こんなことならその男の名前を聞いておくべきだった。怜士は今夜カフェユニークに来たことを後悔すると同時に、感慨深いものを感じた。

まさかこんなところで、再会できるなんて。

「初めまして、櫻木拓海《さくらぎたくみ》です。あなたがシンヤ……さん？」

怜士の隣に腰を下ろして、櫻木が穏やかな声を向けてくる。怜士は観念して櫻木に顔を向け、目を泳がせながら「初めまして、シンヤです」とうそぶいた。

信じられない話だが、中学生の頃憧れた先輩が、今目の前にいた。

あの当時もかっこよくて全校生徒の憧れの的だったが、三十歳になってもその凜々しさは変わらぬままだ。いや、それどころか年を取ってさらに人間的深みが加わったのか、恰好《かっこう》よすぎて目を合わせると勝手に顔が赤くなってしまいそうだ。アイドルを前にした女子高生がこんな感じだろうか。そんな馬鹿《ばか》なことを思い、怜士は櫻木を見返した。

櫻木がしばらく無言で怜士を見つめる。そして首をかしげて目を丸くした。

「……ごめん、俺の勘違いでなければ、君シンヤって名前じゃなかったよね？　怜士じゃなかったっけ？　なんで違う名前名乗ってるの？」

しかも覚えていた。

怜士は椅子から引っくり返りそうなほど衝撃を受け、絶句した。

　怜士にとって、櫻木の思い出は特別なものだった。忘れもしない。中学校に入学して初めての全校集会の時だ――――新入生が校庭のほうに向かってぞろぞろ歩いていると、屋上から「新入生の諸君！」とマイクで叫ぶ男の声が聞こえてきた。怜士たちが顔を上げると、屋上の手すりのところに一人の制服を着た男がマイクを握って立っていた。背の高い男で、教師の一人が「また櫻木か」とため息を吐いたので名前が櫻木だと分かった。

「入学おめでとう！　これは生徒会長である俺から、君たちへの贈り物です！」

　大声で櫻木が告げたとたん、いきなりその姿が消えた。突然の出来事に周囲の新入生たちは皆ぽかんとしてその場に突っ立っていた。新入生たちだけではなく、在校生も屋上を見上げてざわめいている。在校生の中から「花吹雪先輩！」という、喝采《かっさい》が起きた。

　そして不思議なことが起きた。わずか一分にも満たないうちに、櫻木が校舎から出てきたのだ。四階建ての校舎の屋上からこんな短時間で降りてくるなんて、絶対にありえなかった。その証拠に在校生も教師も、周囲の人も皆が驚きの声を上げている。

　その時風が吹いて、校舎の周囲に咲いていた桜がぶわーっと花びらを散らせた。まるで歌舞伎《かぶき》の演目を見ているようだった。櫻木は花びらが舞い散る中、怜士たちのほうに近づき、「入学おめでとう！」とマイクに紫の布を被《かぶ》せた。

　次に布を引いた瞬間、鳩《はと》がその手から飛び出した。その場にいた生徒や教師、窓から覗《のぞ》いていた在校生たちがいっせいに歓声を上げる。櫻木のマジックを見たのはその時が初めてで、おそらくその鳩だけが彼の失敗だったのだろう。本当は何羽もの鳩が空に飛ぶはずだったらしいが、何故か鳩たちは櫻木になついてしまい、振り払っても振り払っても櫻木の頭や肩に戻ってくる。マジックの驚きと櫻木の茶目っ気に、生徒たちだけではなく教師陣も大笑いだった。

のちにあのマジックのトリックを知りたくて、本人に聞いてみた。その時の答えは「あれは魔法だから」という怜士を煙《けむ》に巻いたもので、結局手品のタネは教えてくれなかった。もちろん教師や他の先輩にも尋ねてみた。ひょっとして屋上にいたのは別人ではないかと思ったのだが、誰も彼もが屋上にいたのは間違いなく櫻木だと断言する。だとしたら屋上から一分もしないで降りてこられたのはどういうわけか。クラスの友人と試しに屋上から階段を使って駆け下りてみたが、どうやっても二、三分はかかってしまう。それに汗だくで、とても櫻木のように涼しい顔で現れるなんて不可能だ。

櫻木が花吹雪と呼ばれているのも、すぐに知った。櫻木はマジックが好きな生徒会長で、よく花びらを散らせるマジックをするらしい。そのせいで花吹雪と呼ばれるようになったとか。本人は「俺は魔法使いだ」と名乗っていて、一風変わったところがある人だった。マジックが得意なだけではなく、櫻木は頭もよく顔も整っているし、くわえてスタイルもよい。神様は彼にいいところを与えすぎたのではないかというくらい、なんでも持っている人だった。そんな彼は当然のごとく同級生や下級生から慕われ、人気者だった。つねに何をするか分からない人で、卒業式の答辞を読み上げながら壇上を鳩でいっぱいにしたりもした。

櫻木が卒業した時、怜士は悲しみに暮れていた。これから櫻木のいない学園生活を過ごさねばならないのだ。悲しくて苦しかった。入学当初から心を奪われていた怜士は、子どもであったがゆえに、抑えきれぬ想いを櫻木にぶつけた。

ボタンが全部奪われたブレザーを肩にかけていた

櫻木を、校門の前で捕まえ、周囲のことなど構わず、泣きながら櫻木に「先輩、好きです」と訴えた。今思えば初恋から相手が男だった自分は、結局同性しか愛せない嗜好《しこう》だったのだろう。怜士の告白に櫻木は驚いたような顔をして立ち止まり、まじまじと見つめてきた。

「大好きです、先輩いかないで」

思い返すたび気恥ずかしくて顔を覆ってしまうほど、あの時の自分は純粋だった。ただ櫻木に去ってほしくなくて、必死だった。

生徒会執行部に所属していた怜士のことは、櫻木も当然知っている。けれど当時の怜士はクラスの友人や教師とは気軽に話せても、好きな人の前ではろくに言葉が出てこないという初心《うぶ》な性格をしていた。そんな自分が突然涙に濡《ぬ》れた顔で告白したのだから、櫻木もびっくりしたのだろう。しばらく呆気《あっけ》にとられた顔で怜士を見つめ、そして怜士の好きな爽《さわ》やかな笑みをこぼした。

「カウントするよ。スリー、ツー、ワン――――はい！」

櫻木は急にそう唱えると、両手をパンと合わせた。すると頭上から折り紙で作った花びらが散ってきて、怜士の頭や肩に降り注ぐ。次に櫻木は右手の拳《こぶし》を怜士の耳元にいきなり伸ばしてきた。どきりとして目を見開くと、櫻木の手が開き、そこに何かが生まれている。

「これ幸運のコイン。持ってるといいことあるよ」

櫻木の手には銀色に光るコインがあった。怜士がびっくりしつつそのコインを受け取ると、櫻木は卒業証書の入った筒で、怜士の頭をぽこりと叩いた。

「学校、楽しめよ！」

櫻木は笑顔で怜士にそう告げ、学校を去って行った。

あとから気づいたのだが、怜士と櫻木の周囲には人がいて、告白もばっちり聞かれている状況だった。けれど櫻木という存在感のある相手だったせいか、怜士をホモだと言ってからかう者や苛《いじ》める者はいなかった。むしろ花吹雪先輩は俺も好きだったという意見が出てくるくらい、皆にとって特別な人だった。

その後、怜士は猛勉強して櫻木が入った高校を目指した。結局あと一歩届かず、近場の高校に進むしかなかった。櫻木は高校でも生徒会長を務めたと風のうわさで聞いているので、おそらくそこでも人気者だったろう。どこに行っても目を惹く存在だ。怜士の淡い初恋は時と共に失われたが、櫻木のことを忘れた日はなかった。逆に思い出の中で神格化して、勝手にイメージを作ってしまっていると自覚していた。

その櫻木が目の前にいる。

昔とまったく変わらぬどころか、あの頃よりも恰好よく成長している。自分の作り上げたイメージなどまだだなと思うくらい、かっこいい。怜士より一つ年上だから三十歳になったはずだが、あの頃より身長はぐんと伸び、肩幅も広がって、隣に座っているだけで同じ人間とは思えないほどだ。百六十五センチで成長が止まってしまった怜士とは、多分並ぶと頭一つ分違う。

「あ、ごめん。もしかして何か事情があった？　源氏名とかだったりして？　えっと……。俺またやっちゃったかな、よく空気読めって言われるんだ」

怜士が口をパクパクさせて動揺した雰囲気を出したせいか、櫻木は申し訳なさそうな表情になって謝ってきた。もう何から話せばいいのか分からない。憧れの先輩が目の前にいるこの状況が現実とは思えない。

「やだ、シンヤ知り合いだったのぉ？　あら違うのよ、ほらこの子、レイジって名前でしょ。だから深夜…シンヤって呼んでるわけ。ニックネームよ、源氏名じゃないわ」

すかさずマスターがとりなしてくれて、怜士は熱くなった頬に手を当ててうつむいた。櫻木は合点がいったらしく、ぽんと膝《ひざ》を打つ。

「ああ、そういうことか。それにしてもこんなところで怜士と会うなんて、びっくりだな。捜していた人が怜士だったなんてね、えーっと…怜士って田中《たなか》健一《けんいち》……通称雅って人の恋人、でいいのかな」

耳まで熱くなるなんて久しぶりだ。ただでさえ櫻木に会えて、名前を覚《おぼ》えていてもらえて死ぬほど嬉《うれ》しいのに、今度は雅ときた。真っ赤になった状態でしゃべりたくないが、櫻木に雅と関係していると思われるのは嫌だった。

「つ、つき合ってません…」

変に緊張してしまったのもあって、マスターが横を向いて肩を震わせている。ふだん斜に構えている自分がこんなふうに挙動不審になっているのがおかしいのだろう。マスターは勘がいい人なので、怜士が櫻木に対して好意を抱いているのはすぐに察してくれたようだ。ろくに言葉も発せない怜士の代わりに通訳し始める。

「もう別れたんですって。でも別れたっていうほどちゃんとつき合ってないのよ。シンヤはね、純情だから。それに接触拒否症でね、触られると気持ち悪くなっちゃうんですって。だから…」

「マスター、もういいから!」

そこまで言わなくていいものを、マスターは親切心からかぺらぺらと語っている。櫻木は目を丸くして聞いていて、怜士は身の置き所がなかった。

「あ、あのでも……、俺の知ってることならなんでも教えますから……。たいして知らないけど……でも…」

混乱して言葉を発しながら、怜士は一瞬中学生の時分に戻った気がして困惑した。あの頃、櫻木に声をかけられるといつもこんなふうに言葉が上手《うま》く出てこなかった。それでも必死に話そうとするものだから、しどろもどろになって櫻木を困らせていた。

ふいに櫻木が小さく笑った。おそるおそる顔を上げると、櫻木が目を細めて怜士を見ている。

「そういうところ変わってないね、怜士。俺と話す時、いつも真っ赤になってうつむいてたよね」

穏やかな笑みで優しく告げられ、うっかりきゅんとしてしまった。変わらないのは櫻木のほうだ。今でも怜士の心臓を鷲摑《わしづか》みにする吸引力を持っている。

自分はあれからすっかり変わってしまったはずなのに、櫻木が目の前にいるだけで、あの頃の自分が勝手に戻ってきた。こんなふうに誰かと話すだけでドギマギする自分が信じられない。

「奥の席に行って話したら？」

マスターがそっと囁《ささや》いて怜士の肩を軽く叩く。怜士は櫻木から目が離せないまま、ぎくしゃくと頷《うなず》いた。

櫻木と奥にあるテーブル席に移動して、ホットワインで乾杯した。櫻木は車で来ているというので、ノンアルコールだ。あの頃遠目に見ているしかできなかった櫻木と二人きりで酒を飲んでいる。今日で人生が終わっても悔いはない。

「それにしても本当に久しぶりだね」

改めて感慨深そうに櫻木が呟《つぶや》き、怜士は意を決して口を開いた。こんな機会めったにないのだから、積極的に話しかけなければならない。

「あの……どうして俺のこと、覚えてたんですか？」

一番聞きたかった内容から尋ねると、櫻木は破顔してノンアルコールのビールに口をつけた。

「俺、記憶力はいいんだ。それでなくとも覚えてるよ、卒業式の日に告白してきた子だもの。あの後皆にからかわれたし、いたいけな子を毒牙にかけるなってさんざん叱られた」

笑いながら櫻木に教えられ、怜士はショックを受けて顔を引き攣らせた。あの時櫻木の友人たちも傍《そば》にいたのか。積極的になろうと思ったが、自分がそんなところで櫻木に迷惑をかけていたとは思わなかったので気分がどんよりしてしまった。可愛い女の子ならいざ知らず、こんな奴に告白されて気持ち悪かったかもしれない。

「す…すみません。キモくて……」

怜士が急に蒼白《そうはく》な顔に変わると、今度は櫻木が焦った顔で身を乗り出してきた。

「え、ごめん。そういう意味じゃないよ！　あの頃の怜士ってすごい可愛かっただろ。顔なんか女の子みたいだったしさ。話しかけるたび赤くなるから面白いなーって思ってたんだけど、あの告白でそういう意味かって分かって。びっくりしたけど気持ち悪いとかはないよ」

櫻木にとりなされて、悪い意味ではないと知り安堵した。あの頃の自分が可愛かったなんて、嘘《うそ》でも嬉しい。確かに中学生の頃は、よく女の子と間違われた。

「あの……先輩は…結婚は？」

さりげなく櫻木の左手を見ながら、怜士は思い切って問いかけてみた。櫻木は左手の薬指に指輪をはめていない。

「俺？　一回したけど、二年で離婚しちゃってバツイチってやつ。怜士は？　やっぱりゲイなの？」

ストレートに性癖を聞かれ、怜士はまた耳まで赤くなってうつむいた。

「は……はい。男性が好きです…」

「ふーん、そうなんだー」

怜士は重大な事実を打ち明ける気分で答えたのに、

櫻木はあっさりしたものだ。内心櫻木への想いがくすぶっていたので、櫻木がフリーだと知って嬉しかった。けれど結婚したということは恋愛対象は女性だろう。期待するなと自分を戒め、怜士はそろりと櫻木に視線を向けた。

「雅のこと、聞いてもいい？」

目が合うと、櫻木が優しげな声で確認してきた。櫻木だと知るまでは聞かれても知らないと答えておこうと思ったが、こうなるとなんとかして役に立ちたいという欲求が膨らんできた。哀れな話かもしれないが、中学生の時と同じく、未だに櫻木といると信奉者のようになってしまう。

「はい、俺の知ってることなら」

「うん、雅のいる場所を教えてほしいんだ。東銀座《ひがしぎんざ》にあるマンションには、いないみたいだね。どこを根城にしてるのかな？」

櫻木の声が真面目《まじめ》になって、怜士は気を引き締めた。

「あの……雅はふだん歌舞伎町《かぶきちょう》にいます。勤め先のキャバクラか『シオン』ってゲイバーにいるんじゃないかな。東銀座のマンションは住民票をとるために借りてるだけで、実際に住んでいるのは新大久保《しんおおくぼ》のマンションです」

「新大久保のマンションって、どこにあるか教えてもらってもいい？」

櫻木の質問にすぐ答えようとしたが、気になる点があって怜士は眉を顰《ひそ》めて逆に質問した。

「あの……雅、何かしたんですか？」

怜士が小声で尋ねたとたん、櫻木は困った表情になってじっと怜士を見つめてきた。櫻木に見つめられてどぎまぎしていると、ふうっと吐息がこぼれる。

「ちょっと知り合いの女性が困っていてね。雅って男に返してもらいたいものがあるんだ」

櫻木は遠回しに告げたが、先ほどマスターから話を聞いたばかりなのでぴんときた。

「もしかして、変な写真でも撮られたんですか？」

「知ってるの？」

怜士の答えに櫻木は突然硬い顔つきになった。櫻木の顔から表情がなくなったので、怜士はどきりとして息を呑《の》んだ。今までの柔らかい雰囲気が一転して凍りつく。櫻木は彫りの深い顔立ちをしているので、怖い顔をすると急に落ち着かなくなる。

「さっきマスターにそんな噂があるって聞いて……。俺は撮られたこともないし、見たこともないんで知らないんですけど…」

「あ、そうなんだ」

怜士の返答は櫻木にとって安心できるものだったらしい。櫻木の表情が穏やかなものに戻って、怜士はホッと胸を撫《な》で下ろした。ひょっとして怜士のことを雅の一味だとでも思ったのか。そんなふうに思われるのは我慢ならないので、怜士は身を乗り出して身の潔白を証明した。

「俺、本当に雅とは何回か会っただけで……、そんな怖い奴だって知ってたらつき合うなんて決めなかったし…」

「そうだね、あまり関わらないほうがいいと思う」

真面目な顔で頷く櫻木は、雅について他にもいろいろと調べて知っているようだった。怜士はつき合うといっても数回食事に行っただけで、ベッドインしようとした際に喧嘩になったから雅のことはそれほど知らない。それにしても櫻木がこうして動き回っているのは、その知り合いの女性のためだ。櫻木にとってどういう関係の人だろうか、気になる。

「雅の住所、教えてくれる？」

重ねて櫻木に問われ、怜士は躊躇《ちゅうちょ》して黙り込んだ。場所を教えるのは簡単だ。新大久保の駅からそれほど遠くなかったし、マンションの名前も覚えている。けれどそれを告げてしまったら、櫻木とはここでお別れだ。中学生の頃の馬鹿な自分と違い、今はそれなりに知恵も身につけた。

「あの…、よかったら俺が案内します。一度行ったきりだからうろ覚えだけど」

怜士の申し出に櫻木は戸惑ったような顔で見返してきた。だがすぐに頭を下げ、怜士に笑顔を見せる。

「ありがとう。そうしてもらえたら助かる。でも、本当にいいの？」

「もちろんです。先輩のためなら」

さりげなく好意をアピールするためにがんばって見つめてみたが、櫻木はまったく気にした様子もなく礼を言っている。

「じゃ、今からいい？」

櫻木が音を立てて椅子から立ち上がり、怜士はぎょっとして目を丸くした。まさか今から行くというのか。てっきり次の約束がとりつけられると思っていたのに。

「え、はい」

内心気乗りはしなかったが、嫌だとも言えず怜士も立ち上がった。櫻木は伝票を摑み、おごるよと言って怜士の分まで勘定をすませる。気づけば店内に恋の歌が流れていて、マスターのさりげない気遣いだろうかと頭の隅で思った。

「がんばるのよ！」

店を出る間際、マスターに小声で耳打ちされたが、そんな雰囲気には絶対ならないであろうというのが分かり切っていたので苦笑しか返せなかった。

店を出ると辺りはすっかり暗くなり、手が凍りつくような寒さだ。時計はもう十時半を指している。

コートを羽織る櫻木は、しがみつきたくなるような広い背中を持っている。再び期待するなと己を叱咤《しった》し、怜士は櫻木より少し後ろを歩き出した。

「ホント言うとね、君を覚えていたのには、もう一つ理由があるんだ」

振り返った櫻木が遠い目をして呟いた。暗い路地は狭くて、男二人が並んで歩くと肩がぶつかり合ってしまう。怜士は首にマフラーをぐるぐると巻きつけ、立ち止まった櫻木を見上げた。

「君、失踪してたよね――三カ月ほど」

心臓をぎゅっと握りつぶされた気がして、怜士は足を止めた。

怜士の性格が変わってしまった大きな原因――それは高校一年生の時に起きた事件のせいだ。

四月に入学して、まだ学校に馴染《なじ》むほども通っていなかったある日、怜士は通学途中で失踪した。その日、偶然にも通り魔事件が発生したのもあって、怜士は事件との関係性を疑われた。けれど警察の捜索にも関わらず、所在が分からないまま三カ月が過ぎ去った。そして七月のある日、怜士は戻ってきた。いっさいの記憶をなくしていて、家に戻っても何も答えられない状態だった。

入学して三カ月も姿をくらましていた怜士にとって、その後の学校生活は暗澹《あんたん》たるものだった。同級生は遠巻きに怜士を眺めるか、興味津々といった様子で近づいてくるかのどちらかで、ろくに友達も作れず、しだいにクラスでも孤立していくようになった。同情されるのも好奇の目で見られるのも嫌だった怜士は、どんどん荒れてきて、からかってきた相手と喧嘩をするか、ひどい時には家に引きこもって学校に行かない月もあった。

このままではいけないと思い、大学は実家から遠く離れたところを選び、心機一転やり直そうと考えた。けれど高校生活で培われた目立ちたくないという心理が災いし、大学生活もそれほど楽しいものにはならなかった。一度道を踏み外すと、それを修正するのは大変だ。怜士にとってあの失踪事件は大きな痛手となっている。未だにあの失踪した期間、自分に何が起きたか分からないし、今はもう思い出したくもない。きっとろくなことをしてないに違いない。

中学生の頃を思い返すたび、憧れていた櫻木と同じ学校に無理にでも進むべきだったと苦しい気持ちになる。櫻木が進学した高校は都内にあるかなりレベルの高い学校で、相当がんばったが怜士には合格できなかった。それでもあの時徹夜でがんばればとか、もっと努力すればなんとかなったのではないかとか、後悔ばかりが頭を過《よ》ぎる。櫻木の進学した高校に通うためには電車とバスを利用することになっただろう。そうすればあの忌まわしい事件は起きなかったのではないかと怜士は悔やんでいるのだ。

怜士の事件は名前を出して報道こそされなかったが、周囲に住む人々はほとんど知っている。人の口には鍵《かぎ》をかけられないので、高校生の子が失踪したというのは近隣の学校にまで噂《うわさ》になった。とはいえ、櫻木は都内の学校に進んだし、事件については知らないでいてくれると思っていた。

その櫻木が、怜士の事件を知っていた——。

「あ、ごめん。また、やっちゃった」

凍りついた怜士の顔を見て、櫻木が焦った様子で顔を引き攣らせた。櫻木に失踪したよねと言われて、怜士は言葉も出ないほどショックだった。櫻木には知られたくなかった。未だに記憶を取り戻せないでいても、三カ月の失踪というのはまともな出来事ではない。怜士が女性ならきっとレイプや妊娠といった暗い噂が飛び交ったはずだ。

「俺思ったこと、つい口に出しちゃうんだよね。ごめん、本当にすまなかった。このとおり」

櫻木が大きな背中をぐーっと曲げて手を合わせて謝ってきた。怜士は我に返り、強張《こわば》った顔をどうにか戻そうとした。申し訳なさそうに謝る櫻木を見て、無性に悲しくなる。居住地を変えようと、自分の中であの事件をなかったことにはできない。どこへ行っても誰かが知っていて、真っ白な頃の自分には絶対に戻れないのだ。

「俺、怜士が失踪している時に、怜士の家に行ったんだ」

ふいに思いがけない発言をされて、真っ暗な気分になっていた怜士は反射的に顔を上げた。それくらいの驚きだった。まさかわざわざ怜士の家を訪ねてくれたというのか。

「おばさんがやつれた顔してたね。だから見つかった時はよかったと思ったんだけど、理由が分からないままだったろ。友人が皆して行かないほうがいいって言うから、結局会わずじまいだったな。すごく親しい間柄ってわけでもなかったし…」

櫻木は頭を掻《か》いてあの頃の記憶を辿《たど》っている。会いに来てくれたらよかったのに。そうすれば、もしかしたらあんなふうに暗い高校生活を送らずにすんだかもしれない。櫻木という味方がいると思えば、強くなれたのではないか。

胸にせり上がってくる複雑な気分は、ずいぶん久しぶりだった。あの頃の苦しみと悲しみ、どうにもできない苛立《いらだ》ちが鮮やかに蘇《よみがえ》ってきた。そんな感情を味わうたび、今でも傷は癒《い》やされず自分の中に留《とど》まっていると知らされる。知りたいけれど知りたくないブラックボックスが身体の奥底に隠されていて、時々怜士を揺さぶってくる。

「……俺、先輩からもらったコイン、いつも持ってるんです」

怜士はうつむいて、財布からごそごそと銀色のコインを取り出した。櫻木は自分が渡したコインだと覚えていて、怜士が取り出すとびっくりした。櫻木がくれたコインは、近所のゲームセンターで使うありふれたコインだった。表が星マークで裏にスリーセブンが彫られていて、縁が少し欠けている。縁の欠けている部分は数年前に自分がつけてしまったものだ。量産品だが、怜士にとっては世界にたった一枚だけしかない銀のコインだ。

「失踪した時、持ってなかったから……、だからかなって」

怜士がぽつりと呟くと、櫻木が黙って見つめてきた。嫌なことが起きると、何かジンクス的な理由を探してしまうのは怜士の悪い癖だ。一度それに囚《とら》われてしまうとなかなかそこから抜け出せなくて、櫻木からもらったコインは未だに財布の中にしまいこんでいる。

「……俺ね、今でも、魔法が使えるんだ」

しんみりした気分を振り払うように、櫻木が明るい声で切り出した。櫻木は両手を合わせた状態で怜士の目の前まで持ってくると、パッとその手を開いた。

「わっ!?」

櫻木の手の中からハムスターが出てきて、怜士は仰天して飛び退《の》いた。おもちゃかと思ったが、櫻木の手の中で、ハムスターは首をきょろきょろさせて短い前足で顔を掻いている。グレーの毛で覆われた小さなハムスターだ。

「え!?　ええーっ!?」

一体ハムスターなんてどこから取り出したのか。それまでの暗い気分が一気に吹っ飛んで、怜士は目を丸くして櫻木と手の中のハムスターを見比べた。怜士のびっくりした様子がおかしかったのか櫻木が目を細めて笑っている。

「ど、どこにこんなもの隠し持ってたんですか？」

「うん。どこかな。四次元ポケットじゃない？」

櫻木は持っていたハムスターを怜士のコートのポケットに入れてくる。怜士が慌てて目を白黒させていると、再び歩き出した。

「先輩！　お、俺これをどうすれば？」

コートのポケットは深くて、ハムスターはすっぽりと収まってしまう。けれどこんな生き物を渡されても困ってしまうし、どうしていいか分からない。

ポケットの重みを気にしながら櫻木の後を追うと、笑いながら振り返ってきた。

「君のところに行きたがっているから、飼ってやってよ。ほら」

櫻木は歩きながらポケットに手を突っ込み、何かを差し出してくる。開いた手にはヒマワリの種が入っていて、啞然《あぜん》とした。どうしてポケットにヒマワリの種が入っているのか。

「せ、先輩ぃ…」

無理やりヒマワリの種を押しつけられ、仕方なくポケットの中にそれを落とした。ポケットの中で意外にもハムスターは大人しくヒマワリの種をかじっている。ハムスターなんて飼ったことはないし、渡されても困る。さっさと櫻木に返せばいいのだろうが、手を突っ込んだら嚙《か》まれそうで、怖くて右往左往するしかできない。生き物は苦手だ。飼う以前に触れない。

「車置いてあるから、行こう」

櫻木はもうハムスターのことなど忘れた様子で、コインパーキングに向かっている。片方のポケットの重みが気になりながらも、怜士はその後ろを追いかけた。


コインパーキングに停めてあった車に乗り込むと、櫻木の運転で新大久保方面へ向かった。車はサニーで、車体は汚れているし内装もそっけなく、なんとなく櫻木に似合っていない気がした。マスターの言っていたとおり、櫻木は着ているものは質のいいものだし、ちらりと見えた腕時計もブランドものだった。そのわりに古びた車に乗っているなんて、内情は苦しいのだろうか。怜士は内心の思いを顔に表さないようにして助手席に収まり、道の指示をした。大通りに面した道を進み、新大久保の繁華街から少し離れた通りに出る。怜士は前方を指さし、記憶にあるマンションを示した。

「あそこのレンガ色のマンションの五階です」

怜士の指示を聞き、櫻木はちらりとマンションを見て頷いた。けれどそのマンションの前では停まらず、二、三分ほど先の空き地に車を停める。櫻木はやおら携帯電話を懐から取り出すと、どこかへ電話をかけた。

「俺だ。今ターゲットは?」

櫻木の声が車内に響き、怜士はどきどきしてその整った横顔を見つめた。助手席にいたせいか、相手の声がわずかに漏れ聞こえてくる。

『ターゲットは、だいぶ酔いつぶれている。動くなら今がチャンスだろ』

発言内容のわりにのんびりした声がして、櫻木は「分かった」と答えて電話を切った。

「五階のどこの部屋?」

携帯電話をしまいながら櫻木が怜士に尋ねてくる。

「えっと…まさか今から訪ねるんですか?」

よく意味が呑み込めず怜士が眉を顰めると、櫻木は後部座席から黒い大きなバッグを取り出した。そして車のドアを開けて、さっさと外に出てしまう。

「君はここにいて。無関係のほうがいい。どこの部屋か教えてくれたら、用事をすませてくるから」

怜士の座っている助手席に回り、櫻木が身を屈めて囁いてくる。今の電話の会話にあったターゲットというのは、雅のことではないのか。その雅が不在というのが分かっていて家を訪ねるなんて、どういうことだ。

――ひょっとして、勝手に部屋に入るつもりか。

怜士は呆然としつつも、ここに残されて待っているだけなのが耐えられず、焦って外に飛び出した。

「先輩、あの…」

いくら憧れの先輩でも、空き巣に入るような真似は見過ごせない。櫻木は知り合いの女性が変な写真を撮られて困っていると言っていた。怜士はてっきり直談判《じかだんぱん》して返してもらうよう頼むものだと思っていたが、まさか強引に奪い取るつもりだったとは。

「雅ってヤクザともつき合いがあるみたいだし……、やめたほうが…」

櫻木の気を変えさせようとして怜士は小声で訴えた。しばらくつき合った相手より、滑稽なことに怜士が心配なのは、手を繋《つな》いだこともない櫻木のほうだった。櫻木に何か危険なことが及ぶのは避けたい。

怜士が真剣な顔で止めると、櫻木がわずかに立ち止まって、じっと見つめてくる。櫻木の瞳は少し明るい茶色で、見つめられると妙に目が離せなくなる。幼稚園の頃、飼っていた猫がこんな感じだった。深みのある眼球が怜士の意識を支配する。

「あの、どうしても行くなら、俺も行きます」

櫻木の目を見ていたら、とても止めるのは不可能だと悟った。かわりに怜士の口からは、自分でも予想外の言葉が飛び出てきた。トラブルを避け、目立たずに生きてきた自分が、どういうわけか危険な道に足を踏み入れようとしている。

「……」

櫻木は怜士の放った言葉に少し戸惑った表情になった。その口からここにいろという指示が下る前に、怜士は足早にマンションへ向かった。

「怜士は物好きだな」

櫻木はすぐに怜士と肩を並べて歩き、小さな声で揶揄《やゆ》してきた。我ながら、どうしてこんなことをしているのか理解できない。ただ櫻木と離れていたくない。この人が何をしようとしているのか見届けたい。

すでに深夜近くになっていたのもあって、通りに人けは少なくなっている。車の通行量はそれなりにあるが、雅の住んでいるマンションがある辺りの住宅地に入ると、ぐっと喧騒が静まる。

「怜士、これ被って」

歩きながら櫻木がバッグから帽子を二つ取り出して、片方を渡してきた。つばのひろいフェルト生地でできた黒い帽子だ。着ていたカジュアルな服に似合わないし、ふだんスーツの時にも帽子を被ったことがないので妙に恥ずかしかった。自分は微妙だが、櫻木は昔の銀幕俳優みたいで恰好よかった。

雅の住んでいるレンガ色のマンションは、エントランスは小さな造りで、セキュリティーもあまりしっかりしていない。ドアを開けてすぐに管理人の部屋があるが、その小窓も閉められている。かなりの築年数が経っているせいもあって、外から誰でも入れる。

唯一あるのは防犯カメラくらいで、怜士は何故帽子を渡されたか分かって、ドキドキしながらエレベーターに乗った。櫻木は周囲に目を配らせながら、怜士の後からエレベーターに乗り込む。

五階まで上がると、怜士は率先して進み、櫻木に雅の部屋を教えた。雅は表札を出してないので、知り合いでなければチャイムを押す気になれないだろう。

「ちょっと見張りしてくれる？」

朱色のドアの前で櫻木が囁いたと思うと、バッグから何かの器具を取り出した。急いでドアから離れ、通路に目を配る。ちらりとドアの前にしゃがみ込む櫻木を見ると、呆れたことに細長い金属の棒と、銃みたいな形をした変な機械を使って鍵を弄《いじ》っている。

以前鍵を失くして部屋に入れなくなった経験があり、鍵屋を呼んで開錠してもらったことがある。その時業者が使っていたのと同じ機械だ。

ものの一分もかからないうちに、ドアが開いた。

「君も入るの？」

手袋をはめて中に入ろうとする櫻木に続くと、困った表情で押し返されそうになった。ここまできたら一蓮托生《いちれんたくしょう》だと決意し、怜士は強引に中に入った。

仕方なさそうに櫻木が薄手のゴム手袋を手渡してきたので、ぎくしゃくしながら手にはめる。

こんなふうに他人の家に入るのは初めてで、否《いや》応《おう》でも緊張感が高まった。一度入ったことがあるとはいえ、雅に見られたら間違いなく警察行きだろう。自分でも何故こんな真似をしているのか分からない。落ち着いて考える暇がないから、本能に突き動かされているだけかもしれない。それにしても櫻木の慣れた様子が気にかかる。この人はあれからどんな人生を歩んできたのだろう。他人の家の鍵を一分もかけずに開けられるなんて、どう見ても怪しい。

「さて…と」

櫻木は小さく呟きながらリビングをざっと見渡し、すぐに別の部屋に向かった。雅は一人暮らしだが部屋は2LDKと十分な広さがある。櫻木は全部の部屋を一気に確認した後、洋室の部屋に的を絞って探し始めた。七畳の洋室はベッドがある部屋で、脚立やカメラ、ローテーブルやパソコンが置かれている。初めてこのマンションに来た時に、カメラが趣味だと言っていたのは、もしかして録画するための前置きだったのかもしれない。

櫻木は戸惑っている怜士を尻目にパソコンを起ち上げ、引き出しや置いてあったバッグの中身を漁《あさ》っている。やがて画面が切り替わると、慣れた手つきでパソコンの中身を調べ始めた。怜士はからからに渇いた咽を厭《いと》いながら、櫻木の背後からパソコンの画面を見ていた。

櫻木はあらゆるファイルをクリックして、目的の写真があるかどうか調べている。

「あまり知恵が回る男じゃないみたいだな」

ぼそりと櫻木が呟いた時だ。画面上にベッドに横たわる女性の姿が現れた。眠っているのだろうか、ぐったりした様子で、身を投げ出している。着ているシャツがはだけ、豊満な胸がちらりと見えた。

「……っ」

怜士は突然現れたいかがわしい写真に、鼓動が速まった。櫻木は動揺した様子もなく、別のファイルを開いている。

次の写真が開かれた瞬間――怜士は喩《たと》えようもない嫌悪感を覚え、息を止めた。

全裸の女性に数人の男性が群がり、手足を押さえつけている様子が映っている。一瞬にして血の気が引き、怜士は吐き気を催してよろめいた。女性は意識がないのか、あるいは承諾しているのか、抵抗しているそぶりはない。

「怜士？」

よろめいた際に背後のラックに身体をぶつけたせいで、派手な音を立ててプリンターが揺れた。振り返った櫻木はあまりに怜士の顔が青ざめていたのか、驚いて腰を浮かす。

「大丈夫？　見ないほうがいいよ。外に出てて」

櫻木は暴行の写真を見て怜士がショックを受けていると思い、画面を切り替えて促してきた。怜士はひどい頭痛と吐き気を覚えて、無言のまま部屋から立ち去った。震える足で廊下に出て、しゃがみ込む。

急に自分がどこにいるのか分からなくなった。頭痛と耳鳴り、吐き気に突然襲われる。頭がぐらぐらして、立っていられない。呼吸をするのもままならず、ひどい冷や汗まで流れてきた。先ほど見た画像が、自分の心の奥底にある闇を揺さぶっている。

どれくらいの時間が経ったのか。おそらく五分か十分ほどだろう。部屋から櫻木が出てきて、バッグを肩に担ぐ。バッグの膨らみから、パソコンごと奪い去る気だというのが見て取れた。

「行こう、とりあえず欲しいものは手に入った」

櫻木が怜士の横を通り過ぎて玄関に向かう。けれど怜士はそこから動けずに、櫻木の背中を見上げていた。廊下にしゃがんだままの怜士に気づき、櫻木が不安そうな顔で戻ってきた。

「怜士？　本当に大丈夫？　ショックだったのは分かるけど……」

「先輩、行ってください。俺はここに残ります」

紙よりも白くなった顔で、怜士は低く呟いた。何故自分がここにいるのか、ここへ何をしに来たのか、そんなものはすべてどうでもいいような気になっていた。脳裏に焼きつけられたのは、雅のパソコンにあった写真の数々だ。あれを見てしまった後では、とてもここを去る気になれない。

「残るって……？」

「あいつになんであんな写真を持ってるのか、問い詰めないと気がすみません」

吐き気や頭痛の後にやってきたのは、自分でも抑えきれない怒りだった。優しげな顔と口調で近づいてきた雅が、あんな外道な真似をする男だったなんて知らなかった。だが知ってしまった今では、このまま知らないふりをするのは不可能だ。雅に対する強烈な嫌悪と憎悪、自分でも分からないが、そこにナイフがあったら刺し殺してしまいそうなほどの衝動があった。

雅が憎い。無性に腹が立ち、事の真相を確かめないと気がすまなかった。

「怜士、落ち着いて」

ぎらついた目になった怜士を見て、櫻木が驚いた様子で息を呑む。怜士が顔を背けて頑《かたく》なに残ろうとすると、櫻木はいきなり怜士の手首を握りしめた。

櫻木の手の熱さに、びくりとして怜士は顔を上げた。

「手が冷たい。精神的ショックかな、君は今おかしくなっている」

まるで医師のような口調で櫻木が囁き、ふいに強い力で怜士を引っ張り上げた。しゃがんでいた怜士は櫻木の強引な力によって立ち上がり、玄関へと連れて行かれた。握られた手が熱くてたまらない。本当に自分の体温が下がっているのだろうか？　櫻木が熱くなっているだけではないのか？

「先輩！　俺は…っ」

抗《あらが》おうとする怜士の腕を、櫻木はぐいぐいと引っ張って否応もなく部屋の外へと導かれる。靴をきちんと履く間もなくドアから締め出され、怜士は反論しようとした。けれどドアは無情にも閉められ、再び鍵がかけられてしまう。それでも怜士はこの場に留まろうとしたが、櫻木は無言で怜士の手を引き、エレベーターに乗せられた。

さすがにエレベーターから降りた頃には抵抗する気力が薄れていて、怜士は櫻木に手を引かれたまま無言で歩いた。櫻木もずっと口を閉ざしていて、怜士の手首を握る力を弛《ゆる》めない。

再び車の前に戻ってきた時、ようやく櫻木が怜士の手を離してくれた。

「ごめん、ちょっと乱暴だったかな。そうしないと本当に君、あの場に残りそうだったから」

怜士の赤くなった手首を眺め、櫻木が穏やかな声で告げた。夜風の冷たさと、犬の遠吠え、車の走る音が耳に入ってきた。自転車が通り過ぎる音も。ふっといつもの自分が返ってきて、正気に戻った。雅の部屋で頭に血が上って、うっかりとんでもない行動に出るところだったのを自覚した。

「す、すみま…せん。もう大丈夫です」

我に返ると、あの場に残って雅を問い詰めるなど、到底してはならないのも理解できた。あの場にいた時は、無性に腹が立ち、暗い衝動に囚われていた。よく考えたら不法侵入していたのだ。いくら一時つき合っていたとはいえ、あの場に残って雅を問い詰めていたら、逆にどんな目に遭わされていたか分からない。

「うん、乗って」

怜士の様子が少し落ち着いたのが分かったのか、櫻木がドアを開けて優しく肩を叩いてくれた。怜士は素直に助手席に滑り込み、妙にぐったりしてシートベルトを締めた。すぐに櫻木も運転席に納まり、携帯電話を取り出してどこかにかける。

「パソコンとディスクは回収した。今から用事をすませたら、そちらに向かう」

櫻木は電話相手に短くそう告げ、ゆっくりと車を発進させた。

「変なことに巻き込んでしまったな。君の家まで送るよ。どこ？」

ハンドルを握りながら櫻木がちらりと怜士を見て言った。怜士もこのまま電車に乗って帰る気になれなくて、自宅のアパートの場所を教える。大体の場所は分かったのか、櫻木は車を走らせた。

「怜士、雅から何か連絡があったら、俺に教えてくれないかな。できたら雅にはもう会ってほしくない」

静かな車内に櫻木の声が響き渡る。雅のマンションが遠ざかっていくと、怜士も二度と会いたくないという気持ちが膨らんできた。雅には金輪際《こんりんざい》関わりたくない。

「はい……そうします…」

ひどく身体が疲れていた。頭が重いし、胸の中がもやもやする。櫻木はあのパソコンをどうするつもりだろう。

「先輩、もし警察に通報されたら……？」

「雅は警察には通報しないよ。彼は盛竜会《せいりゅうかい》という暴力団と懇意にしているし、前科も持っている。婦女暴行罪のね。本人はゲイだから直接何かしたというより、協力した罪みたいだけど」

「そうだったんですか…」

怜士の問いかけに櫻木は冷静な声で答えた。雅が前科持ちとは知らなかった。刺青を彫っていると知った時に、もっと注意しておくべきだった。若気の至りでやっちゃった、と言われて鵜呑《うの》みにしていた。

車は三十分ほどして、怜士の住むアパートの前に辿りついた。よかったら上がってくださいと言ってみたが、案の定櫻木に断られた。

「大丈夫だとは思うけど、もしかして君が侵入したのはばれるかもしれない。雅から連絡があったら、電話して。すぐに手を打つから」

櫻木はポケットからメモ用紙を取り出して、自分の携帯電話の番号だと言って怜士に手渡してきた。頷いて受け取ると、少しそっけないと思うほどの言い方で「それじゃ」とドアを閉めた。

櫻木は車を発進しなかったが、怜士一人がしつこくこの場に残るわけにもいかず、メモ用紙を握ったままアパートの外階段を上った。バッグから鍵を取り出し、自宅に足を踏み入れる。

三年前から住んでいるアパートは、八畳の洋室とキッチンがあるだけの狭い造りだ。デスクの上にはこの狭い部屋には不似合いの大きなパソコンや周辺機器が並んでいる。あとはベッドと小さな丸テーブルしかない部屋だが、それだけでもう空間はいっぱいだ。

電気をつけてドアにチェーンをかける。なんだかいろんなことがいっぺんに起きすぎて、頭がごちゃごちゃになった状態だ。

重い足取りでキッチンまで向かったところで、急にコートのポケットがごそごそ動き出して飛び上がるほど驚いた。

忘れていた。ポケットにハムスターがいたんだ。

それに気づいたとたん、強烈におかしくなって、怜士はヒステリックに笑い出した。笑った後でやけにうろたえて、ポケットの動物に右往左往する。素手で掴むのはまだ怖くて、怜士はごみの日に出そうと思って折りたたんでいた段ボールを急いで組み立てた。そしてその中に脱いだコートからハムスターをそっと落とす。あの異常な状況の中ポケットに大人しくしていただけあって、ハムスターはどこにも怪我《けが》をした様子もなくちょこんと収まっている。ポケットから一緒に落ちてきたヒマワリの種をすぐさま食べる様子から見ても、なかなか図太そうな奴だ。よく見たらポケットにフンがしてあって、このコートは速攻でクリーニング屋に行くのが判明した。

「ああ……疲れた」

ベッドにごろりと寝転がって、怜士は天井を見上げて呟いた。

めったにない緊張感を味わったせいか、今は激しい疲労感に襲われている。考えるのは明日にしよう。そう決めて、怜士は四肢から力を抜いた。


一晩経つと、ぐっすり眠ったせいか、昨日の現実とは思えない出来事が、怜士を悩ませた。

ハローワークに行って求人広告を見ながらも、昨夜とった行動ばかり反芻《はんすう》している。失業保険が出るから、まだ焦らなくてもいいかと現実逃避し、いくつかの手続きをとった後、建物を後にした。

あまり考えないようにしているが、昨夜自分は間違いなく犯罪者だった。他人の家に押し入ったのもそうだが、櫻木の行為を黙っていることも含め、経験したことのない世界を味わった。本来ならば警察に行くべきなのだろうが、雅のパソコンにあった数数の画像を思い返すと、とても通報する気にはなれない。ましてや侵入したのは憧れの先輩だ。櫻木を苦しめる真似は絶対にしたくない。櫻木は怜士に口止めもしなかったし、脅すような真似もしなかった。信頼するほど深い仲ではないので、どうしてだろうと疑問が残った。

怜士は帰りがけに大型店に寄り、ペット用品のコーナーでハムスター用のケージと餌《えさ》を買って帰った。逃げ出していたらどうしようかとびくびくしながら家に入り、そっと段ボールのふたを開ける。ハムスターはそこにいたが、入れておいた餌は残らず食べ終わっていて少し元気がない様子だった。

「噛むなよ…」

ケージの入り口を開けて、餌や水の用意をしてから、おそるおそるハムスターを手に取った。逃げ回るかと思ったのに、ずいぶん人に慣れているハムスターで、怜士が掴んでも別に暴れたりしない。

「うっわ……すごい気持ちいい」

ハムスターを触ったのは初めてで、こんなに毛がふさふさして気持ちいいものだとは思っていなかった。考えてみれば最後に動物を触ったのは中学生の時で、飼育小屋にいたウサギだ。最初はおっかなびっくりだった怜士も、落ち着いてケージにハムスターを入れられた。ハムスターはケージに入るなり水にまっしぐらで、激しい音を立ててボトルの水を飲んでいる。続いて餌箱に頭を突っ込んでガツガツと貪《むさぼ》っているので、よほど腹が減っていたらしい。申し訳なかったなと思いつつ、怜士はしばらく飽きることもなくハムスターの行動を見守った。

「俺……ホントに飼うのか、これ…」

今さらなのだが櫻木はどうして怜士にハムスターを押しつけてきたのだろう。そもそもなんでハムスターなどを持っていたのか？　まさか自宅から連れてきた？　だとしても自分のペットを簡単に人にあげるものだろうか？

　疑問はハムスターだけではない。昨日櫻木は鍵のかかったドアを勝手に開けた。あんな技術、一体どこで取得してきたのか。ずいぶん手慣れた様子だったし、卒業してから櫻木は悪の道に踏み入ってしまったのだろうか？　知り合いの女性に頼まれてやっているというようなことを口にしていたが、知り合いの女性とはどういう関係なのか。恋人？　友人？

　一度結婚したと言っていたし、恋人なのかもしれない。

　怜士はコートを着たままなのに気づき、ケージから離れてセーターとズボンに着替えた。肌寒さを感じてヒーターをつける。

（ハムスターって寒くても平気なのかな）

　夕食用に簡単な肉料理を作って、パソコンでハムスターの飼い方を検索しながら食事をとった。櫻木がくれたハムスターはジャンガリアンハムスターという名前だと調べて分かった。あまり部屋は寒くしないようにと書いてあるし、よく見るとヒマワリの種はおやつ程度にしろとある。ハムスターの餌はヒマワリの種とばかり思い込んでいたので、ヒマワリの種ばかり餌箱に詰め込んでしまった。急いで冷蔵庫から野菜を取り出し、ヒマワリの種を減らして野菜を与えた。明日もう一度ペットショップに行ってちゃんと店員に聞いていろいろ揃《そろ》えよう。

　パソコンを眺めながら珍しく自分が楽しんでいるのに気づき、怜士は戸惑った。こんなふうに心が浮き立つなんて、もしかしたら自分は癒しを求めていたのだろうか？　それとも櫻木がくれたから？　自分でもよく分からないまま、夕食を腹に詰め込んだ。

　食後のコーヒーを飲みながら、財布から櫻木がくれたメモ用紙を取り出す。

　櫻木は何かあったら連絡してくれと言っていた。電話をかけてみたい気持ちは強いが、迷惑なのではないかという気持ちも働いて、怜士はそれをまたそっと財布に忍ばせた。少しでも櫻木と繋がっているものがあるというのは、怜士にとって久しぶりに心を温かくするものだった。櫻木はあれからどんな人生を歩んだのだろう。昨日は時間がなくてろくに聞けなかったが、今度会ったらいろいろ聞いてみたい。

（いっそ雅から電話でもかかってくれれば、先輩と会える口実になるのに）

自分が不埒《ふらち》な考えを持っているのを自覚して、怜士は水を飲んでいるハムスターを見つめた。


自分から電話をかけるまでもなく、週末の昼前に、怜士のアパートを櫻木が訪れた。

寝起きだった怜士はトレーナー姿のぼさぼさの髪でドアを開けてしまい、櫻木の姿を見て固まった。櫻木は白いシャツにグレーのカーディガン、カーキ色のズボンという恰好だ。今日は日差しが強いのか、コートを片方の手にかけている。

「せ、せんぱ…い？」

まさか櫻木が自分の家を訪れてくれるとは思わず、怜士は真っ赤になって急いで乱れた髪を両手で梳《す》いた。

「おはよ。君が電話してくれないから俺のほうから来た。突然訪ねてごめんね。君が電話番号教えてくれなかったからさ」

櫻木はにこにこと愛想のよい顔で笑い、口をあんぐり開けている怜士の家の中に勝手に入ってきた。一気に目が覚めて、怜士はうろたえつつ靴を脱いで上がり込む櫻木の背中を凝視する。入っていいなんて一言も言ってないのに、櫻木は勝手に居間に行くとハムスターのケージを見て歓声を上げている。

「よかった、あの時ポケットに突っ込んだままだったろ？　生きてるか心配だったんだ」

「あ、はい…あの、いえ…」

　こんなことなら掃除をしておけばよかったと激しい後悔に苛《さいな》まれつつ、怜士はぎくしゃくとした動きでキッチンに向かってやかんを火にかけた。狭い部屋だ。小さなテーブルの傍にはベッドがひしめいているし、櫻木がいるだけでもうぎゅうぎゅうになっている。

「あ、あの……ハムスターが心配で？」

　櫻木が訪ねてきてくれたのは嬉しいが、理由が見《み》出《いだ》せなかった。ケージから出してハムスターを撫で繰り回している櫻木の背中に向かって問いかけると、呆れた顔で振り返ってくる。

「何言ってんの、君が心配だからでしょ」

　馬鹿な質問をするなと言いたげに見つめられ、どきりとして天にも昇りそうな心地になった。残念ながらその後すぐ「巻き込んじゃったからね」というがっかりする発言がついてきたが。

「一昨日《おととい》は怜士の様子がおかしかったから、あまり話もできなかっただろ？　週末には気分も落ち着いているかなって思って」

　心配してわざわざ訪ねてきてくれたのか。怜士は櫻木の優しさを感じて慌てて頭を下げた。

「す、すみません、ご心配をおかけしまして。もう大丈夫ですから……あ、今お茶を…」

　めったにない来客、しかも相手が櫻木とあって怜士はまごつきっ放しだ。来ると知っていたらお菓子や飲み物を用意しておいたのに、ふいうちなのでろくなものがない。戸棚を漁っていると、櫻木がハムスターをケージに戻して笑いかけてくる。

「怜士、昼メシ食べた？　まだなら食べに行こう。俺がおごるよ」

　怜士が焦っているのとは対照的に、櫻木はのんびりした様子だ。向こうはただの後輩と思っているのだから当たり前かもしれない。櫻木はどこにも気負ったそぶりがなくて、いちいち気にしているこちらのほうが変に思えてきた。

「えっと……行きます、着替えてきます」

やっと櫻木と目を合わせてしゃべれるようになり、怜士はぎこちなく頷いた。櫻木はにっこりとして頷き返してくれる。昔から感じていたが、櫻木の笑顔はすごく爽やかで素敵だ。急いで顔を洗い、櫻木と並んでも恥ずかしくない服に着替える。狭い部屋なので櫻木の前で着替えるのは抵抗があると思ったが、考えるまでもなく「車を移動してくる」と告げて櫻木は部屋を出て行った。鏡で自分の姿を確認し、ダウンジャケットを羽織る。

外に出ると、アパートの前にある木が春の到来を告げていた。階段を下りながら、隣の家に咲いている沈丁花《じんちょうげ》やアパートの植え込みに咲いているクロッカスにやたらと目がいく。心が浮き立っている。花を見て和《なご》むなんてかなり久しぶりだ。

アパートの手前の道路に立つと、ベンツが停まっている。シルバーの磨き上げられた車体に、お馴染みのエンブレムが光っている。やっぱりかっこいいなと眺めていると、突然窓が開いて櫻木が顔を出した。

「どうしたの？　乗って」

櫻木は突っ立っている怜士を見て不思議そうな顔をしている。まさか目の前のベンツに櫻木が乗っているとは思わず、声をかけられて飛び上がってしまった。車の中を覗き込み、びっくりしながら助手席に乗り込んだ。

「せ、先輩！　ベンツですか!?　この前の車は!?」

てっきり前回雅の家に押し入った時のサニーが来ると思っていたので、度肝《どぎも》を抜かれた。ベンツに乗ったのは初めてではないが、シートは心地いいし内装も凝っていて、以前口説かれた金持ちが乗っていたベンツより綺麗だった。怜士はきょろきょろしつつ、車を発進させる櫻木を凝視した。

「これは父親の車。日本にいる間使わせてもらってる。これベンツだけどEクラスだからそんなに高くないし、他の車はポルシェとかフェラーリとかもっと目立つんで使いたくなかったんだ。あ、この前のは俺の車じゃないよ。さすがに人の家に押し入るのに、自分の車は使わないだろ？」

怜士がどぎまぎしているのがおかしいのか、櫻木は笑って運転している。そんなに高くないと櫻木は言うが、庶民の怜士からすれば十分高級車だ。こういった車が買えるほど櫻木の家は金持ちなのだろうか。

「先輩、今どんな仕事してるんですか？」

気になってシートにもたれて問いかける。櫻木は大通りを滑らかな運転で移動している。

「うーん、どんな仕事かぁ…」

怜士の問いかけに櫻木は困った声を出し、しばらく無言になった。ちょうど信号で車が停まり、櫻木が胸ポケットから三枚の名刺を取り出す。

「どれがいい？」

怜士からは裏側の白い部分しか見えない名刺だ。よく分からないままに真ん中の一枚を引くと、櫻木は「それはちょっとかっこつけたい時に言う職業だな」と笑った。名刺を見ると、カメラマンという肩書が書かれている。

「先輩、カメラマンになったんですか!?　っていうか、全部見せてください」

信号が変わりそうだったのと、好奇心に負けて半ば奪い取るように櫻木の手から残りの名刺を引っ張る。櫻木は怒った様子もなく、信号が青になると車を発進させる。

次の一枚にはなんでも屋、という怪しげな文字が書かれ、最後の名刺には不動産名の後ろに代表取締役と入っている。

「先輩、社長さんなんですか…？」

名刺も三枚あると怪しいことこの上ない。これは全部偽者の名刺ではないだろうか。怜士のそんな疑いに櫻木が大声で笑いながらクラクションを鳴らした。櫻木の陽気な笑い声を聞くたびに、中学生の頃の記憶が蘇ってくる。そういえば櫻木は何がおかしいのかいつも笑っている印象がある人だった。

「社長の名刺は通りがいいんで使ってる。父親が不動産業を営んでいるんだ。俺は時々手伝うくらいかな。宅建は持ってるけど、基本的に日本にいないからね。半年前にドイツから帰ってきて、日本で仕事でも始めようかなと思って、前々からやってみたかったなんでも屋を開いてみたんだ。いやー大変だね、労働って。多分もうやめる。ほら、あの雅って人から写真をとり返してくれって、あれさ。依頼主からの頼みだったんだよね。なんでも屋を開いたってのが知り合いの富裕層に広まって、厄介事が次々舞い込むから荷が重いよ。まぁちょっと探偵気分で面白かったけどね」

ハンドルを操作しながら櫻木が説明してくれた。櫻木の父親が不動産業を営んでいるとは知らなかった。櫻木はさらりと説明しているが、言葉の端々から庶民とはかけ離れた生活を送っているのが伝わってきた。中学生の時すでに前途洋々たる感じだったが、やはりその後も挫折《ざせつ》することなく明るい道を歩いてきたのだろうか。そのわりに他人の家に押し入る技術を持っていたし、謎が多い。

「ああ、この前の鍵開けはね、そういう技術を学んだんだ。店子《たなこ》さんから鍵を開けてくれって頼まれる時があるからね」

櫻木の説明で、一応泥棒するために会得した技術ではないというのは分かった。

写真を取り返してほしいという知り合いが依頼者

だったというのは、心が軽くなるものだった。仕事として請け負ったのなら、色っぽい話ではなさそうだ。さすがに櫻木と特別な関係になれるとは思っていないが、恋人やそれらしき相手がいなさそうで嬉しくなる。

ついでに尋ねてみると、カメラマンも本当なんですか？」

ついでに尋ねてみると、櫻木はいたずらっぽい顔になり、うんうんと深く頷いた。

「ホント、ホント。古城とか撮った写真集あるよ、今度あげる。ドイツでは主に写真撮って生計を立ててたね」

「ドイツにいたんですか？」

櫻木への興味が尽きず、運転席のほうにずっと顔を向けながら話していた。櫻木は時々ちらりと怜士を見て、穏やかな声で答えてくれる。櫻木の声のトーンは落ち着いていて安心できるので好きだ。

「大学を出たあとね、ベガスへ……ラスベガスに行って、トム・リンゼイってその筋では有名な魔法使い……もといマジシャンの弟子になったんだ。彼のところに五年ほどいたかな。もう教えることはないって言われていろんな国を旅してマジックを見せていた。ドイツは半年前までいたんだけど、わりと過ごしやすかったな。国民性が近いっていうの？　ドイツ人とは仲良くなれたよ」

櫻木の答えは、怜士にとってはかなり奇抜なものだった。確かに中学生の頃から手品を見せていたが、そこまで入れ込むほど強い想いとは知らなかった。わざわざラスベガスへ行って、有名なマジシャンの弟子になるなんて、日本から出たことのない怜士からすれば驚異的だ。櫻木は高校は都内でも有数の進学校だったし、当然大学もいいところを出ただろう。そんなエリートコースに乗っておきながら、どうしてマジックなのか。不思議な価値観を持っている人だ。

「日本には時々戻ってきていたんだ。父親がうるさいしね、宅建とったら少し大人しくなったけど」

何かを思い出したのか、櫻木は遠い目つきになっている。宅建が何かよく知らないが、おそらく資格的なものだろう。それよりもやはり気になるのは櫻木の結婚生活だ。

「結婚って日本の方としたんですか？」

ここぞとばかりに聞いてみると、櫻木は顎《あご》を撫でて苦笑した。

「ああ、三年前までね。最初はとてもいい奥さんだったんだけど、俺があまりに帰ってこないから、ある日とうとうキれちゃってね。いやもう怖いのなんの。大人しい女性がキれると怖いね。そんなに家にいたくないいなら離婚してくれって迫られた。俺は日本はすごく好きだし、愛国心もあるんだけど、一つのところにじっとしていられないんだよね。きっと前世は遊牧民かジプシーだったんだな」

櫻木の結婚生活がよく分かって唖然とした。櫻木と結婚した女性を羨《うらや》ましいと思ったりもしたが、内情を聞くと逆に同情してしまう。新婚なのに放っておかれては、奥さんだって頭にくるだろう。

「今はどうして日本にいるんですか？」

ふと疑問が頭を過《よ》ぎり、怜士は首をかしげた。そんなふうにしょっちゅう海外を飛び回っている櫻木が、半年前から日本にいて、なんでも屋を開くくらい居座っている。年をとってやっと腰を落ち着ける気になったのだろうか。

「ああ、父親の具合が悪くなったから。さすがに末期がんと知らされれば、俺だって戻ってくるよ」

櫻木があまりにさらりと言ったので、怜士は一瞬息を呑んでしまった。その可能性をまったく考えていなかった。櫻木が戻ってくるほどの理由だ。

「す、すみません……」

「え？　ああ、嫌だな！　そんな暗い顔しなくていいから。自業自得なんだよ。病気だったのに毎日何箱も煙草《たばこ》吸って、ガラス窓が黄色くなるほどなんだから。自殺だよ、自殺。ってこういうのは気楽にしゃべるなって少し前にも母に説教されたんだっけ……。俺はそんな感じかな、怜士はあれからどんな人生送ったの？」

内容のわりに櫻木の口調は軽く、父親の死もあまり気に留めている様子はなかった。とはいえ実父の命がわずかなのに、何も感じていないはずはない。暗い話をするのは櫻木にも悪い気がしたので、怜士は自分のことを話し始めた。

「俺は…ふつうに大学行って、デザイン会社に勤めました。会社が倒産しちゃったんで、今は就職口を探しているところです。あとは…、引っ込み思案だし…、恋人はいないし、友達も少ないかな……先輩のような奇抜な話がまったくない人生で…」

改めて口に出してみると、自分の人生は誇れるものがまったくない無味無臭なつまらないものに思えてならなかった。特に秀でたこともなく、明るい話題もないし、結婚といったキーワードとは無縁の人生だ。話しながら情けなくなって、こころもちうつむいてしまった。

「怜士、そんなに事件のことショックだったの？」

突然櫻木がこちらを向いて、にこりともせず聞いてきた。その言葉に何故かぎくりとして、怜士はさらにうつむいた。味気ない人生を語っただけなのに、昔の事件と繋げられたことに、かすかな苛立ちと、同時になんともいえない胸に迫るものが起きた。

「ごめん、またいらないこと言った」

怜士が下を向いてしまったので、慌てたように櫻木が前を向いて謝ってきた。櫻木は思ったことを口にしないと気がすまないと言っていたが、前触れもなく真《しん》に迫ったことを言ってくるから胸がざわめく。

「別に……そういうわけじゃ…ないです」

車内に沈黙が落ちたので、怜士はかろうじてかすれた声で呟いた。

否定した傍から、確かに櫻木の言うとおりなんだという思いも高まってきた。事件が起きる前の自分にとって、未来は明るいものだった。希望に満ちあふれていたし、いろいろなものに挑戦してみたいという気持ちがあった。テニス部に入ったことがその象徴だ。華やかに見えた部活で友達をたくさん作り、大会に出るような選手になってみたいと夢を描いていた。事件の後は、人から好奇の目で見られるのが嫌で、テニス部も辞めた。空白の期間が三カ月あった怜士にとっては、部活にも身の置き場がなかった。すでに友人たちは気の合った同士で仲間を作り、楽しそうにしている。あの頃は本当に居場所がなかった。

「怜士は引っ込み思案なんかじゃないよ」

気分が重く沈んできたところで、ふっと櫻木が優しい声を出す。つられるように櫻木に目を向けると、櫻木は怜士に明るく笑いかけてくる。

「本当の君は素直でがんばりやさんだったじゃない。俺が知ってる頃は友達もたくさんいたよね。いつも照れて顔を真っ赤にしてたけど、楽しそうに笑っていたし、積極的になんでも参加してた。もう忘れちゃったの？」

櫻木に告げられて、どういうわけか目頭が熱くなっていた。中学の時の自分は櫻木にそんなふうに見えていたのか。今の自分はこんなに駄目でつまらない奴なのに。そんな時があったことなんてもうすっかり忘れていた。

「君には大きな魔法がかかってるんだな、いや、魔法じゃなくて呪いかな。解いてあげられたらいいんだけど」

櫻木は右折しながら呟くように意味不明な言葉を発している。櫻木は変わった人だ。よく魔法という言葉を口にする。魔法という言葉はそぐわないと思うが、呪いという言葉はひどく胸に突き刺さってきた。あの事件は確かに怜士にとっては呪いだった。忌まわしい失踪事件さえなければ、自分はもっとまともな明るい青年になっていたはずだ。

　そう思う傍ら、本当にそうだろうかと心が沈んでくる。人生の大半を暗い気分で過ごした怜士にとって、もはや中学生の頃の明るかった自分なんてないも同然だった。どうせ何をやっても駄目だといつも自分に言い聞かせてきた気がする。目立つのは怖い、他人の目に多く触れるのは嫌な気分と直結している。事件直後の強烈な印象が根強く残っていて、到底日の当たる道に出たいと思わない。

　今でも忘れられないのは、高校三年生の時、久しぶりに登校した学校でクラスメイトから事件をやじられたことだ。向こうは軽い気分ではやしたてただけだろうが、怜士にとってはナイフで刺されたようにも感じられた。気づいたらそのクラスメイトを殴っていて、全治一週間の怪我《けが》を負わせた。頭に血が上ったのだ。怜士は頭に血が上ると前後の見境がなくなる。その時も友人を殴る自分のことはおぼろげにしか自覚していなかった。幸いにも向こうが非を認めたので治療代を払うだけで許してもらえたが、今でも高校時代はろくな記憶がなくて振り返りたくない。

　櫻木にはそんな自分の暗かった時代はあまり語りたくなかった。場の雰囲気を明るくするこの人には無縁の世界であるように思えるからだ。一緒にいるとすごくそれが分かる。どんな暗い局面に接しても、櫻木は陰湿さとは遠くかけ離れている気がする。

　だから惹かれたのかもしれない。

　怜士は櫻木の横顔を見て、そんなことを思った。

櫻木が連れてきてくれたのは、青山《あおやま》にあるオープンカフェだった。フランスの国旗が飾られている白い瀟洒《しょうしゃ》な店で、休日というのもあって賑《にぎ》わっていた。奥まった席に通され、箔押《はくお》ししている洒落《しゃれ》たメニューを手渡される。櫻木に嫌いなものを聞かれ、特にないと答えると、ランチのコースを選んでくれた。メニューを返そうとして、注文書を書き込んでいる女性店員を見て何かを思い出す。女性店員の顔が何かに似ている気がする。

そう思った矢先、櫻木がふいに口を開いた。

「君、不動明王《ふどうみょうおう》に似ているね」

いきなり突拍子もないことを言われた女性店員は、目をぱちくりとして、顔を引き攣らせた。女性の身からすれば、似ていると言われてもあまり嬉しくないものだろう。だが櫻木に言われて何に似ているか分かった。京都《きょうと》のお寺で見た不動明王という仏像に似ていたのだ。

「え……はぁ……。ご注文繰り返させていただきます、Cコース二名様でよろしいでしょうか」

あからさまに女性店員の声が低くなり、気分を害したのが分かる。ところが櫻木のほうは「いやぁ似てるなぁ」と感心した声を出すばかりだ。仏頂面で女性店員がメニューを下げて去って行き、怜士は呆れて小声で叱責した。

「先輩、どうしてあんなこと言うんですか。怒っちゃったじゃないですか。女性に不動明王なんて失礼ですよ」

「え？　怒ってたの？　ぜんぜん気づかなかった。だって不動明王だよ？　かっこいいじゃない。でも気分を害したのなら謝ってこようかな？」

「や、やめたほうがいいと思います…」

櫻木は彼女がムッとしたのに気づいていなかったようだ。空気が読めないと言っていたのは本当かもしれない。

「でも確かに似てましたね」

妙におかしくて怜士はつい笑ってしまった。すると櫻木が「だろ？」といいながら目を細める。

「怜士、やっと打ち解けてきた？　再会してからぜんぜん笑ってくれないから、嫌われてないか心配だったよ。綺麗な顔をしてるんだから、笑ったほうがだんぜんいいよ」

櫻木に微笑んで言われて、怜士はどきりとして瞬きを繰り返した。櫻木が綺麗な顔と言った。お世辞《せじ》だとしてもすごく嬉しい。それに自分なんかを気にかけてくれていたのかと思うと、どきどきする。

「先輩を嫌うなんて…あるわけないですよ。先輩は今でも…憧れの人だし」

思い切ってそう言ってみると、櫻木はにこりと笑っただけだった。あれから自分はめったに笑わなくなった。顔の筋肉が固まってしまったみたいに笑顔になれない。櫻木の中の自分はまだ中学生の時のままなのか。今の自分がいかにすさんでいるか語ってみようか。頭の隅でそんなふうに考えてみたが、櫻木の気分を害するような真似はしたくなかったのでやめた。

「昔、京都まで自転車で行ったなぁ」

話題が京都のお寺の話に変わり、櫻木が高校生の時に自転車で京都へ行ったと教えてくれた。しかもママチャリで。夏休みの自由課題と称して出発したそうだが、櫻木の実家は都内にあるはずなので大変だったろう。そう聞くと、意外にも旅の先々で親切な人がうちに泊まりなさいと言ってくれたという。

「高校生だったからね。野宿したのは一度きりで、あとは偶然出会った人が家に招いてくれたな」

一週間かけて京都に辿りつくまで、道々誰かの世話になったなんて、怜士からすればすごいとしか言いようがない。

櫻木の人となりがそうさせるのかもしれない。櫻木は人懐こいところがあるというか、初対面の人でも臆《おく》することなくフレンドリーに話せる特技を持っている。中学生の時も、学校で一番知り合いが多い奴、と上級生たちが言っていたくらい、誰とでも仲良く話していた。華やかな雰囲気を持っているというと言いすぎかもしれないが、櫻木の周囲はいつも明るくて楽しげだった。そういうところは今も変わりない。海外でもきっとたくさんの友人がいるのだろう。怜士とは大違いだ。今の怜士は何をやるにも臆病になっていて、櫻木のように自信のある人間が眩《まぶ》しすぎる。

「美味《おい》しいですね、ここ」

コース料理のフレンチを食べながら、櫻木とあれこれと会話した。櫻木はドイツでの失敗談を面白おかしく語ってくれる。怜士は話に聞き入りながら、櫻木の優雅な手つきにも注目していた。育ちがいいのか櫻木は食べ方がとても綺麗で、背筋がぴんとしている。怜士もなるべく行儀よく食べようとしているが、櫻木ほど自然に食べられない。それに櫻木に見られていると思うと、無意識のうちに緊張してしまい、余計ぎくしゃくする。櫻木はまったく自分を気にしていないというのに、自意識過剰だ。

「お酒はいいの？　俺は運転手だから飲めないけど、怜士は飲んでいいよ？」

デザートを食べている間も、酒を飲まない怜士を気にして、しきりと櫻木が勧めてくる。一人だけ飲んで酔っ払うのは嫌なので丁重に断った。

ひとしきり会話を楽しみ、店を後にした。さすがに櫻木に割り勘で、と言いだす度胸はないので、有り難くおごってもらった。もっと話していたいと思ったが、櫻木は車に乗ると、当たり前のように怜士のアパートまで戻ってきた。アパートの前で「寄って行きますか？」と勇気を振り絞って言ってみたが、あっさり「いや帰るよ」と断られる。

「あと怜士、俺がチャイム鳴らしたら誰か確認しないで出てきたよね？　ああいうの危ないから、一応確認して。分かった？」

　車から降りようとした怜士に、櫻木が真面目な声で釘《くぎ》を差してくる。慌てて顔を引き締め、怜士は頷いた。

「はい……。でも俺男だし、そんな心配…」

「男とか女とか関係ないよ。必ず実行して」

　遮るように告げられ、怜士は櫻木を見つめ返した。後輩として心配しているだけだろうが、それでも櫻木に案じられるのは嬉しいものだ。

「分かりました」

「うん。ところで、まだ電話番号教えてくれないの？」

　怜士が素直に頷いたのを見て、櫻木の顔が優しくなる。ハッとして怜士はポケットから携帯電話を取り出し、櫻木に電話番号やメールアドレスを教えた。自分の携帯電話の番号が櫻木の携帯電話の中に入ったのかと思うと、ドキドキする。こんなささいなことで喜べる自分はお手軽だ。

「ありがとうございます」

　車から降りて礼を言うと、怜士はすぐ目の前のアパートに向かった。階段を上って振り返ると、櫻木の車はまだそこに停まっている。この前も思ったが、もしかして自分が部屋に入るまで見届けてくれるんだろうか。

（うわー……なんというか先輩って……）

　アパートの鍵を開けて中に入り、急いでドアの近くの台所の小窓から外を覗く。櫻木のベンツがゆっくり発進するのを見て、紳士だなぁと感動した。

　部屋に戻ってもしばらくは、櫻木のことで頭がいっぱいで、ぼうっとしていた。ハムスターが滑車を回す音が響いている。櫻木と二人きりで食事をして、いろんな話を聞けた。ものすごく楽しかったし、今でも宙に浮いているみたいに高揚している。

けれどその一方で、寂しい気分も味わっていた。

別世界の人だなぁとつくづく思ってしまったのだ。櫻木は恰好よくて自信に満ちあふれていて、誰にでも優しく、人生を謳歌《おうか》している。暗い世界に引きこもっている自分とは雲泥の差だ。悲しいことに、櫻木にとって怜士は久しぶりに会った後輩という存在でしかない。怜士は未だに一緒にいるとドキドキしてしまうが、櫻木にまるで気がないのは嫌というほど分かっていた。櫻木が好きになる人というのはどんな人なのだろう。明るくて美人で優しくて、櫻木のように自信に満ちた人に違いない。

「遠いなぁ…」

中学生の時より近づいたはずなのに、何故かあの頃より遠くにいる気がする。その距離を縮めたいと思っても、自分には無理に思えてならなかった。友人の距離さえ、はるか遠くに感じる。高嶺《たかね》の花だ。綺麗と言われることはあっても、自分には人を惹きつける魅力はない。これまでも声をかけてきた相手が、つまらなさそうに去っていく顔を何度も見た。櫻木は笑ったほうがいいと言うが、楽しくもないのに笑えないし、笑っている自分が馬鹿みたいに思えて、あとから気が滅入る。

怜士はため息を吐き、携帯電話を取り出して、櫻木にお礼のメールを送った。


櫻木のおかげか、翌週は珍しく明るい気分になれた。櫻木と食事をした時間を思い出すだけで、気分が上向くのだから櫻木の存在はすごい。

櫻木からは日曜の夜に「どういたしまして」というメールが返信された。社交辞令だろうがまた行こうねと書かれてあって、それだけで有頂天になった。中学生の頃の自分に戻ったみたいだ。短文のメールを何時間も見つめ続けて、我に返って改めて気づいた。未だに櫻木に恋している。報われないと分かっていても、櫻木は怜士にとって特別の人だ。

火曜の夜には、意を決して櫻木を誘う文句をあれこれと考えた。誘うなら無職の間の今が、相手の時間に合わせられるのでいい。今度は俺がおごります、夕食でも一緒にどうですかと言ってみるつもりだった。夕食用に買ってきたコンビニ弁当を食しながら、怜士はああでもないこうでもないと携帯電話を握りしめてどう話すかを考えていた。櫻木にも予定はあるだろうから、早めに電話をしなければと思うのだが、なるべくスマートに誘いたいという思いが強くて、なかなかコールできなかった。

チャイムが立て続けに二度押されたのは、九時のニュースが始まった時だ。

こんな時間に誰だろうと思い、もしかしたら櫻木だろうかと怜士は急いで玄関に走った。すぐに開けようとして、ふっと櫻木に注意されたのを思い出した。来客が誰か確認もしないで出るなと櫻木は言っていた。

「どなたですか」

鍵を開ける前にドアの向こうに声をかける。続けて返ってきた声に、怜士はぎくりとした。

「俺だ」

雅の声だった。思わず覗き穴で確認すると、ドアの外に二十代後半といった感じの顎鬚《ひげ》の男が立っているのが見える。肩幅が広く、一見スーツを着ていてサラリーマンふうだ。鼻筋の通った顔で、眼鏡をかけているし、外見は優しげに見える。けれどもう怜士は彼の正体を知っている。

「何か用？　もう終わっただろ」

雅の後ろにもう一人ガラの悪そうな男が立ってい

るのが見えた。金髪に紫のスーツという派手な服装の男だ。不穏なものを感じて、怜士はドアを開けずに、声だけ返した。

「怜士、開けろよ。話があるんだ、すぐにすませるから」

焦《じ》れた声で雅がドアを叩く。雅は明らかに背後の男を気にしていて、声音が厳しい。何故雅がここへ来たのだろう、まさか怜士が忍び込んだのに気づいたのか。

「俺はないよ。しつこいな、お前とはやめるって――」

「お前、俺の家に侵入しただろ！」

怜士の声を遮るように、雅が切羽詰まった声で叩きつけてくる。怜士は目を見開き、動揺して息を呑んだ。やはりばれている。けれど顔は隠していたし、どうして？　警察に届けたのだろうかとも考えたが、雅の様子はそういう感じではない。雅一人ならそれほど怖くはないが、背後にいるいかにもヤクザめいた男が気になった。ここは素知らぬふりをしようとして、怜士は「何のこと？」ととぼけた。

「ふざけんな！　監視カメラにお前の姿が映ってたんだよ！　盗ったものを返してくれ！　あれがないと困るんだ！」

雅の声が荒々しくなり、ドアが蹴《け》とばされた。現場では帽子を被っていたが、一時でもつき合った相手だけに雅は怜士の存在に気づいてしまったらしい。怜士は顔を強張らせてドアから離れると、部屋の奥に行って、急いで櫻木に電話した。警察を呼ぼうかとも思ったが、それよりも先に櫻木に知らせておきたい。

コール二回で櫻木が出た。

「先輩？　あの、雅が今家に押しかけてきて…」

『分かった、すぐ行く。絶対にドアは開けないで』

櫻木の反応は早かった。怜士が呆気にとられるくらいだ。一度電話を切るよ、と言われ、怜士は携帯電話をポケットにしまった。櫻木が応援に来てくれるのは嬉しいが、それまでどうすればいいか。雅はドア越しに激しくノックして、出て来いと叫んでいる。これじゃまるでサラ金の取り立てだ。近所迷惑だし、激しくドアを叩かれて腹も立ってきた。

「しつこいな！　警察呼ぶぞ！」

ドアのところに戻って怒鳴り返すと、雅とは別の声が聞こえてきた。

「おい、いつまでも舐《な》めた真似してんじゃねぇぞ…。ぶっ殺されたくなかったら出てこい」

背筋がぞくりとするような低い声で脅され、怜士は青ざめた。カフェユニークのような店に入り浸っても、怜士は暴力団と関わったことはない。雅が連れてきた男は明らかにその筋の人間で、さすがに怜士も警戒した。怜士の住んでいるアパートは木造で、築年数が古いのもあって激しくドアを蹴られたら壊れてしまう。前に住んでいたオートロックのマンションから引っ越さなければよかった。不況で給料が下がったのを機に、ここに引っ越したのだ。櫻木が来るまで持ちこたえられるか分からないし、それにこんな危険な男を櫻木と対峙《たいじ》させたくないという気持ちが湧いてきた。自分が殴られる分には構わないが、櫻木をそんな目には遭わせられない。

「あなた、誰ですか」

警察に通報するために番号をプッシュしながら、怜士は時間稼ぎのために問いかけた。

「こっちのことはどうでもいいんだよ、盗んだ画像返しな。おい、こっちはバックに組がいるからな。お前の会社に嫌がらせしに行ってもいいんだぜ？」

脅すのに慣れた口調で男はねちねちと怜士を怖がらせてくる。そういえば雅は最初に会った時からどこに住んでいるのかとか、どこに勤めているのかとか根掘り葉掘り聞いてきた。すべてこういう時のためだったのかと思うと、素直に答えた間抜けな自分に腹が立つ。雅はまだ自分が会社に勤めていると思い込んでいるようだが、あいにくとこちらは無職の身だ。ぜんぜん脅しになってないよとからかってやろうかと思ったが、とりあえず黙っておいた。

「画像返すなら、今なら許してやる。早く開けろ」

猫撫で声で男に誘導されて、怜士は意味もなくきょろきょろと周囲を見渡した。警察に電話が繋がり、ドアから少し離れ、小声で変な男が侵入しようとしていると訴えた。住所を聞かれ、すぐに行きますと言ってくれたので、安堵して電話を切った。警察は怜士にとってそれほど遠い存在ではない。高校生の時の一件で、優しい刑事にも会った。事故を目撃したり、不審な人物を見かけたりすればこれまでも通報してきたが、まさか自分がまた被害者として通報する羽目になるとは思わなかった。

「おい、いいかげんにせぇや！」

なかなか怜士が出てこないせいか、男が苛立った口調で再びドアを蹴り始めた。男の蹴りは雅とは違い、ドアがへこむほど強い。このままでは破壊されてしまいそうだったので、怜士は「やめてください！」と叫び返した。

「乱暴はしないでください、今出ますから」

こんな男と櫻木を会わせたくないという気持ちが強まり、怜士はチェーンを外してドアを開けた。目の前にいた男は怜士より背が高く、細面で目つきが悪い。覗き窓では分からなかったが、紫のスーツの下に赤いシャツを着て、ブランド物の派手なネクタイをしていた。趣味が悪い。

「フン、綺麗な顔して、大胆なことしてくれたな、我」

唾《つば》を吐き捨て、紫のスーツの男が怜士を睨《ね》めつける。

「一体…」

「おい、車に乗せろ」

怜士が何か言う前に、紫のスーツの男は怜士の腕を掴み、乱暴に雅のほうへ引っ立てた。強引に階段を引きずり下ろされて、怜士は焦ってもつれるような足取りで段差を下った。アパートの階段を下りると、近くに車体の低い改造車が停めてあって、右側から雅が怜士の腕を摑んでくる。このままどこかへ連れて行かれるのは困ると思い、怜士は抗った。本気でやばくなりそうな予感がして大声を上げようとした時だ——いきなりアパートの前の細い路地に、車が急ブレーキを踏む音が響いた。同時に車から大柄な男が飛び出し、怜士たちのほうに駆け寄ってきた。黒っぽいコートを着た、三十歳くらいの目つきの鋭い男だ。

「田中健一と石田《いしだ》隆平《りゅうへい》だな？　署まで同行してもらおうか」

警察手帳を見せて、男が怜士たちの前に通せんぼをする。さっき電話したばかりなのに、もう警察が来たなんて早すぎる気がする。怜士は一瞬驚いたが、助けが来てホッとして肩から力を抜いた。てっきり制服の警官が来ると思ったが、男はスーツ姿で、いかにも刑事という風体だ。男の顔を見て紫のスーツの男と雅が青ざめて瞬時に逃げようとする。

「そっちを頼む！」

警察の男に雅を指さされ、怜士は呆気にとられながら逃げようとした雅の背中を追いかけた。警察の男は紫のスーツの男を猛ダッシュで捕まえようとしている。ふつう一般市民に追撃など頼むものだろうかといぶかしんだが、雅には腹が立っていたので背後からタックルをかました。

「いてぇ！　畜生、怜士！　てめぇのせいで！」

走りには自信のある怜士は、雅の足にしがみつき、相手を地面に引き倒した。雅は烈火のごとく怒り狂っていたが、こちらだって猛烈に腹が立っているのだ。負けずに怒鳴り返した。

「それはこっちの台詞だ！　なんであんなことした!?　あの画像、お前も参加したのかよ!?　この屑《くず》野郎！」

雅の上にのしかかり、胸倉を摑んで睨みつけた。雅はわずかに怜士の気迫に押されたが、すぐに殴りかかってくる。避けようとしたが雅の張り手をまともに食らい、頰が熱くなった。叩かれてかぁっと頭に血が上り、気づいたら雅の頭に自分の頭蓋骨《ずがいこつ》を全力でぶつけていた。雅は「うぐっ」という変な声を出して、地面にぐったりと伸びてしまった。頭突きで負けたことはない。失神した雅を見下ろし、怜士はその身体の上から腰を上げた。

「怜士！」

パトカーのサイレンの音と共に、近くに車が停まり、櫻木の声がした。ちょうど先ほど現れた刑事が、紫のスーツの男に手錠をかけ、戻ってきたところだ。紫のスーツの男は格闘したのかスーツが泥だらけになって、ふてくされた顔をしている。

「先輩……」

警察も早かったが、櫻木が駆けつけるのも異常に早い。戸惑いつつ怜士が立ち上がると、櫻木がスーツ姿で駆け寄ってきた。

「ドアを開けないでって言ったのに！　殴られたの？　頰が赤くなってる」

怜士の前に立った櫻木は、顔を強張らせて足元に転がっている雅と怜士を見比べる。一目で分かるくらい頰が腫《は》れているのだろうか。櫻木の手がそっと頰に触れてきたので、怜士はつい身を引っ込めた。

「これくらい平気ですよ。俺、喧嘩はけっこう強いんで……」

鏡を見てどんな顔になっているかチェックしたいと思いつつ、怜士は自分の頰を袖《そで》で擦《こす》った。変な顔になっているなら、あまり櫻木に見られたくない。

「すまん、君に一人任せてしまった」

紫のスーツの男を停まったパトカーの中に押し込み、刑事が急いで怜士の傍に駆けてくる。

「秦野《はたの》さん、どうもありがとう。でも怜士に危険なことはさせないでくださいよ」

櫻木は警察の男と知り合いなのか、礼を言いつつも嚙みつきそうな顔で文句を言っている。警察の男は秦野というらしい。櫻木に叱責されて、申し訳なさそうに地面に転がっている雅を担ぎ上げた。

「本当に悪かった。民間人に頼むなんて、やってはいけなかった。応援が遅れていたし、それに彼、あまり怯《おび》えているように見えなかったもんで、つい……」

秦野がちらりと怜士を見てぼやいている。二人の会話を聞いてようやく分かった。怜士からのSOSを聞いて、櫻木がこの刑事――秦野に二人を捕まえるよう頼んだのだ。櫻木のいうとおりドアを開けずに待っていればよかった。よく考えたら櫻木自ら雅たちと対峙するような馬鹿な真似、するはずがなかった。

「まぁとにかく、この二人は締め上げていろいろ吐かせますから。すまないけど君も、事情を聞きたいから明日にでも署に来てもらっていいかな？」

「あ、はい」

秦野に聞かれ、怜士は反射的に頷いた。面倒だが仕方ない。それにこの刑事、櫻木の知り合いのようだから、事情も知っているみたいだ。

「じゃあ、また連絡入れますよ」

秦野が大きな身体を折り曲げ、雅をパトカーに乗せる。気づけば周囲は人だかりだ。怜士の住んでいるアパートの前の道は細い路地なのだが、この辺りは住宅地なので野次馬が集まっている。アパートのドアからこの騒ぎを覗いている住民もいて、一体どこから話を聞いていたのかと冷や汗が流れた。

「とにかく間に合ってよかった。怜士、ちょっと話があるから君の部屋に行ってもいい？」

　パトカーが去って行き、人だかりが減っていくのを見て、櫻木が怜士の背中を押しながら告げてきた。はい、と返事をして、櫻木と一緒に自分の部屋に戻った。よく見ると、アパートのドアは下の部分がへこんでいる。この修理費は誰が払うのだろうかと頭が痛くなった。

「あの、どうぞ」

　部屋に入り、怜士はお茶でも淹《い》れようと思い、キッチンに向かおうとした。けれどそれを阻止するかのように櫻木に腕を掴まれ、どきりとする。

「怜士は座っていて」

　硬い声で指示され、ドキドキしながら畳の上に正座すると、櫻木はシンクのところに行き、ハンカチを濡らして戻ってきた。

「この部屋寒いね。ちょっと冷たいかな」

　濡れたハンカチを頬に当てられる。ひんやりして気持ちいいと思うのは、殴られて腫れているせいか。もしかして顔が変形しているのだろうか？　変な顔を見られたくない。

「湿布ある？」

「ないです」

「ないの!?」

　湿布がないと知ると櫻木の顔が呆れたものに変わり、救急箱自体がないと言ったとたん、目を丸くされた。怪我なんてしても放っておけばそのうち治るから必要と思わなかった。この家にあるのは頭痛薬と風邪薬くらいだ。

「あのね、怜士。俺は君に謝らなきゃ」

　正座した怜士の前に膝をつき、櫻木が悲しげな顔で頭を下げてきた。

「やっぱりあの時、君を雅のマンションに連れて行くべきじゃなかった。あいつら監視カメラを見て、背恰好で君に当たりをつけたんだろう？　本当にごめん、こういう可能性もあるかもしれないと思ってさっきの刑事……知り合いの秦野君に雅の追跡を頼んでいたんだけど、やっぱり裏に他の人間が絡んでいたんだな。気楽な気分でなんでも屋なんてやるもんじゃないね。君にまで危険が及んでしまった。本当に申し訳ない」

　櫻木はひどく後悔しているみたいで、深々と頭を下げてくる。あの時無理やりついていったのは怜士なのに、櫻木が責任を感じてしまったようだ。

「やめてください、先輩のせいじゃないです。俺が勝手についていったから…」

　櫻木の頭を必死で上げさせ、怜士はぶんぶんと首を振った。

「いや俺の認識が甘かった。それでね、怜士。この事件、どこまでの人が絡んでいるか分からないから、しばらくこの家を出てもらえるかな？　君の住所は雅も知っていた以上、他の人間も知っている可能性が高い。心配だから、ここにいないほうがいい。ここはセキュリティーも甘いし、部外者も簡単に入れる」

「はぁ…でも、どこへ」

　家を出ろと言われても、いきなりで行く先がない。実家に帰ってもいいが、こんないかにも殴られた顔で帰るのは気まずい。

「家の手配は俺がするよ。これでも不動産関係だからね、とりあえず今日は俺の家に来てくれる？　部屋は余ってるから」

「えっ⁉」

　予想外の展開に、思わずびっくりして大声を上げてしまった。櫻木の家に行けるなんて、そんな夢のような話があっていいのか。動揺して耳まで熱くなった。

「い、いいんですか？」

「君が嫌じゃなければ」

つい身を乗り出して上擦った声を出してしまい、櫻木に苦笑された。棚からぼたもちというか、こんな幸運が舞い込んでくるなら、もっとひどい怪我を負ってもよかったくらいだ。こんなチャンスめったにないと思い、怜士は即座に頷いた。

「行きたいです。お邪魔じゃなければ…」

勢いに任せて、思い切ってそう告げてみた。こんなふうに喜んでいたら、櫻木に自分の邪《よこしま》な想いがばれるかと思ったが、目の前の男は穏やかな顔で微笑むだけで、一向に怜士の気持ちに気づいている様子はない。

「じゃあ支度して。俺の家でいいなら、俺も安心できる。君に怖い思いをさせたくないからね」

櫻木は怜士が喜んでいるのは、単にここに残るのが怖いせいだと考えている。雅など怖くはないし、他の誰が来たとしても厄介だなと思っても怖いとは思わない。それは多分いつ死んでもいいという投げやりな感情が怜士の根っこにあるせいだ。けれどそれを告げたら確実に櫻木の顔を曇らせるだろうし、そんな余計な感情を見せて櫻木の家に行けないのは嫌だ。怜士は大人しく頷くだけにして、支度を始めた。とりあえず一週間ほどの着替えや荷物をまとめて、櫻木とアパートを出る。

「変なことに巻き込んでごめんね」

ハムスターのケージを抱えながら、櫻木はしきりに謝っている。それに適当に返事をしながら、怜士は櫻木の車に乗り込んだ。


櫻木の家は代々木上原《よよぎうえはら》にある高層マンションの三十階だった。着いた時点で気後れしていたが、きらびやかなロビーのあるマンションの中に入る段階で、目が点になった。床は大理石で、天井も豪華だし、どこかのホテルみたいだ。

「先輩、こんなすごいところに住んでいるんですね……。俺、場違いって感じで、やっぱり遠慮したくなったんですけど……」

ガードマンに挨拶《あいさつ》している櫻木に小声で打ち明けると、笑って肩を叩かれる。

「ぜんぜん気にしなくていいよ。ここうちの物件だから。余ってる部屋使わせてもらってるだけ。不況のせいか、いくつか部屋が空いちゃったんだよね。使わないと部屋って傷むだろ」

櫻木がホールの中央にあるエレベーターに乗り込んで言う。不動産業を営んでいるとは聞いていたが、こんなにすごい物件も扱っているのか。中学校は私立ではなかったので、櫻木がそれほど金持ちだとは思っていなかった。

「先輩ってすごいお金持ちじゃないですか。どうして私立の学校に行かなかったんですか？」

上昇していくエレベーターの中で尋ねると、櫻木がケージの中を覗き込みながら、苦笑して答えてくれた。

「あの中学校、寮があったから。俺、姉と妹合わせて四人もいるんだ。もう家にいるのは地獄だよ、女ばかりの家庭って本当にひどいんだから。ともかく家から逃れたくて、小学生の時に寮のある学校散々探したな。で、あそこの学校ならって、両親が許してくれたんだ」

「そうなんですか」

櫻木が姉や妹の多い家庭とは知らなかった。寮に入っているのは知っていた。櫻木と同室の守屋大輝《もりやだいき》はクラスメイトだったからだ。あの頃は櫻木と同じ部屋で暮らせるなんて羨ましいと、大輝にかなり嫉妬《しっと》していた。三年生と二年生が同じ部屋になるのは珍しいのだが、大輝は季節外れの転校生だったので、空いている部屋がなかったと聞いた。

「ところでこのハムスター、名前は何にしたの？」

三十階に着き扉が開くと、櫻木が前に立って歩きながら尋ねてきた。ケージの中のハムスターは、車を降りてからずっと櫻木の手の中で揺れていて、きょろきょろと落ち着かない。

「えっ？　名前？」

ハムスターに名前をつけるなど考えてもみなかったので、怜士は驚いて問い返した。確かに一般的にペットには名前をつけるものだ。急いで何かひねりだそうとしたが、ハムくらいしか思いつかない。

「先輩、何かつけてください。先輩がくれたものだし」

ネーミングセンスにとぼしい怜士は、エレベーターから通路を曲がったところにあるドアの前で立ち止った櫻木に一任した。櫻木はポケットから鍵を取り出し、二つある鍵穴にそれぞれ鍵を差し込んで、顔を輝かせた。

「それじゃガンちゃんにしよう、灰色だからね」

はぁ、と頷きながらも、怜士には何故灰色でガンちゃんなのかよく分からなかった。分からないなりにも、ガンちゃんと呼ぶのは可愛いのでそれでいいと告げた。

ドアを開けて中に入ると、案の定内部も広々していかにも高級住宅という感じだった。廊下は綺麗に磨かれ、リビングには十人くらい座れそうなL字型のソファが置かれている。テーブルやテレビ、カーテンにいたるまで、どこかのモデルルームのようだった。櫻木はハムスターのケージをキッチンの前にあるカウンターテーブルの端に置いた。やっと安定した場所に置かれ、目に見えてハムスターが安心したのが分かる。落ち着いたとたんに、餌を食べ、滑車を回し始めた。

「怜士の部屋、ここにしよう」

櫻木に案内され、ドアから一番近い洋室の部屋を宛がわれた。ベッドと小さなタンスが置かれた部屋だ。

「ここは客間だから、好きに使って」

櫻木に言われ、荷物を下ろして部屋をぐるりと見回した。床のフローリングも綺麗だし、カーテンも新品同様だ。なんだかただで住むのがもったいない。

「もうこんな時間か…。とりあえず怜士、そのほっぺたに湿布を貼《は》ろう。せっかくの綺麗な顔が台無しだ」

櫻木が気になっていたというように怜士の顔を見て言った。鏡で見た時はそれほどたいした怪我ではなかったが、まさか時間が経って色が変わったのだろうか。気になってそっと鏡を取り出して見てみたが、やはり怜士の目からは湿布を貼るほどの怪我には思えなかった。

「湿布貼るほどじゃないですよ。明日にはもう治ってると思いますし…」

「駄目だよ。怜士が怪我したのは俺の責任もあるから」

強引にリビングに引っ張られ、ソファに座らされた。リビングは窓ガラスが壁一面にある造りで、地上のネオンがきらめいているのが見下ろせる。櫻木を食事に誘いたいと思っていたけれど、こんなところに住んでいる人が満足できる店が思いつかない。

「じっとしてて」

救急箱を持ってきた櫻木が、怜士の横に座って湿布を取り出す。冷たい湿布を頬に貼られ、怜士は身をすくめた。

「先輩、いつも食事はどうしているんですか？」

頬を押さえながら聞くと、櫻木は救急箱をしまって、何気ない口調で答えた。

「いつも十時からお手伝いさんが来てくれるんだ。夕食の用意をしたら帰って行く。松子《まつこ》さんっておばあちゃんでね、明日から君の分も用意してもらうね」

櫻木の答えを聞き、ますますがっくりきた。なんだか本当に別世界の人間みたいだ。怜士はお手伝いさんがいるような暮らしは映画やドラマの中でしか知らない。つくづく住む世界が違うと実感した。櫻木が作れないなら、自分が食事を作ってあげたいと思ったのに、これではつけ入る隙《すき》がない。

「そうだ、しばらくここで暮らすなら、君の分の鍵を用意しなきゃ」

櫻木が指を鳴らして、いたずらっぽい表情になる。そこまで図々しいことは望んでいなかったのだが、櫻木がポケットから小さな箱を取り出したので、思わず覗き込んでしまった。白い紙で作られた、手のひらサイズの箱だ。それを差し出されて、怜士は首をかしげた。先ほど見た鍵の大きさは、この箱の倍くらいあったような気がしたのだが。こんな小さな箱に鍵が入るのだろうか。


「開けていいんですか？」

念のため確認すると、笑顔で頷かれる。中をそっと開けてみて、怜士は目を丸くした。四つに折られた紙が入っているだけだ。紙を取り出して、怜士はつい「えっ⁉」と声を上げた。紙に、小さな文字で「首にかかってるよ」と書いてあったのだ。

びっくりして首元を探って、仰天して腰を浮かしてしまった。

「えっ？　いつ⁉　い、いつこんなものを？」

怜士の首にネックレスがかかっていて、その先に銀の鍵がついていたのだ。記憶にある限り、こんなものを自分でかけた覚えはない。

「先輩、どうやってこんなものを⁉」

動揺して怜士が引っくり返った声を上げると、櫻木が笑ってソファに背中を沈めた。

「魔法だよ、魔法」

両手を頭の後ろで組んで、櫻木がウインクする。

マジックなのだろうが、櫻木が言うと本当に魔法をかけられたのかもしれないと思ってしまった。改めて鍵を眺め、怜士は呆気にとられた。

櫻木と暮らし始めて数日が過ぎた。櫻木のところには松子という名の七十歳の老婦人が毎日通いでやってきて、食事や身の回りの世話をしてくれる。突然居候を始めた怜士にも嫌な顔一つしない、いつもにこにことした柔らかい雰囲気を持った人だ。櫻木と一緒にいると、まるで本当の祖母と孫みたいに見える。

「松子は、俺が実家にいた頃からずっといるお手伝いさんなんだ。実家にはまだ二人いるから、俺が日本にいる間は面倒を見てくれることになったんだよ」

櫻木から説明を受け、松子とは長いつき合いだというのが分かった。三人も使用人がいる生活は怜士には想像つかないが、どうやら実家には四人の姉妹が暮らしているらしく、三人いないと手が回らなかったという。長女は結婚したが出戻ってきたとかで、櫻木家では結婚生活が続く者がいないそうだ。

櫻木の家にいるのはいいが、現在無職の怜士は職探しをしなければならない。不動産関係の仕事でいいなら、櫻木はすぐ紹介できると言うが、それはよほど職が見つからなかった時だけにしたい。やはり培った技術を使える職種がいいので、デザイン関係の仕事を探していた。その矢先、以前仕事で世話になった屋羽《おくは》という男から電話がきた。

『早乙女君？　アートサンシャイン、どこ行っちゃったの？　頼みたい仕事があったんだよね』

困惑した声で電話され、怜士は申し訳なくなって頭を下げた。アートサンシャインは怜士が勤めていたデザイン会社の名前だ。倒産して社長が夜逃げして、社員も退職金をもらえなかったという話をすると、屋羽は驚いた声を上げた。

『うっわぁ…、そりゃ大変だったなぁ…。それじゃこの仕事、別の人見つけなきゃ』

呆然とした声で呟く屋羽に、怜士は思わず飛びついてしまった。

「あの、その仕事、俺がやっちゃダメですかね」

それまでまったく考えもしなかったくせに、屋羽が仕事を他に回すと言ったとたん、自分が独立して仕事をもらえばいいのではないかとひらめいたのだ。どこかの会社に勤めるのもいいが、見つからない現状では、フリーで仕事をするという手もある。

『君かぁ……、まぁ確かに君に頼もうと思ってたんだけど、……ちょっと待ってて』

屋羽が一度電話を切り、十分ほどして再びかけてきた。その間ドキドキして待っていた怜士は、屋羽が明るい声で電話をかけてきたので期待に胸を躍らせた。

『上の了解がとれたからいいよ。早乙女君、センスあるからフリーでやっていけるかもね。がんばって。とりあえず打ち合わせしたいからうちに来てくれる？　会社のサイトを作りたいんだよね』

「はい、屋羽さんの都合のいい日に伺います」

目を輝かせて怜士は即答した。屋羽から仕事内容をおおまかに聞き、それをメモしてから電話を切った。屋羽は焼き肉チェーン店の広報を担当している男で、以前広告を頼まれた際に会ったことがある。名刺に携帯電話の番号を書いておいたのが、功を奏した。

屋羽の仕事を受けるなら、パソコンのある自宅に戻らなければならない。少し残念に思いつつ、その夜帰宅した櫻木に、仕事が入ったので自宅に戻りたいという話をした。

「パソコン移動すれば？　買ってあげてもいいけど、

使い慣れたもののほうがいいよね。今から車出すよ」

もう夜の十時だというのに、櫻木はけろりとした顔で、提案してくる。引き止められると思っていなかったので驚きつつ、櫻木の車でアパートに戻り、パソコンと周辺機器一式を車に積んだ。

「先輩、すみません。疲れてるのに…」

後部座席に座り、パソコンやプリンターを手で押さえながら、怜士は謝った。怜士の使っているパソコンはディスプレイが27インチある大きなものだ。修理以外で動かすことなどないだろうと思っていたので、少し埃《ほこり》がたまっていた。

「怜士は気にしやさんだな。俺が無理言っていてもらってるんだから、どんどんわがまま言えばいいのに」

仕事で疲れているはずなのに、櫻木はそんなそぶりは微塵も感じさせずに言う。フットワークが軽いというか、櫻木はやはり普通の人と感覚が違うと思う。いくらパソコンが安くなったとはいえ、たいして親しい間柄でもないのに簡単に買ってあげると言える気持ちが分からない。

マンションに戻り、借りている部屋にパソコンやプリンターを設置して、さっそく仕事にとりかかった。櫻木は設置し終えるとさっさと部屋から出て行ってしまい、怜士の仕事には興味がないようだった。傍にいられると気が散って仕事ができない性質だが、まるっきり気にかけてもらえないのも寂しいものだ。

時間だけはたくさんあったので、翌日から怜士は今まで仕事で世話になった会社や個人向けに、会社が倒産したこととフリーで仕事をしたいのでもし何かあったら声をかけてくれという内容の挨拶文を送った。メールや手紙だけではなく電話でもあちこちに連絡を取ると、そのうちいくつかはわりと好感触だった。フリーで仕事をするなら、宣材になるようなものをいくつかまとめておいたほうがいいかもしれない。こんなことなら解雇された後すぐ動けばよかったと後悔しながら、怜士は数日作業に没頭した。

土曜日は櫻木の仕事が休みで、昼ぐらいに起きると、リビングから笑い声が聞こえてきた。そっと顔を出すと、櫻木と白髪の小さな老婦人が楽しげに話している。お手伝いの松子だ。

「怜士。おはよ」

怜士に気づいて櫻木が笑顔で声をかけてくる。

「怜士さん、おそようございます。もうお昼ですよ！　ちゃんと三食食べないから、そんなふうにがりがりなんですよ」

松子は可愛らしい感じのおばあちゃんで、声が少し甲高い。自分はそれほどがりがりではないと思うが、松子がふっくらしているので並ぶと確かに貧弱だ。

「おはようございます。……わっ、ガンちゃん」

急に櫻木の袖からハムスターが出てきて、びっくりして飛びのく。松子が笑いながら「今、昼食を用意しますね」と言ってキッチンに消えた。ハムスターにはだいぶ慣れてきたが、急にケージの外に現れると驚いてしまう。ハムスターは櫻木の袖の中が気に入ったのか、引っ込んだり出てきたりと忙しい。

松子はキッチンに立って、何やら忙しく動き回っている。手伝いましょうかと声をかけたが、必要ないから座っていてくれと言われて、テーブル席のほうに戻った。

「怜士、気にしなくていいよ。松子はキッチンに誰にも入られたくない人なんだ」

櫻木にこっそり囁かれて、そんなものかと怜士は椅子に腰かけた。

「君が仕事中は、部屋に入られたくないのと同じだよ」

つけたすように言われて、怜士は目を丸くして櫻木を見た。櫻木は怜士の視線には気づかず、ハムスターと戯れている。パソコンを使っている時は部屋に入らないでくれなんて一度も言ったことはないのだが、どうして櫻木はそう思ったのだろう。ずっと放置されていたのは気を遣われていたのだろうか？　空気が読めないと言っていたくせに、そういうのは分かるのか。

「あの……なんで分かるんですか？」

気になって小声で聞くと、櫻木はハムスターの前にリンゴの切ったものを差し出している。ハムスターは頬袋に入るだけのリンゴをしまい込んだせいで、ほっぺたが変な形に出っ張った。

「うん？　ああ、部屋に入られたくないって？　だって松子と同じ目をしてたからね。怜士って松子とちょっと似てるから、鈍い俺でもそれは分かった」

松子と似ていると言われ、まったく類似点が見出せなかった怜士は首をかしげた。松子は柔らかい雰囲気のにこにこした老婦人で、いつも表情のない怜士と比べたらその好印象ぶりは雲泥の差だ。そんな怜士の気持ちが伝わったのか、櫻木が頬杖をついて見つめてきた。

「松子も実はすごく気が強いんだ。なにしろ俺の恐ろしい姉や妹を押さえつけてきた人だからね。怜士も気が強いだろ。そこが似てる」

さらりと櫻木に言われ、気が強いところは隠していたつもりだったので内心落ち込んだ。臆病だし、引っ込み思案なほうだと思っているが、時々負けん気が強くなるというか、そういう面があるのは自覚していた。プライドが高いのかもしれない。自分のあまりいいところではないのも分かっていた。頭に血が上りやすいし、いつも仏頂面だし、さらに気が強いなんて最悪だ。

「お待たせしました」

昼食は松子手製のオムライスだった。卵がふわっとしていて、エビやホタテの貝柱が入っていてとても美味しい。櫻木は怜士と一緒に昼食を食べようと待っていてくれたらしく、向かいに座って昼食を食べ始めた。怜士と櫻木が食べている間に、松子は掃除洗濯と大忙しだ。誰かが動き回っているのに、自分はのんびり座っているだけというのが、気になって仕方なかった。松子は給料をもらっているのだから気にする必要はないと分かっていても、罪悪感に襲われる。

「先輩。今日は、暇なんですか？」

ゆっくり昼食を食べている櫻木を見つめ聞くと、にこっと笑って櫻木が頷いた。前に店に連れて行ってもらった時も思ったが、櫻木は食べるのが遅い。一粒一粒大切に噛みしめているみたいに、時間がかかる。怜士は先に食べ終えてしまい、手持ち無沙汰《ぶさた》でコーヒーを飲んでいた。

「怜士、俺の部屋来る？　写真見せてあげる」

最後の一口を胃袋に収めて、櫻木が思いついたように告げた。怜士が身を乗り出して「ぜひ」と言うと、櫻木がはにかんで笑う。

昼食の後、櫻木の部屋に初めて入った。櫻木の部屋はおそらく半年しか住んでいないためか、あまり物がなかった。ベッドと書棚、それに壁に大きく引き伸ばしたパネルがいくつか飾られているくらいだ。

「これ、先輩が撮ったんですか？　すごく綺麗ですね」

カメラマンというくらいだし、壁のパネルは櫻木の作品だろうと思って怜士は指さした。壁には地平線らしき写真や、朝焼けの幻想的な写真がかかっている。とても趣があり、素人の撮ったものとは思えない。

「そう？　ありがとう。俺の専門は建築物だけどね、それは空が綺麗だったから。ほら、これだよ。一冊あげる」

書棚から変形サイズの薄い本を取り出して、櫻木が手渡してくる。ドイツの古城というタイトルの本で、本当にカメラマンの名前の欄に櫻木拓海とある。ドキドキしながらめくってみると、さまざまな城の写真が載っていて、なかなか見応えがあった。城は怜士も好きなので、めくりながら歓声を上げて櫻木を褒《ほ》め称《たた》える。櫻木もまんざらでもないのか、あれこれと撮った時の状況を語ってくれた。

「建築物は時間帯によっても顔が変わるから、面白いよね。この時は鳥がいい味出してたから、飛ばないでくれよって祈りつつ撮ってたんだ」

怜士の膝に広げた写真集を覗き込み、櫻木が楽しげに語る。ふっと櫻木の匂いを感じて、怜士は鼓動を速めながらしゃべっている櫻木を見つめた。櫻木は写真に目線を置いていて、怜士が熱く見つめているのに気づいていない。少し顔を突き出せば、櫻木の頬にキスできそうだ。そんなことをぼんやり考えていたせいか、ふらーっと近づいてしまい、慌ててぶるりと首を振った。

(うわ、今俺……しそうになってた)

自分から誰かにキスしたいと思うなんて、櫻木が初めてだ。怜士は他人から触られるのが苦手で、これまでつき合ってきた男性ともなかなか先に進めなかった。相手の性的な衝動を嫌悪していたところがある怜士は、自分がいざそういう気分になってみて、初めて今まで拒絶してきたのを悪かったなと反省した。好きになったら触れたくなるのは当然だ。何も殴り倒すことはなかった。

「どうした？　怜士」

急に黙り込んだ怜士に気づき、櫻木が不思議そうに聞く。急いで首を振り、怜士は笑みを浮かべた。

「いいえ、先輩はすごいなぁと思って…」

「そんなことないよ。そうだ、ちょっと待って」

櫻木がふと思いついた様子で、バッグの中から一眼レフカメラを取り出してきた。ケースからカメラを抜き出し、櫻木がレンズを怜士に向けてくる。

――とっさに顔を腕で覆ってしまい、怜士は膝から本を落とした。

「あ…」

無意識のうちに腰を浮かしかけていて、怜士は焦って本を拾い上げた。カメラを向けていた櫻木は、驚いた顔でカメラを下げる。写真を撮られるかもしれないと思い、つい動揺して変な態度をとってしまった。怜士はなるべくカメラを見ないようにして、すみませんと視線を泳がせたまま謝った。

「俺、写真……とか、撮られるの嫌いなんです。ちょっと今……びっくりしちゃって」

自分でもよく分からないのだが、レンズを向けられると無意識のうちに身体が強張ってしまうのだ。だから集合写真や、行事で撮られた写真では暗い顔ばかりしている。たかが写真くらいといつも思うのだが、なんとなく嫌な気分になるのだから仕方ない。

「いつから嫌いなの？」

カメラを脇《わき》によけて、櫻木が真面目な顔で聞いてくる。カメラが遠ざかったので、やっと櫻木のほうを向くことができるようになり、怜士は安堵して首をかしげた。

「いつから？　うーん……覚えてません。気づいたら嫌いだった……かな…」

怜士は曖昧《あいまい》な口調でそう呟いた。すると櫻木がいきなり手を伸ばしてくる。櫻木の手が頬に触れそうになって、いつものようにびくりと怜士は身を引いた。ふいうちのように触られそうになると、櫻木が相手でもどうしても身体が強張ってしまう。

「怜士は触られるのも苦手みたいだね。前も、びくっとしてた。それも、いつからか分からないの？」

櫻木の鋭い双眸《そうぼう》にじっと見られ、怜士は脈拍が速まって視線を部屋の隅に移した。櫻木が気づいているとは思わなかった。今、彼は実験のように怜士に触れようとした。それが少し苛立ちを生む。

「う……ん、と……。なんとなくっていうか……。

自分でもよく分かんないんです……」

あまりこの話題に触れてほしくなくて、怜士は懸命に違う話題を探した。櫻木には知られたくない。この件については深く考えたくないし、考えてもどうせろくでもない理由しか出てこないに決まっている。けれど櫻木は、穏やかな声で怜士を追い詰めてきた。

「――中学生の時は、そうじゃなかったよね？」

どきりとして怜士は、言葉を失った。

自分の鼓動がやけにうるさく感じられる。櫻木の口を止めたい。せっかく怜士が考えないようにしていることを、櫻木は静かに暴こうとしている。今すぐ立ち上がってこの部屋を出ようか。そんな埒《らち》もないことを考えた瞬間、櫻木の手が、突然怜士の手首を摑んできた。ぎょっとして怜士は身をすくめ、櫻木を見上げた。櫻木の目はまっすぐ怜士を見ていて、それがすごく怖い。

「不思議だなぁ…。どうして考えないようにしてるの？　考えなければ逃げられると思ってるの？」

櫻木の放った言葉が、深く鋭い刃《やいば》となって胸の奥を突き刺した。とっさに腕を振り払い、怜士はドアのところまで逃げた。いつの間にか表情が消え、血の気が引いて手がひどく冷たくなっていた。鼓動は全力疾走したみたいに速くなっている。

櫻木にこんな態度をとってはいけない。

「……す、すみま、せん……。俺、部屋に……」

「怜士、――座って」

帰る、と言いだす前に、櫻木の静かな声が遮ってきた。櫻木の声は静かだったのに、逆らうことを許さない力強さがあった。怜士は逃げたくてたまらない気持ちでいっぱいだったが、そろりと櫻木を見ると、その双眸に絡め取られたみたいになって、すごすごと櫻木の傍に戻った。うつむいて櫻木の前に正座すると、そっと手を差し出される。

「怜士、俺の手を握って」

穏やかな声で促され、怜士は意味が分からないまま、櫻木の左手に右手を重ねた。櫻木の手は大きくて、温かい。怜士が重ねると、櫻木は優しく怜士の手を握り、もう片方の手をさらに上に乗せた。

「何もしないよ。安心して」

櫻木の優しい口調に怜士はようやく顔を上げた。櫻木はいつものように穏やかな表情をしている。それなのにどうして怖いと感じたのだろう。

「怜士、なんとなくって理由はないんだよ。どんなものにも、意味はあるんだ。君はなんとなく嫌いだと思っているだけだろうけど、好きでも嫌いでも、そこには理由がある。たとえば君が、二つに分かれた道のどちらかを選んだとするだろ？　なんとなく右を選んだつもりでも、そこには絶対に理由がある。右の道に好きな花が咲いているとか、左の道には嫌いな犬がいるとか、本当にささいな理由でもね、絶対に何かがあるはずなんだ」

怜士は黙って櫻木のよく動く唇を眺めていた。手を繋いでいるから、嘘がつけなくて困る。櫻木は怜士の鼓動を聞いている。重ねた手が、怜士の心音を読み取っている。

「……写真を撮られるのが嫌なのも、触られるのが嫌なのも、失踪事件の後からなんだろ？　違う？」

櫻木は怜士が触れずにいたい問題を一枚一枚綺麗にはがしていく。櫻木が相手でなければ余計な真似をするなと怒鳴っているところだ。怜士は再びうつむいて、黙って唇を噛んだ。

「中学校の時は、君は触れることに躊躇がなかった。だって俺は人懐こい子だなって君のこと記憶してるもの」

ハッとして顔を上げ、怜士は櫻木の目を真正面から受け止めた。自分ですら忘れていた記憶を櫻木が引っ張り出してくれた。――そうだ、そういえば、昔はよく人と触れあっていた。スキンシップが好きだったし、それを苦とも思わなかった。飼育当番をしていたくらい、動物だって苦手じゃなかった。事件の後は自然と人が遠ざかってしまったし、それに気づかないまま何年も引きこもっていた。

「俺……」

怜士は苦しげに呻《うめ》き、眉間《みけん》にしわを寄せて唇をぎゅっと噛んだ。櫻木と会ってから、昔の自分がぼろぼろと出てきて、今の自分を苦しめる。長い間違う自分を演じてきたみたいに、櫻木は別の自分を語る。本当の自分はどっちなんだろう？　怜士にはもう分からない。

「怜士、本当に失踪していた間の記憶がないの？」

そっと怜士の手を離し、櫻木が目を細めて呟いた。

「はい……でも、どうせひどい目に遭ったに決まってるから、思い出したくないんです……」

怜士が心の内を明かすと、櫻木は難しそうな顔でため息を吐き、軽く怜士の髪を撫でた。先ほどまで手を握っていたせいか、今度は触れられても平気だった。

「嫌な記憶だったとしても、しっかり何があったか把握したほうがいいと思うけどね。でもこれは俺の勝手な意見だから、怜士は気にしなくていいよ」

そう言って櫻木はカメラをしまい、何事もなかったかのように棚の上に置かれていたボールを取り出してジャグリングを披露《ひろう》してくれた。気を遣わせている。それが申し訳なくて、怜士はなかなか屈託ない表情に戻れずにいた。

三月に入った頃、櫻木から新しいマンションに移るかどうか聞かれた。怜士がいいならこのままでいいよと言われたので、甘えることにした。パソコンの移動も面倒だし、何より櫻木の傍にいたい。一緒に暮らしているからといって、特に甘い雰囲気になるわけでもないし、接近できるというわけでもないのだが、少しでも櫻木が近く感じられるほうがいいに決まっている。

櫻木は父親の代わりに不動産関係の仕事もしなければならないみたいで、日中はほとんどマンションにいない。週に一度は休みをもらっているようだが、会社のほうが忙しいらしい。父親の見舞いもしなければいけないし、同じマンションに暮らしていても会える機会は少ない。せっかく同居しているのにもどかしい気分でいっぱいだ。もっと一緒にいたいなと思っていた矢先、櫻木から「たまには外で食事しない？　会わせたい人もいるし」という誘いがきた。喜んで了承して、水曜の夜に指定されたホテルに出向いた。

赤坂《あかさか》にある一流ホテルのロビーで、きょろきょろと櫻木を捜す。外で食事と聞いて、高そうな店に連れて行かれるのではないかと不安に感じたとおり、ホテルでフレンチのディナーだ。マンションを出る間際に、ジャケットとタイのある服にして、ネットでマナーに関するサイトをチェックしておいて正解だった。

「怜士、こっち」

櫻木がオブジェの辺りから現れ、怜士はホッとしてそちらに足を向けた。櫻木は仕立ての良いスーツを着ていて、このホテルの中でも慣れたそぶりだ。

櫻木の横から、すっと背の高い女性が現れて、怜士はどきりとした。髪をゆるく巻いた、色白の綺麗な女性だ。着ているものもブランド物のワンピースで、身につける宝飾もいかにも高そうに見える。女性は怜士に向かって深々と頭を下げてきた。怜士は戸惑いながら「どうも」と頭を下げた。会わせたい人というのが彼女なら、もしかして自分はひどく場違いな席に呼ばれてしまったのではないか。

「あの……先輩、俺お邪魔じゃ……」

女性が櫻木の恋人なら、自分は一緒に食事をしたくない。怜士が強張った顔で櫻木を見ると、こちらの気持ちにまったく気づいていない櫻木は、にこにこと女性の背中に手を添える。

「彼女が君にお礼をしたいと言ってて」

櫻木に促され、女性がまつげを震わせて怜士を見つめる。そしてそっと目を伏せた。

「あの…、無礼で申し訳ありませんが名前は名乗れません。けれどどうしても一言お礼を言いたくて…、事件解決のためにご尽力いただきありがとうございました。これ、つまらないものですが受け取ってください」

か細い声で女性が持っていた紙袋を差し出してきた。怜士は訳が分からないまま紙袋を受け取り、櫻木に顔を向ける。

「彼女、雅に苦しめられた人なんだ。俺の依頼者。君のおかげで解決したって言ったら、ぜひお礼を言いたいって言っててね」

櫻木の説明でようやく理解できた。彼女は雅に恐喝されていた女性なのだろう。つい同情心が湧き、怜士は首を振った。

「気にしないでください。俺、何もしてないですから」

「何言ってるの。雅を気絶させるようなパンチを与えたって、秦野君が言ってたよ」

櫻木が横から微笑んでつけたす。パンチではなくて頭突きなのだが、怜士は苦笑して黙っていた。

「お時間とらせて申し訳ありません」

怜士に礼を告げた後、彼女は何度も頭を下げて去って行った。ロビーを横切る彼女の背中を見送り、怜士は困った顔で櫻木を振り返った。

「俺、雅の居場所を教えただけで何もしてないのに、こんなのもらっちゃっていいんでしょうか」

「雅の住所はなかなか判明しなかったから、怜士の力は大きいんだよ。それに彼女の気がすむんだからもらってあげて。ほら、上の店、予約してある。行こう」

櫻木に明るい顔で背中を叩かれ、怜士は紙袋の中を覗き込んで唸《うな》り声を上げた。今さら追いかけるわけにもいかないし、名前も知らないので返しようがないが、却《かえ》って気を遣わせてしまったようで申し訳ない。紙袋の中はお菓子なので帰宅したら櫻木と食べよう。そんなことを考えつつ、櫻木の背中を追いかけ、四十階にある創作フレンチの店に行った。

受付に顔を出すと、黒服の店員は櫻木の顔を知っている様子で、すぐに「お待ちしておりました」と怜士に深く頭を下げ、案内してくれる。毛足の長い絨毯《じゅうたん》の上を歩き、奥の個室に通された。個室なんて入ったのは初めてだが、窓から見える夜景がまばゆくて素晴らしい眺めだった。

「お連れ様は、まだいらしていないようです」

大きなテーブルに設置された背もたれの長い椅子を引かれ、怜士は慌てて席に着いた。隣に櫻木が座り、黒服の店員と話している。

「うん、来たら通してあげて。一人服装が変な奴がいると思うけど、特別に許可してあげてね」

櫻木と黒服の店員との会話を聞き、まだ他にも列席者がいるのだと知った。てっきり会わせたい人というのは先ほどの女性だと思ったのだが、どうやら違ったらしい。

「先輩、あと誰が来るんですか？」

飲み物のメニューを手渡され、怜士は気になって身を寄せた。

「この前の秦野君。あと……まぁ来たら紹介するよ」

櫻木は機嫌の良い顔でどの酒を飲むか考え込んでいる。怜士も聞かれたが、なんでもいいと答えると、結局今日の食事に合う、ボルドー産の赤ワインを店員に頼んだ。秦野とはあの時の刑事か。落ち着かなくてそわそわしながら待つと、十五分ほどして個室に客が通された。

客は三人の男性だった。率先して歩いていた男の顔を見て、怜士は目を見開いて声を上げた。

「大輝……!!」

三人のうちの一人は、怜士もよく知る男だった。中学生の時クラスメイトだった守屋大輝だ。会うのは中学校を卒業して以来だが、すぐに分かった。あの頃も綺麗な顔立ちをしていると思ったが、今でもそれは変わりない。すらりとした肢体に、柔らかそうな髪、昔は憂いを帯びた目つきをしていたが、今は大人になってだいぶひねくれた雰囲気になっている。

「早乙女か、久しぶり。ちょっと雰囲気変わったな」

大輝も怜士を見て誰だか思い出したようで、懐かしそうな目をする。同じクラスで昼飯を一緒に食べたり、班分けがある時は同じグループになったりもしたが、大輝とはそれほど仲がよかったわけではない。大輝は誰にでも一線を引いてつき合う男で、一緒にいてもプライベートに踏み込ませないところがあった。大輝が心を開いていたのは、多分櫻木だけだ。だからこそあの頃、怜士は櫻木と大輝が二人でいる時の独特な雰囲気が妬《ねた》ましかった。

「どーも。お呼ばれしました」

大輝の背後から現れたのはいかにも変わった男だった。ドレッドヘアにサングラス、くわえて全身迷彩柄ときている。よくこのホテルに入れたものだと感心するくらい、見た目が怪しい。年の頃は同じくらいだが、サングラスをしているので表情が見えない。

「遅くなってすみません。早乙女君、どうも」

最後に部屋に入ってきたのは、この前会った秦野という刑事だった。くたびれたコートを着ていて、なんだかちょっとホッとする。ここにいる男性の中で一番背が高く、一番鋭い目つきをしているのは職業柄だろう。

「塚本《つかもと》、下で止められなかったの？　お前、それ以外の服持ってないのか？」

向かいの端の席に座ったサングラスの男に向かって、櫻木が呆れた声を出した。サングラスの迷彩服男は塚本というらしい。

「コートはふつうの持ってきたんでね。その辺は抜かりはありませんよ、花吹雪先輩」

にやりと笑って、塚本が怜士に顔を向ける。

「初めまして、塚本です」

「どうも。早乙女怜士です」

塚本と目が合って、慌てて頭を下げる。道で会ったら確実に距離を置いてしまうタイプの人だ。櫻木の友人らしいが、サングラスを外す気はないようだし、変わった知り合いを持っている。

「秦野君からの報告を、せっかくだから皆で聞こうと思ってさ。怜士、例の雅の事件、手伝ってくれた人たちだよ。帰国して大輝に会って、秦野君を紹介してもらったんだ。大輝と怜士は同じクラスだったろ？　懐かしいかなと思って、呼んだんだ」

櫻木はサプライズ的な気持ちで怜士と大輝を会わせたかったようだが、思ったより怜士と大輝がクールなので、がっかりしている。あいにくとそこまで興奮するほど仲がよかったわけではない。微妙な気分になりつつも、怜士はその場では雰囲気を盛り下げないようにと無理に笑みを浮かべた。

「いえ、会えて嬉しいです。大輝が元気そうでよかった」

怜士がいかにも当たり障りのない台詞を口にする

と、向かいの席に腰かけた大輝が破顔して長い指で唇を撫でた。

「花吹雪先輩、同じクラスだった奴は当然仲いいみたいな考え、やめたほうがいいよ。誰もが先輩みたいになれるわけじゃない。第一、こいつと話す内容はいつも、先輩のことだけだったんだから。今だってきっと俺のこと邪魔だなって考えてる」

「大輝……‼」

皮肉げな笑みで顎をしゃくられ、怜士は赤くなって大輝を睨みつけた。一気にあの頃の感覚が戻ってきた気がして、我ながら動揺する。そうだ、こいつはこういう少しひねた言い方をする奴だった。

「大輝は口が悪いな。怜士はそんなこと考えてないよ。ね？　それより何飲む？」

櫻木が邪気のない笑顔でたしなめている。この人は本気で空気が読めないかもしれない。自分と大輝が再会を喜ぶと思い込んでいたのもそうだが、この場にいる怜士の気持ちをまったく把握していない。この場合大輝のほうが正しいし、彼の言うとおり、邪魔だと思っている。

（大輝って、ずっと先輩と交流があったんだ）

先ほどからそのことがもやもやと胸の奥にしこりとなり、かすかな苛立ちを生んだ。卒業した後も続くくらい櫻木と大輝が仲がよいとは思わなかった。悔しいというか、羨ましいというか、自分との差を見せつけられたようで落ち込む。

櫻木が黒服の店員に飲み物を頼み、待つほどもなく最初にシャンパンが運ばれる。皆で乾杯をして、運ばれてきた食事に手をつけながら秦野の報告を聞いた。怜士はひそかな疎外感を覚えていたのもあって、聞き手に徹していた。秦野という刑事は大輝と仲がよいみたいだし、塚本という男とも古い馴染みたいだ。ここでは怜士だけが部外者なのだ。面白くない。秦野はなんとなくだが、もしかしたら自分と同じ性癖の持ち主ではないかという気がした。塚本は外見はアーミールックで変人っぽいが、しゃべるとふつうの青年だった。話の端々から、櫻木と同じ系統の仕事をしているらしきことが窺える。大輝は昔に比べて少し変わったかもしれない。大輝が秦野や塚本、櫻木に心を開いているのがよく分かる。彼にとってはこの場にいる自分のほうが邪魔者だろう。

　秦野からの報告で、雅――田中健一の罪状が固まり、拘置所に移されると知らされた。雅には婦女暴行罪や恐喝罪など、いくつかの罪名がかけられている。あの時雅と共にアパートを訪れた紫のスーツの男は、石田隆平といって盛竜会という暴力団の下っ端らしい。雅は彼の指示で動いていたようで、彼も重い刑罰を受けることになるだろう。

　その知らせを聞いた怜士は、もう自宅に帰らなければならないのかと内心がっかりしていた。

「怜士はまだしばらくうちにいるといいよ。関与した人が他にもいるかもしれないからね」

　話の途中で櫻木が気を利かせてくれたのか、怜士にそう声をかけてきた。その会話を耳にして、大輝が目を丸くする。

「早乙女、先輩の家にいるんだ？」

　大輝が面白そうな顔で、怜士を見て尋ねる。同居している話をされたくないと思ったが、櫻木はこちらの気持ちになどまったく気づかず、にこやかに怜士を家に招いた経緯を話している。聞きながら大輝がニヤニヤとして「ふーん」とこちらを向いたのが腹立たしかった。かなりムッとしたが、ここで何か言うと余計に相手を面白がらせるだけだと分かっていたので、無言で運ばれてきたスープを口に含む。

　会話が中学時代の櫻木の話になり、大輝が嬉々《きき》として秦野に櫻木の武勇伝を教えている。大輝がたまに怜士にも話を振り、会話に参加させようとするので、仕方なく話を合わせて、昔の櫻木のエピソードを語った。

「小さい頃から、マジシャンになりたかったんですか？」

櫻木のエピソードがマジック絡みのものが多かったせいか、秦野が不思議そうな顔で聞いている。

「マジシャンじゃなくて、魔法使いになりたかったんだよ」

ごく当たり前の口調で櫻木が言い、怜士はだからやたら魔法という言葉を使っていたのかと納得した。けれど納得したのは怜士だけで、他の皆はいっせいに笑い出している。

「さすが先輩。先輩のそういうところ好きです」

塚本が笑いながら、シャンパンの入ったグラスを掲げる。

「まったくだ、現代の魔法使いに乾杯！」

大輝も陽気にグラスを掲げ、ついで他の皆もグラスを上げる。怜士も急いで合わせたが、何がそんなにおかしかったのかよく分からずじまいだった。ちょうどソムリエがやってきて、メイン料理に合うボルドー産の赤ワインを新しいグラスに注いで回った。

「櫻木様、食事の最中に申し訳ありません」

ドアから静かに黒服の店員が入ってきて、櫻木の横にまわり、そっと耳打ちした。櫻木は困った顔で苦笑して、口元をナプキンで拭《ふ》く。

「ごめん、ちょっと挨拶しなきゃいけないお客が来ているみたい。少し席を外すよ」

櫻木が席を立ち、謝りながらドアに向かった。黒服の男に先導されて、櫻木が部屋から出て行く。櫻木がこの場から去るのは嫌だなと感じたとおり、わずかな沈黙の後に、大輝と目が合うと、にやーっと笑われた。

「早乙女、お前まだ花吹雪先輩に惚《ほ》れてんのか」

櫻木がいなくなったとたん、大輝は昔のような歯に衣《きぬ》着せぬ口調で、人の嫌がることを聞いてくる。

「うるさいな、放っておいてくれよ」

秦野と塚本もいるというのに、あいかわらずこの男は、どうすれば相手が一番動揺するか心得ている。秦野が目を見開いて自分を見つめるのが分かり、視線を横に逃がした。塚本のほうはサングラスをかけているので、あまり表情が分からないのが救いだ。

「先輩はやめとけよ。報われないって分かってんだろ？　あの人、羽生えてんじゃん。捕まるわけないって。一緒に暮らしているのに、お前の気持ちにぜんぜん気づいてない人だぜ」

ニヤニヤしながら大輝が懐から煙草を取り出して、火をつける。秦野が端に置かれた灰皿を引き寄せ、自分も煙草を取り出して大輝から火をもらった。

大輝は昔から勘の鋭い男だった。怜士が櫻木に憧れていたのも当然知っていたし、自分に向けられる嫉妬の感情にも気づいていただろう。櫻木が自分を好きになる可能性がないことくらい怜士にだって分かっている。自分には何のとりえもなく、櫻木のためにできることもない。振り向かせるほど美貌《びぼう》の持ち主というわけでもなく、最悪なことに自分は男だ。櫻木にとっては恋愛対象にすらならない。

「お前は報われるから恋愛するのか」

イラついたのもあって、ついきつい口調で大輝に言葉を吐き捨ててしまった。分かっていることを上から目線で言われて、腹が立ったせいだ。怒るかと思ったが、大輝はそれを聞いて目を丸くし、笑い出した。嫌な笑い方ではなかった。少しだけ優しい目つきになり、煙をわざとこちらに向かって吐き出してくる。ムッとして煙を払いのけると、横から塚本が大輝の頭を叩いた。

「いてっ」

「清涼《せいりょう》、お前は本当に苛めっ子だな。俺は別に早乙女君、いいと思うけどね。まるで望みがないとも思わないし」

塚本は横で睨んでいる大輝を無視して、怜士に笑いかける。塚本がかばってくれたのは意外だった。おそらく慰めだろうが、望みがないわけでもないと言われて、少しだけ浮上する。塚本は大輝のことを清涼と呼んでいたが、ニックネームか何かだろうか。

「はぁ？　あの花吹雪先輩だぜ。あの人の頭にはいつもどうやって人を驚かせようかってことしかないんだって。恋愛感情とか、恋焦がれるとか、多分誰に対しても抱かないよ。そういうのに興味ない人種って存在するんだぜ」

大輝はまるで取り合わず、ないないと首を振っている。確かに櫻木はいわゆる恋愛脳を持っていない気がする。

「そうなのか？」

秦野がびっくりした顔で大輝に聞くと、塚本が苦笑して代わりに答えてくれた。

「花吹雪先輩は博愛精神の人だから…。広く浅くなんだろうな。俺もあの人が誰か一人を深く愛する日が来るとは思えない。でもものは考えようだろ。それでいいなら、十分可能性はあるよ。第一あの人、めちゃくちゃ押しまくれば、ほだされそうじゃない」

「甘いな、塚本。俺、中学の時にめちゃくちゃ押してきた子知ってるぜ。寮にまで忍び込んできた、先輩のクラスメイト。けっこう可愛い子だったんだけど、三時間くらい先輩に説教されたんだから。君の未来には限りない可能性があるのだから一時の激情に身をやつしてもろくなことにならないー、とか言ってさ。一応花吹雪先輩にも好みはあるんだなってあの時感心したもんだ」

知られざる櫻木のエピソードを聞き、怜士は意外に感じていた。怜士も女性が強引に押しまくれば櫻木は落ちる人間だと思っていた。

「ごめん、中座して。あれ、どうしたの？」

すっかり櫻木の話題で盛り上がった頃に、当の本人が帰ってきて不思議そうな顔をした。皆が奇妙な目で注目したせいだろう。大輝は短くなった煙草を灰皿に押しつけ、怜士を見ながらまたあのにやーっとした嫌な笑いを浮かべた。

「今、先輩の話で盛り上がってたとこ。先輩の好きなタイプってなんだろうなぁーって思って」

大輝のわざとらしい言い方に内心はらはらしたが、言われた当人は首をかしげながら椅子に座り、穏やかに笑い返した。

「好きなタイプ？　ないよ」

想定外の答えを返されて、さすがの大輝も唖然としている。怜士もそんな答えが戻ってくるとは思わなかったので、櫻木を凝視してしまった。

「ないってこと、ないでしょ。胸が大きいとか、大人しいタイプとか、笑顔の可愛い子とか。マジでないの？　あ、分かった、そんじゃ嫌いなタイプは？」

大輝が食い下がると、櫻木は食べかけの肉をつついて、うーんと唸った。

「それもないよ」

数秒考えた末に、櫻木がまたもやありえない答えを出した。好きなタイプも嫌いなタイプもないなんて、本当に変わった人だ。誰しも好みというものがあるはずなのだが、櫻木はそういった意識が欠けている。

「ないわきゃないでしょ。だって先輩、一度結婚したじゃないですか。結婚できる人とできない人がいるってことでしょう？」

今度は塚本がやんわりと疑問を投げかけてくる。それに対しても櫻木の返事は似たようなものだった。

「ああ、それはあるね。男は結婚できないよね」

かなりとぼけた回答だったため、大輝が飲んでいた酒を噴き出しそうになってむせ込んでいた。こういった質問はしたためしがなかったので、櫻木の意外すぎる感覚に怜士も呆気にとられた。

「彼女とは見合い結婚だし、あの時はタイミングがいろいろ重なって、そのまま結婚したんだよね。どうしたの？　皆、変な顔をして。俺も聞きたいなぁ、どうしてそういうことが気になるんだろう。思春期を迎えた頃から、皆そうなんだよなぁ。恋愛とかセックスとか、それで頭がいっぱいみたい」

常々疑問を抱いていたというように、櫻木がため息と共に吐き出した。この人の頭には本当に恋愛というカテゴリーがないのかもしれない。こんなに美形で金持ちなのに、神様はもったいない真似をする。

「頭がいっぱいっていったら、こいつとか、怜士とか、そうでしょ」

大輝が秦野と怜士を指さして告げる。櫻木が驚いた顔で怜士を振り返り、「怜士もそうなんだ」と初めて知ったという顔で呟く。余計なことを言って、と大輝を睨みつけると、同じように言われた秦野も顰め面だった。

「人間の本能的なものだからなぁ……。先輩は変わってますよ、やっぱり。先輩は一人で自己完結しちゃってるとこあるからな。一人で寂しい夜があるとか、子どもが欲しいとか、誰かを守りたいとか、体面的に奥さんが欲しいとか、何かないんですか？」

塚本が畳み掛けるように櫻木に質問をする。それはぜひ怜士も聞いてみたい質問だったので、真剣な顔で櫻木を見て返答を待った。

「うーん……あんまり考えたことないなぁ……」

櫻木は塚本の質問に困った表情になる。本当にそういった内容を考えたことがないみたいで、腕を組んで懸命に答えを導き出そうとしている。

「先輩、まさかその年でＥＤとか言わないですよね。性的欲求とか、ちゃんとありますか？」

大輝は個室でなければ口をふさぎたくなるような質問をしている。怜士はこういう話を大勢でするのが苦手なので、ひたすら無言だ。櫻木はどうなのだろうと目を向けると、怜士とは逆にあっけらかんとした様子で答える。

「あるけど、抜けば治まっちゃうじゃない？　奥さんがいた時は義務だからしてたけど」

義務という単語が出てきて、怜士も含め皆が目を丸くして櫻木を見つめた。櫻木がこんなに性に対して淡泊だとは知らなかった。本人が語るように、本当にそちらの方面に関して興味がないのだろう。

結局、櫻木はよく分からないという答えしか出せず、皆の顔を見て、ごめんねと謝ってきた。恋愛方面にいっさい頭を使わないなら、いつもこの人は何を考えているのだろう。怜士などは今、櫻木で頭がいっぱいで他を考えるゆとりがないくらいなのに。

食事会は奇妙な空気で終わった。食事代は櫻木がすでに清算をすませていて、帰る時もスムーズだった。大輝が結論として、櫻木は宇宙人だと言いだし、その場にいた皆が納得した。


「この後どうする？　飲み直しする？」

エレベーターでロビーのある階まで下りながら大輝が聞き、ぐるりと皆を見渡した。べっこう色のエレベーターの、上部にある数字のランプが次々と点滅していく。男五人でエレベーターにいると、広く感じたエレベーターも狭い気がする。

「俺はもう帰りますから、先輩たちは飲みに行ってください」

怜士は気を遣って、櫻木にそう告げた。皆と会って話すのは悪くない感じだったが、初対面の自分が入るより、仲のよい人たちで飲むほうがいいのではと思ったのだ。

「俺も帰るよ。明日朝早くから仕事で出かけなくちゃならなくなったし」

意外なことに櫻木も帰ると言いだした。せっかく会ったのだから、となおも怜士は言ったのだが、この前も飲んだからいいよ、と櫻木はあっさりしたものだ。大輝たちも強く引き止めることはせず、一緒にホテルの正面玄関に向かった。ホテルを出ると、洒落た制服に身を包んだドアマンが、「タクシーをご利用なさいますか？」と尋ねてくる。

「うん、一台。大輝たちは？」

　櫻木の呼びかけに大輝たちは軽く手を振って笑った。

「俺たちは近場で飲むとこ探すよ。それじゃ先輩、また今度飲みに行きましょうよ」

「そう。じゃあまた」

　塚本と大輝が手を振り、秦野が軽く頭を下げる。ドアマンが停まっているタクシーのドアを開けて待っていたので、怜士は三人に軽く手を挙げるだけで別れをすませた。後部座席に腰を下ろすと、すぐに櫻木が横に乗り込んでくる。

　櫻木と大輝たちとの別れは呆気ないものだった。それはつまり櫻木が彼らと頻繁《ひんぱん》といわないまでも、あまり時間を空けず会っている証拠だ。それが感じられて面白くなかった。

　櫻木が代々木上原の自宅を告げ、静かにタクシーが発進する。車窓を流れる景色に目を向け、怜士は櫻木と大輝がどういうつき合いだったのかを聞こうかどうしようか迷っていた。大輝に嫉妬しているのを知られたくない。先ほどの話を聞いているだけで、櫻木がそういった感情とは無縁の存在だと分かる。そんな男に、自分の中にあるどろどろした感情を見せたくなかった。大輝が櫻木とただの先輩後輩というだけの仲だと分かっているから、まだ気持ちは抑えられている。もし二人の間に特別な空気を感じていたら、きっと今頃大輝が憎くてたまらなくなっていただろう。今夜の自分は我ながら醜い部分があちこちからこぼれ出てきて、うんざりする。

（それにしても……先輩の恋愛に対する感覚は変わってる……）

櫻木は変な人だ。これまで会った中でも、上位に位置するくらい変わった面がある。恋愛方面に関しては、小学生くらいの感覚みたいだ。あの口ぶりでは、きっと誰かに死ぬほど恋したことはないはず。それに安堵している自分もおかしい。

（ホッとするっていうか……。先輩の話聞いてから、何だかすごく安心している自分がいるんだよな）

自分でもよく分からないのだが、先ほどから櫻木に対する安心感が増大している。それまでも信頼はしていたが、胸の奥に残っていた疑惑がすっかり取り払われたような感じだ。ずっと考え続け、それがどうしてなのかおぼろげに分かり始めた。

（先輩が……セックスに興味ないって知って……、俺、安心してる…）

改めてそう結論づけると、今度は自分でも理解できなくて頭がぐちゃぐちゃになった。誰にも言ったことはないが、怜士にとってセックスは鬼門だ。接触拒否症とカフェユニークのマスターに言われたとおり、怜士はつき合い始めてもなかなか身体の関係に至れない。性欲はあるし、抱かれたいとも思っているのに、いざ触れられると気持ち悪くなってしまうのだ。それで数えきれないくらい破局して、こんな年なのにまともに抱き合った経験がない。恥ずかしい話だが、ディルドやローターでアナルを刺激するのが好きなのに、いざ人間相手だととたんに吐き気を催し、いつも勃起《ぼっき》できずに終わる。しかも無理に迫られると、殴り倒すのが恒例になっているありさまだ。

脳と身体がばらばらで、本当の自分がよく分からない。それでもいつか平気で触れ合える人が現れるはずだと、恋人を探し求めて夜の街を徘徊《はいかい》していた。雅だって、そういう人になってくれるかもと期待してつき合い始めた。結局彼はうわべだけの優しさしか持ち合わせていなかったが……。こんな自分と櫻木は両極に位置するようだ。

「怜士は……」

悶々《もんもん》と考え込んでいたため、急に櫻木に声をかけられ、怜士はハッとして我に返った。シートにもたれている櫻木は、こちらは見ずに、まっすぐ前を見たまま、小さく口元に笑みを浮かべた。

「怜士は馬鹿にしないんだな。俺が魔法使いになりたいって言うと、皆笑うのに」

囁くような声で言われて、すっかり思考の海に沈んでいた怜士は、最初何のことかよく分からなかった。食事会での会話を急いで振り返り、櫻木が皆に笑われていたのを思い出した。

「でも魔法使いっていますよね、本当に。あ、それはもちろん、小説や漫画に出てくるようなすごいのはいませんけど。イギリスにもまだ魔女っているじゃないですか。先輩がよくやるマジックも、昔の人はタネを知らないから魔法使いって思ったわけですし、アレイスター・クロウリーとか有名な人もいますよね。第一魔女裁判とか…」

何故櫻木の話を聞いて笑わなかったのかというと、実際に魔術師と呼ばれる人たちがいたのを知識として知っていたからだ。今はアニメやゲームなどで魔法使いのイメージは、架空の存在めいたものになっているが、過去の歴史にはさまざまな場所で実在してきた。櫻木がなりたいと言った時も、だからマジックが上手いのかと納得したくらいで、別におかしくはなかった。そういった歴史書を読むのが好きだったのだ。これは多分サンタクロースなんていないと笑う子どもが多いのと同じかもしれない。サンタクロースはグリーンランドにいるし、イギリスには魔女だって残っている。

「怜士」

話している途中で名前を呼ばれ、怜士は櫻木に顔を向けた。櫻木がきらきらした目で自分を見ていた。

櫻木にこんな目で見られたのは初めてで、驚いて少し身を引いてしまったくらいだ。

「そうなんだよ！　怜士、それを分かってくれる人に日本で会ったのは初めてだ！　イギリスに行くと、けっこう受け入れられるんだけどね、俺の考え。でもこんな身近に理解者がいたなんて嬉しいなぁ。君はすごく頭がいいね」

櫻木はまるで特別な仲間に出会えたみたいに感動して、怜士の手を握り、ぶんぶんと振る。褒められて悪い気分ではないが、櫻木は少々大げさすぎると思う。説明もなしに魔法使いと言われたら、五歳の子どもが将来の夢として語るのと同系列に見られても仕方ないだろう。

ふと櫻木が何故ハムスターにガンちゃんと名づけたのか、判明した。

「ああ、ガンちゃんって『指輪物語』に出てくるガンダルフのことだったんですか？　灰色ってそういうこと……」

トールキンの指輪物語には魔法使いが何人か出てくる。学生時代に怜士も読んだが、のちに映画化され日本でも一躍有名になった。

「魔法使いって、人を驚かせるのがきっと好きだったんだよ。だからわざわざマジックのタネを明かしたりしないのさ。俺もそう。びっくりさせるのが好き」

櫻木が嬉しそうに笑って、ジャケットの内側に手を突っ込んだ。次に差し出された手の中には、一輪の薔薇があって、怜士は「えーっ」と奇声を上げて、櫻木の身体を覗き込んだ。ジャケットの内側から一輪の薔薇《ばら》を取り出したが、どうみても櫻木のスーツにはそんなもの隠れている様子はなかった。第一ジャケットのボタンを留めているし、一体いつ買う機会があったというのか。

「これは怜士に。理解してくれたお礼」

にこにこと笑みを浮かべて渡されて、怜士は仕掛けが分からないまま手に取った。よく見たら造花ではないか。最近の造花はよくできていて、本物と見《み》紛《まが》うばかりだ。

「ありがとうございます」

思わずくすっと笑って、怜士は礼を言った。造花だと知り、櫻木がどこかに隠し持っていたのだといぅのは分かった。いつの間に仕込んでいたのかは不明だが、櫻木から花をもらうなんて初めてで嬉しい。

「よかった、笑顔になった」

怜士の顔を見て、櫻木が安堵した顔になる。怜士が首をかしげると、櫻木がうなじを掻いて苦笑する。

「皆と会わせてから、ちょっと沈んでいるように見えたからさ。俺、またやっちゃったみたいだね。大輝と会わせたら喜ぶかなって、勝手な思い込みしてた。ごめんね。どうも俺、他人の感情の機微にうとくて」

櫻木に謝られて、ひそかに気にしていたのだと知った。怜士が何故沈んでいるのかについては理解していないようだが、それでも気にかけていてもらえたのは嬉しい。確かにすごく楽しい席ではなかったが、今夜の食事会は怜士にとって意義のあるものだった。櫻木という人を知ることができた。怜士はあんなふうに他人の内面について気軽に質問できないので、そういう意味では大輝にとても感謝している。

「ううん。そんなことないです。大輝と会えてよかったという気持ちは、本当です。俺こそ、ごめんなさい。先輩に気を遣わせてしまった。ちょっと疎外感を覚えてしまって、一人で拗《す》ねてただけなんです。先輩は……その、大輝と仲がいいっていうか……」

櫻木に申し訳ない顔をさせたくなくて、怜士は思い切って本音を漏らした。どういうつき合いをしていたのか聞いてみたかったのだが、櫻木は怜士の意図をまったく読めないようで、ホッとした顔で両手を膝の上で組み合わせる。

「大輝と会わせたかったのは、別の理由もあったんだ。大輝、ちょっと不思議な力を持っているんだよ」

櫻木は秘密を打ち明けるみたいに、小声で告げてくる。怜士としては大輝の不思議な力などどうでもよくて、二人のつき合いがどういったものかのほうが重要なのに、ぜんぜん気づいていない。

「先輩は、ずっと大輝とつき合いがあったんですか？」

焦れったくなって、怜士はストレートに聞いた。

すると櫻木は目を細め、何かを思い出すような顔で、フロントガラスを見つめる。いつの間にか小雨が降り始めていて、ワイパーが動いている。

「うん……、大輝には昔俺が魔法をかけちゃったから、ずっと気にしてたんだ」

櫻木の整った横顔が物憂げになるのを見つめ、また胸にちりちりと嫉妬の炎がくすぶり始めた。櫻木にこんな顔をさせる大輝が羨ましい。

「あ、運転手さん。そこ右に曲がってください」

なおも質問しようとしたのだが、櫻木が身を乗り出して細かい道の説明を始めたので、話題はそこで終わってしまった。昔かけた魔法とは何だろう。二人の親密ぶりが伝わってくるようで、知りたいけれど聞きたくない。今夜の自分は狭量で、部屋に一人になったとたん自己嫌悪に陥りそうだ。

櫻木の隣にずっといられる人は、どんな人なのだろう。少なくともこんなふうに小さなことでうだうだ悩み続ける人間じゃないのは確かだ。怜士は櫻木に聞こえないようにため息をこぼし、雨で濡れる窓ガラスを見つめた。


大輝と再会した後は、日々もやもやとした気分が高まっていた。櫻木はまだ一カ月くらいは自宅に戻らないほうがいいと怜士を引き止めてくれるが、逆に言えばそれは一カ月しかここにいられないという意味だ。その間にどうにかしてもう少し櫻木と近づきたいという欲求が高まっていた。今の自分は櫻木にとって単なる後輩でしかない。この人は怜士が告白したことなどすっかり忘れて、ただの先輩後輩としか考えていないのだから質《たち》が悪い。大体怜士はゲイだと告白しているし、昔好きだったのも覚えているくせに、なんでちらりとも意識してくれないのだろう。櫻木は少し鈍すぎる。

告白してみようかという考えは強まっていたが、それは同居を解消するぎりぎりまで引き延ばしたかった。今のままでは告白しても、玉砕するだけだ。櫻木はまったく自分のことなど眼中にないし、言ってもきっと困らせるだけだろう。どうすればもっと櫻木と親密になれるのか、どうやったら櫻木は自分に興味を持ってくれるのか。いい考えは浮かばなかった。

櫻木との仲を悶々と考え続ける一方で、やっぱり遠い存在だと諦《あきら》めたほうがいいのではないかという弱い心も育ってきていた。このまま何も告げず、ただのいい後輩として時々会ってもらえるだけで満足すべきなのでは。そんな考えに支配されて、ため息が多くなった。櫻木の傍にいると心が浮き立って、もっと寄り添いたいと思う。怜士にしては珍しく、他人に触れてみたいという欲望が大きくなっていた。性的な行為をしたいわけではなく、ただ抱きしめてもらったり、その背中に張りついてみたりしたいだけだ。そうさせてもらえたら、きっとすごく満たされる気がする。それにもしかしたら櫻木となら、性的な触れ合いもできるのではないかという希望があった。これまで何度かそういう関係になりそうになった相手は、どれも向こうから言い寄ってきた人だ。

自分が好きになった相手なら、ひょっとして嫌悪感を覚えないかもしれない。それとも好きになった相手でも、やはり駄目だろうか。

一人で考えるのに疲れ果てた頃、怜士は櫻木に、金曜はカフェユニークに寄るので夕食はいらないとメールした。この複雑な思いをカフェユニークのマスターに聞いてもらいたいと思ったのだ。

ところが数秒後には『俺も行きたいな。店で待ち合わせしようよ』という文が返ってきた。櫻木が一緒では相談なんかできやしない。がっかりする反面、櫻木と一緒に行けることにうきうきした。相談はまた今度でいい。櫻木と二人で飲みに行けるほうが貴重だ。それに少し早めに店に行けば、マスターと二人になれる時間が持てるはず。

金曜日は夕方五時頃にマンションを出て、電車で新宿三丁目に向かった。

金曜の新宿は、人でごった返していて、道を歩くのも困難なほどだった。学生の集団や、会社員のグループが飲む場所を探して騒がしい。人のいない裏道を通ってカフェユニークに向かい、携帯電話を取り出してメールが来ていないか確認した。櫻木からはメールがないので、まだ仕事中だろう。櫻木が来る前にマスターと話そう。

奥まった路地にあるカフェユニークのドアを開け、カウンターにいるはずのマスターに声をかけようとした。すると視線の先に、すでに櫻木の姿がある。

——予定外だ。

「いらっしゃい、シンヤ。櫻木さん、もうお待ちよ」

マスターはすっかり出来上がった顔で怜士を迎える。カウンターに身を乗り出し、櫻木と顔を近づけるようにして話している姿は、今にも櫻木に口づけそうだ。マスターの目はうっとりしていて、櫻木という見目良い男にすっかり骨抜きにされている。

「マスター、近い。先輩、早いですね」

危険を感じてマスターの肩をカウンターのほうに押し戻し、怜士は櫻木の隣に腰を下ろした。

「うん。マスターといろいろ話してたんだ。面白い人だね」

明るく笑う櫻木は、五百円硬貨くらいの大きさのコインを指先で弄《もてあそ》んでいる。おおかたマスターに手品でも見せていたのだろう。マスターのはしゃぐ姿が容易に想像できる。

「もー櫻木さんって素敵ねぇ。イケメンの上に手先まで器用で。櫻木さん、奥の部屋で私と二人っきりにならない？　もっとマジック見たいわぁ。あ、いっそうちで毎週披露するとか」

「マスター、俺いつもの」

マスターが櫻木しか見てくれないので、怜士は拗ねた口調で注文した。マスターが大げさに肩をすくめながら、ワインを温めてくれる。

「今日は早かったんですね」

カウンターに並んで座り、怜士はこころもち櫻木に身を寄せながら言った。櫻木はいつも仕立ての良いスーツを着ている。この前どこのメーカーを使っているのかさりげなく上着を確認したら、櫻木のイニシャルの刺繍《ししゅう》が入っていて仰け反った。オーダーメイドだ。

「三時頃には暇になってたんだ。役員会議しかなかったし、それに妹の絢《あや》が出張中で」

「妹？」

櫻木と会話していると、割って入るようにマスターがホットワインの入ったグラスを怜士の前に置いてくる。持ち手のある耐熱ガラスのグラスは、深みのある葡萄《ぶどう》色で染まっている。

「聞いたわよ、シンヤ。一緒に暮らしてるんだって？」

マスターがグラスを磨きながら、ニヤニヤして告げてきた。どうやら櫻木と話している間にいろいろ情報を仕入れたようだ。怜士は変なことを言うなよ、とマスターに目で釘を差し、ホットワインを一口飲む。

「先輩のとこに少しお世話になってるだけだよ。雅の奴、ヤクザと一緒に押しかけてきて大変だったんだから」

「まぁ確かに雅の件はねぇ……捕まってよかったわ」

マスターのところにも雅が逮捕された情報は回っているそうだ。顰め面をするマスターと、櫻木の三人でしばらく事件について会話をする。盛竜会は最近あこぎな手を使うので有名で、この辺りで店を構えている住人も迷惑をこうむっているらしい。

櫻木が二杯目を怜士と同じホットワインにして、マスターも一緒に飲みながら三人で話をしていた。怜士としては櫻木とだけ話していたかったのだが、マスターは客がいないのをいいことにちゃっかり話に食い込んでいる。どれくらい経った頃だろうか。

場が盛り上がってきた頃、ドアのベルが鳴り、客が数人流れ込んできた。

「いらっしゃい。あら……」

客に向かって愛想のいい笑みを向けたマスターが、怜士をちらりと見て困った表情になる。気になって振り返ると、入ってきた客の一人に目がいった。

四人組の一人に、眼鏡をかけた中肉中背の同年代の男がいた。熊の刺繍が入ったスタジャンを羽織った、オールバックの目がつり上がった容姿——すぐに金子陽一《かねこよういち》だと分かった。前にこの店で知り合い、つき合おうと口説かれて数回二人で会った。セックスの段階になり、結局身体が拒否してしまい、それから上手くいかず別れた。まさか今夜かち合うとは思ってなかったので、大失敗だ。櫻木に知られたくないから、頃合いを見て河岸を変えようとさりげなく言いださなければならない。

「マスター、こっち」

金子は友人らしき男と一緒で、テーブル席のほうに座るとメニューを眺めながらマスターを呼ぶ。マスターが注文を取りにカウンターを離れ、怜士は櫻木の気を逸らすためにホテルで会った彼女からもらった手土産について話を振った。高価そうな菓子の下に、現金十万円が入った封筒が入っていたのだ。金などもらえないから返しておいてくれと頼むと、現金の話は櫻木も知らなかったようで、「心配だったんだろうね。口止め料のつもりかな」と苦笑いした。櫻木が返しておいてくれると請け負ったので肩の荷が下りた。恐喝した雅と同系列に扱われたようで、少し気分が悪かったのだ。

櫻木と会話しながらさりげなくテーブル席のほうを見ると、金子がマスターを捕まえて何やらこそこそと話しているのが分かる。一瞬目が合って、嫌な予感がした。金子はすでにどこかで飲んでいたみたいで、目の縁が赤い。酒に酔うと乱暴になるところがあって、あまり会いたい相手ではなかった。

「先輩、あの…もう帰って家で飲みませんか？」

怜士が小さな声で告げると、グラスを傾けていた櫻木は目を丸くして首をかしげた。

「え、でもまだ来てからそんなに経ってないだろ？」

「……そうですけど」

櫻木の気を変えさせるために、なんと言えばいいのか考えつつ、怜士はホットワインを飲み干した。

ふっと空気が変わった気がして振り向くと、金子がニヤニヤしながらカウンターのほうに近づいてくる。

「よう、久しぶりじゃん。怜士」

金子は軽い口調で声をかけてきて、怜士の隣に勝手に腰を下ろした。マスターが困った表情でカウンターを回り、酒を作りながら「揉《も》め事はお断りよ」と小声で呟く。金子はいきなり怜士の肩に長い腕をかけ、顔を近づけてきた。酒臭い。

「なんだよ、そいつ新しい彼氏？　すっげイケメン捕まえたなぁ」

　金子は舐めるような目つきで櫻木を見据え、怜士の肩に腕を回したまま身を乗り出してくる。櫻木は戸惑った顔で金子を見返し、「友達？」と怜士に確認してきた。

「金子さん、この人は新しい彼氏じゃないですよ。今日は静かに飲みたいだけなんだ。遠慮してもらえますか？」

　嫌がらせのような態度をとる金子に腹が立ち、肩にかけられた腕を振り払い、わざと丁寧な口調で睨みつけた。すると金子はそれが気に障ったのか、わざとらしく額に手を当てて嘆きだす。

「うっわ、つれねぇの。俺なんかお呼びじゃねーってか。なぁなぁ、イケメンさんよぉ」

　カウンターに肘《ひじ》をついて、金子が櫻木に視線を注ぐ。

「こいつ、超お固いんだから。もうやらせてくれた？　俺には触らせてもくれなかったけど、イケメンだと違うわけ？」

「金子さん……、先輩はそういうのと違うんですから」

　変な話を櫻木に聞かれたくなくて、怜士は金子の肩を軽く押した。金子は下卑た笑いを浮かべながら、急に怜士に向かって蔑《さげす》んだ眼差《まなざ》しを向けた。

「でもさぁ。ホントは、そうじゃねーんだろ？　連れが言ってたぜぇ。——お前そっくりな奴がゲイビに出てるって」

　——ゲイビデオに出ていた。

　金子の笑い声と共に血の気が引いて、怜士は硬直した。

「もったいぶってたわりに、身体売ってたんじゃん。俺じゃやらせらんねーとか思ってたってことかよ？」

　金子は吐き捨てるような口調で告げ、膝を手で打っている。血の気が引いた次の瞬間には、一気に頭に血が上った。逆上して、気づいたら金子の顔に拳を叩きつけていた。何をやっているのか自分でもよく分からなかった。がんがんと頭が鳴り響き、思考できない。ただ頭にあるのは怒りだけだ。遠くから誰かの声が聞こえて、金子の顔をめちゃくちゃにしてやろうと思ったのに、身動きがとれなくなる。

「怜士！　やめるんだ！」

耳元で櫻木の大きな声がして、怜士はびくりと身体をすくませた。

驚くくらい自分は汗びっしょりだった。身体は冷たく、息が浅い。背後から怜士を羽交い絞めにしているのは櫻木だ。足元で金子が呻き声を上げて横たわっていた。殴った時に鼻血が出たのか、金子の衣服と自分の拳と衣服に血がついている。

「金子！　大丈夫か!?」

金子の友人たちが慌てた様子で駆け寄ってくる。

「怜士、息を吸って」

再び耳元で櫻木の声がして、怜士は初めて自分が呼吸を止めているのを知った。酸素を取り込むと、肺がひどく震えた。怜士はゆっくりと呼吸を繰り返し、ようやく全身から力を抜いた。息を止めている間、身体はがちがちに固まっていて、呼吸を何度もするまでそれはなかなかほぐれなかった。

「ちょっとどきなさい。あらやだ。ひどい顔ね」

救急箱を持ってマスターが駆けつけ、金子の怪我の具合を見ている。怜士は自分のしたことに青ざめ、ぶるぶると身体を震わせた。何故か分からないが、金子に言われたことに逆上して、相手を殴りつけていた。身体は冷たいのに、拳だけ熱い。

「怜士、今夜はもう帰りなさい。金ちゃんのことは私が見ておくから」

真っ青な怜士を見て、マスターが追い出すようなそぶりをした。そんなわけにはいかないと思ったが、櫻木がジャケットを手に取り、怜士の背中を押す。

「申し訳ない、そうさせてもらいます。後日お詫《わ》びに伺いますから」

櫻木は落ち着いた声で告げ、多めの勘定をカウンターの上に置いて怜士を促した。金子の友人たちは、怜士と金子が少しの間つき合っていたのを知っていたので、意味深な視線を送ってくるだけで難癖をつけることはなかった。

櫻木に促されるまま、怜士は店を出た。カフェユニークを出て、外気に触れると、ようやく少しだけ思考が働く。また頭に血が上って、ひどい真似をした。何も殴ることはなかった。

「怜士、大丈夫？」

怜士の身体にジャケットを羽織らせ、櫻木が心配そうに覗き込む。

「す…、すみ…ません…。俺…」

櫻木はどう思っただろうか。怜士は青ざめた顔でうつむき、かすれた声を出した。

「君は頭に血が上るタイプなんだな。少し歩こう」

怜士の固まった状態の手を取り、櫻木が指を一本一本開いていく。ぎこちなく強張った手が開かれ、櫻木に握られた。櫻木に手を引かれ、怜士は黙って歩き出した。自分の手が血で汚れているのが見えて、綺麗な櫻木の手を汚さないか心配だった。櫻木は駅とは反対方向に向かい、ゆっくりとした足取りで怜士を導く。

櫻木に軽蔑《けいべつ》されたのではないかとそればかりが気がかりだった。早く櫻木の誤解を解きたい。何故殴ってしまったのだろう。

「お、俺…、俺…」

怜士はもつれる口調で、必死に櫻木に声をかけた。櫻木が振り返り、悲しげな目で自分を見ている。

「俺、ゲイビデオになんか出てない……、出てません…、俺…、違う…」

言葉が上手く出てこなくて、怜士は頑なな声で言い張った。櫻木に身体を売っているなんて思われたくなかった。櫻木にそんな輩《やから》だと思われるくらいなら死んだほうがマシだ。どうして金子はあんな嫌な冗談を口にしたのだろう。きっと櫻木と一緒にいたから嫉妬したに違いない。

「俺……違う…、絶対……違う…」

上手い言い方ができなくて、低い声で同じ言葉を何度も呟くしかなかった。櫻木は無言で立ち止まると、空いた手で肩をぽんぽんと叩いた。

「怜士、落ち着いて。大丈夫だよ。今の君は凍っちゃっているみたいだ。心配しなくていいから」

櫻木の優しい声が降ってきて、怜士はおそるおそる顔を上げた。軽蔑されているのではないかと恐れた櫻木の目は、いつもどおり怜士を優しく見ていた。その瞳の中には、労《いた》わるような色が浮かんでいる。櫻木に蔑まれていないと分かり、やっと肩から力が抜けた。

「今夜はもう帰ろうか？　それともどこかの店に行きたい？」

櫻木に聞かれて、怜士は弱々しく首を振った。通りすがりの女性が、手を繋いでいる怜士と櫻木を好奇の目で見ている。櫻木に申し訳ないと感じたが、繋がれた手は離せなかった。

「帰りたいです……」

怜士が弱々しい声で訴えると、櫻木が頷き、通りに足を進め、タクシーを停めた。櫻木にそっと身体を押され、車に乗り込む。シートにもたれると、身体が異常に重くなっていたのが分かった。続いて櫻木が乗り込み、運転手に自宅の場所を告げる。

「すみません……」

動き出した車の中でもう一度謝ると、櫻木は黙ってまた手を撫でてくれた。

自宅に戻り、櫻木に風呂に入るよう言われて、深く考えずに従った。湯船に身体を浸《つ》からせると、固まっていたすべての筋肉がゆっくりと溶けていくようだ。時間が経つにつれ、思考は回復していき、それと共に後悔の念が湧いてきた。櫻木にも金子にも悪いことをしてしまった。マスターにも迷惑をかけた。謝りに行かなければならない。

ふいうちのように言葉の刃を刺されて、怜士にもおぼろげに自分がどうしてあれほど逆上したのか理由が見えてきた。これまでずっと逃げ続けていたが、金子に指摘されて自分の中にある深淵《しんえん》が少しずつ形を成してくる。薄々勘付いてはいたのだ。けれど認めたくなくて、これまで考えないようにしてきた。それが今夜のツケとなって現れた。

風呂から上がってパジャマに着替えてリビングに行くと、櫻木が水割りを作って待っていてくれた。櫻木はネクタイを外し、シャツにズボンという恰好だ。部屋は床暖房で温かく、怜士は櫻木の座っている大きなソファに足を進めた。

「先輩……」

怜士が声をかけると、櫻木が「座って」と横をぽんぽんと叩く。怜士は櫻木の隣に腰を下ろし、渡されたグラスを手に取った。

「うすーくしてあるからね」

櫻木は怜士の体調を考え、お酒を薄めに作ってくれたらしい。礼を言って一口飲むと、柑橘《かんきつ》系の味がした。櫻木はグラスの中の氷をゆっくりと回し、怜士を見つめる。

「落ち着いた？　さっきの君を見て、思い出したことがあるよ。怜士って中学校の時も、廊下で誰かと殴り合いの喧嘩してたことあったよね？　君って昔から逆上するタイプだったんだねぇ」

　櫻木はおかしそうに笑いだしている。櫻木に言われて記憶が蘇ったのだが、確かに中学一年生の時に廊下で隣のクラスの男子と殴り合いの喧嘩をした。名前も忘れたが、櫻木の悪口を言っていた。それが無性に腹立たしくて、黙らせてやりたくて殴りかかったのだ。あの頃の自分は櫻木の信者だったから、どんな悪口も許せなかった。

「君は一見喧嘩なんてしなさそうな顔してるけど、意外と暴力的というか…」

　櫻木はまだ笑っている。櫻木の笑いに気持ちが柔らかくなり、怜士も肩から力を抜くことができた。

「俺、背も低いし弱そうでしょ。だから一発目が大事なんです。出鼻くじくと、相手もびびるから」

　怜士が淡々と語ると、櫻木がふーんと面白そうな目で見つめる。

　この人は空気が読めないと言われているけれど、こうして人の心を開かせるには長《た》けている。怜士は櫻木が怒った姿を見たことがない。いつも穏やかで楽しげで、まるで腹立たしい思いなどしたことがないみたいだ。そんな人間がいるわけはないから、きっと心が広いのだろう。

「……俺はよく分からないけど、ゲイビに出てるってそんなにひどい侮辱なの？　そっちの世界じゃ人気者みたいに思えるけど」

　さりげない言い方で櫻木に聞かれ、怜士は覚悟を決めて唇を引き締めた。これまでずっと自分の中に隠し続けていた陰部を、櫻木に話すことで軽くしたかった。この人は怜士の話を聞いても蔑んだりしない。それがすごく分かった。

「俺……。好きになるのは男だけど、男に触れられるのが嫌いなんです」

　ぼそりと怜士が言うと、櫻木は顎に手を当て、目を細めた。

「マスターが接触拒否症って言ってたね。ふつうのタッチも嫌なの？　それとも性的な触れ方が嫌なの？」

櫻木の聞き方は事務的で、怜士は心もち顔を上げて口を開いた。

「その……性的な……というか、あの……嫌いというより、多分怖いんです。身体がすくむっていうのかな……、その反動で相手を殴ってしまうことがよくあって……」

櫻木は黙って怜士を見て、先を促す。櫻木の表情は何も変化がなく、怜士に対して軽蔑する様子も、好奇心がある様子も見当たらなかった。まるで医者に話しているような気分になり、怜士は少し胸が軽くなった。

「俺……カメラも嫌いでしょ……。カメラっていうか……レンズっていうのかな……。だから俺……」

ごくりと唾《つば》を飲み込み、怜士は両手で顔を覆った。

この先はとても櫻木の顔を見て話せない。

「俺、失踪してた時……、レイプされたんじゃないかって……、うっすら思ってたんです。必死に考えないようにしようと思ってたけど……、だから……、それで……、その姿を撮られたんじゃないかって……」

切れ切れだがどうにか自分の中にある疑惑を口にできた。頭がずんと重くなり、唇が震え、目に涙が溜まる。考えないようにしていても、その疑惑は怜士の中にずっと残っていた。

金子に「ゲイビデオに出てただろ」と揶揄されて、頭に血が上ったのは、自分の中にもその疑惑があったせいだ。図星を差されて、逆上した。やっぱり自分は汚されていたんだ、そんな感情が一気に噴き出して、暴力的な衝動を抑えられなかった。

「そういう記憶があるの？」

櫻木に真剣な顔で聞かれ、怜士は力なくうつむいた。失踪した後、数人の男性に押さえつけられる夢を見るようになった。ペニスが口の中に突っ込まれ、どろりとした液体を吐き出される感触。身体中を触られる吐き気を催すような感覚。気持ち悪い夢だ。いつも汗びっしょりで目覚め、ただの悪夢だと頭から追い出そうとした。だが経験もないのに、何度も繰り返しそんな夢を見るはずがない。しかもあれほどリアルな感触まで再現できるなんて、明らかにおかしい。

「何度か……夢に……」

カメラやレンズといったものが苦手になったのは、失踪した後からだ。

櫻木はしばらく黙って考え込んでいた。櫻木が怜士の話を聞いてどう思ったか知るのが怖い。同情はされたくない。けれどどこんな話をしたのは櫻木に優しくされたい気持ちがあったのかもしれない。櫻木はどんな気持ちを抱いただろう？　怜士が顔を覆っていた手を下ろして、怯えて見つめると、櫻木は急に大きく頷いた。

「――――じゃ、とりあえず君に似ている人が出ているっていう、そのゲイビデオを見てみようよ」

最初に出てきた発言があまりに思いがけなかったので、怜士は涙も引っ込んでぽかんと口を開けてしまった。櫻木は至極当然といった様子で、怜士をまっすぐ見つめている。

「え……、それは……」

絶対に嫌だ、という言葉が口をついて出てきそうで、怜士は顔を引き攣らせた。そんなもの見たくもないし、探したくもない。もし金子の言っていたビデオを見て、そこに映されているのが本当に自分だったら、精神が崩壊してしまう。何を言っているんだ、と櫻木に怒鳴りつけたくなったくらいだ。けれど櫻木は嫌がる怜士の肩を叩き、真面目な顔で力説した。

「嫌なの？　でもちゃんと確認しなきゃ駄目だよ。

もし本当に君のそんな姿が撮られていたなら、販売を止めるなり、回収するなりしなきゃいけないだろ？　君がどうしても嫌だというなら、俺がかわりにやってあげるよ。君が殴って怪我させた彼に聞いて、そのビデオをチェックをする」

「でも……」

無意識のうちに身を引いて、怜士は顔を歪めた。

今話したことは、家族や友人にも言えなかったものだ。櫻木に話すだけでもかなりの決断が必要だったのに、これ以上その陰部に足を踏み入れるなんて怜士にはできそうになかった。櫻木の言い分は正しく、そうしなければならないのも分かる。けれど言われただけでもう頭が拒絶しているのに、さらに実行に移すなんて不可能に思えた。

（嫌だ！　絶対に嫌だ！）

自分が見るのも櫻木に見せるのも、両方認められなかった。激しく思考が拒絶し、この場から逃げ出すか、今のは全部嘘ですと言いだしたくなった。嘔吐《おうと》感が込み上げる。頭の中がコールタールで埋め尽くされたみたいに、身動きが取れず、深い闇に沈んでいくようだ。

「嫌だ……、嫌です……」

顔を強張らせて怜士が拒否すると、櫻木の目が初めて少し険しくなった。どきりとして身をすくめる怜士に、櫻木が真剣な顔で告げた。

「どうしてこういう時、被害者である人のほうが負い目を感じるんだろうね。俺は本当にそういうのが許せないんだよ」

硬い声で櫻木が呟き、眉間にしわを寄せる。櫻木のそういう顔を見たのは初めてで、怜士は鼓動が速まった。自分が何か彼を怒らせる真似をしたのではないかと、身体がびくつく。

「怜士、起きてしまったことはしょうがないんだ。逃げたからって、事実は変わらない。どんなに嫌なことでも、君の人生なんだ。受け入れるしかない」

力強い声で言われて、怜士は硬直した身体で櫻木を見た。腹の底がきゅーっと熱くなり、身体がわなわなとする。櫻木の放つ言葉に感銘を受けている自分と、他人事だからそんなことが言えるんだ、と腐る自分がいる。櫻木の言葉は正論すぎて、そこから逃げ出すには黙って立ち去るしかない。

(俺はいつも逃げてきた)

怜士は青ざめた顔で櫻木から視線を逸らし、部屋の隅を見た。怖かったから、考えないようにしていた。真実を知るよりも、自分の中でなかったことにするほうが楽だった。過去の自分を否定されるようで、櫻木に対する反発心がむくむくと頭をもたげてくる。

「せ……先輩は……、強いからそういうことが言えるんですよ……。自分のことじゃないから……」

きれいごとだ、という思いが強まり、尖《とが》った声が口から飛び出した。櫻木に対してこんな口のきき方をするなんて、と我ながら信じられない。櫻木の言うことならいつでも素直に頷いていたのに。

「怜士……」

「俺は嫌です！　絶対に！」

櫻木の声を遮るようにして大声を上げ、怜士はソファから立ち上がった。ビデオを確かめるなんて、とてもできそうになかった。これ以上櫻木と話して丸め込まれる前に、怒鳴りつけてリビングから出て行った。櫻木は引き止めるかと思ったが、怜士が部屋から出て行くのを黙って見送った。

混乱した頭で部屋に戻り、ドアを閉めてベッドに潜り込んだ。子どもみたいに櫻木の前から逃げだしたことで、嫌悪感と後悔が交互に襲ってきた。櫻木は何一つ間違ったことも悪いことも言っていないのに、自分ときたら最悪な態度をとってしまった。戻って謝ろうかとも思うが、ビデオを探すなんて絶対にしたくない。怖い。自分の恐ろしい姿を見つけてしまったら、この先どうやって生きていけばいいか分からない。

ベッドに潜っているのに、身体はなかなか温まらなかった。頭がひどく冴《さ》えて、眠りも訪れない。胸が苦しい。わけもなく泣きそうになって、そんな自分が情けなくてたまらなかった。

明日櫻木に謝ろう。

どうにか眠れそうになった頃、やっとその考えに辿りつけた。櫻木に嫌われたくない。怜士は固く目をつぶり、毛布をぎゅっと握りしめた。

翌日目覚めると、櫻木の姿はなかった。

その日は頼まれた仕事もあって、一日中パソコンの前で作業をしていたのだが、夜になっても櫻木は帰ってこなかった。櫻木の分の夕食を冷蔵庫にしまい、落ち着かない気分でベッドに入った。もしかして櫻木を怒らせてしまっただろうか。怜士の顔を見たくなくて、帰ってこなかったのかも。

次の日に食事の支度に来た松子も、櫻木が戻ってこなかったのを心配している。メールもないし、書き置きもない。仕事が忙しいのだろうか？　夕食の用意を終えた松子に呼ばれてリビングに行くと、二人分の夕食が用意されていたが、もう一つは松子の分だ。

「今、ぼっちゃまからお電話があって、しばらく戻らないそうですよ。お仕事が忙しいんですって」

松子が食卓につき、困った表情で教えてくれる。

櫻木は仕事だったのか。安堵する反面、あの諍《いさか》いの後留守にされたのは、やはり怜士と距離を置きたかったせいではないかと気がかりだった。世話になっているうえに、心配してくれた櫻木に対し、拒絶する態度をとったのはよくなかった。松子と一緒に夕食を食べながら、後悔の念が重くのしかかった。

松子が帰ってしまうと、広い部屋に一人きりで、無性に寂しくなる。自分の住んでいたアパートは狭い部屋だから気にならないが、ここは広くて、夜になると落ち着かない。気を紛らわせるために頼まれた仕事を続けたが、ずっと現実逃避で仕事をしていたから、すぐに終わってしまった。しばらく戻らないと言っていたが、しばらくとは何日くらいを指すのだろう。悶々として静かな部屋で眠りにつき、櫻木のいない三日目を迎えた。

櫻木はその日も、戻ってこなかった。

三日も主がいないと、どうしてここに自分がいるのか分からなくなってくる。もう自分のアパートに帰ろうか。そんな思いで風呂をすませた怜士は、思い余ってパジャマのまま櫻木の部屋に勝手に入った。

どうせ今夜も戻ってこないなら、一日くらい櫻木のベッドで眠ってもいいのではないか。

風呂上りに飲んだビールのせいか、気分が大きくなって、勝手に櫻木のベッドに潜り込み、枕の匂いを嗅いだ。櫻木の匂いがする。香水の匂いだろうか？　櫻木に包まれているみたいで、ドキドキする。

（なんか俺、変態っぽいな…）

自嘲《じちょう》気味に呟き、怜士は携帯電話でアラームをセットして枕元に置いた。櫻木のベッドは大きくて、ふかふかだ。櫻木がいつも寝ているベッドを拝借するなんて、我ながら信じられない大胆な行為だ。櫻木が帰ってくる前に部屋から出て行けばばれないだろう。そう結論づけ、怜士は目を閉じて身体を丸めた。あの日からなかなか寝つけない日を繰り返していたが、今夜は櫻木の匂いで眠れそうな気がする。

ほどなく睡魔に襲われ、怜士は夢の世界に潜った。

携帯電話のアラームの音がして、怜士は眠りから目覚めた。鳴り続ける携帯電話を、手を伸ばしてとろうとして、ぎょっとして身を引く。

隣に櫻木が眠っている。

「あ…!!」

驚きのあまり大声を上げそうになって、怜士は硬直した。同じベッドで寝ていた櫻木は、アラームの音に眠そうに目を擦り、怜士のほうに身体を反転してきた。慌ててアラームを止めて、目を開けた櫻木を真っ赤になって見た。櫻木は大きくあくびをして、まだ眠いというように毛布を引っ張る。櫻木のベッドで寝ていたことが、完全にばれてしまった。どうしてこう間が悪いのか。

「あ、あの先輩……勝手に寝ちゃって……すみません…」

ダッシュで逃げ出したかったが、とりあえず謝らなきゃ駄目だろうと思い直し、青ざめて頭を下げる。そのままベッドから出ようとしたが、櫻木の腕が腰に回り、寝ぼけた状態でひっつかれてしまった。

「うん……温かいからいいよ。寂しかったの……？まだ早いだろ、もう少し寝たら」

眠そうな声で囁かれ、怜士はかちこちに固まった状態で櫻木を見つめた。櫻木は再び寝息を立てて寝入ってしまう。どうしようか迷ったが、そのまま再び横たわり、眠っている櫻木の顔を見つめた。すごく間近にいるのに、あまり怖くなかった。櫻木が寝ているせいかもしれないが、寝息を聴いているとひどく安心する。勝手にベッドを使った件に関して櫻木は、特になんとも思っていないようだ。

櫻木の顔をじっと見つめていると、ふいにキスしたくてたまらなくなった。さすがに無断でベッドを借りるまでは許されても、キスをされたら困るはず。抗いがたい欲求を懸命に退け、怜士はぐっすり眠っている櫻木の寝顔を飽きることなく見ていた。

（先輩……）

もしかしたら怜士に嫌気がさして距離を置かれたのではないかと考えたが、そんなことはなかったようだ。櫻木は帰ってきて、自分の部屋のベッドで怜士が寝ているのを見て、どう思ったのだろう？ この人のことだから、深く考えずにそのまま普通に寝たに違いない。櫻木にとって自分が本当にセックスの対象にないというのが分かり、安心する反面、がっかりもしている。寂しくて居候相手のベッドに潜るなんて、櫻木は変だと感じなかったのだろうか。

一時間ほど櫻木の寝顔を見つめ続け、そろそろ松子が来る時間だと気づくと、怜士は櫻木を起こさないようにベッドからそっと下りた。

「おはようございます。今日はぼっちゃま、お戻りになられたのですねぇ」

着替えを終えてリビングに顔を出すと、ちょうど松子が買い物袋を提げて現れた。ハムスターの餌を足しながら、怜士は松子に今日は天気がいいですねと声をかけた。松子は櫻木が帰宅して嬉しそうだ。久しぶりに日差しが強く、リビングは明るい光で満たされている。どことなくそわそわした気分で、怜士はベランダのプランターに水をやったり、テーブルにランチョンマットを敷いたりした。

「あー、すごく寝た」

昼食ができる頃に櫻木があくびをしながら起きてきて、一緒に山盛りのサンドイッチとクラムチャウダースープをいただいた。櫻木はまったくいつもどおりで、にこやかに食事をしている。松子が仕事が忙しかったのかと聞くと、ちらりと怜士を見て「そうなんだ」と苦笑した。

今日は外食するから夕食はいらないと櫻木が告げ、松子は二時頃帰宅していった。

「怜士」

松子がいなくなるなり、玄関先で櫻木がくるりと振り向いて真面目な顔つきになった。どきりとして息を呑んだ怜士に対して、櫻木が思いがけない言葉を発してきた。

「ビデオって君じゃなかったから」

身構える暇もなく、重要な言葉を言われて、一瞬頭が真っ白になってしまった。怜士がまごついて何も言えないまま固まっていると、櫻木が頭を掻いてリビングに向かって歩き出した。

「おせっかいかもしれないと思ったけど、君が嫌がっていたから、俺が調べた。マスターに金子さんと会えるようにしてもらって、君に似てる人が出てるっていうゲイビデオを探し求めたんだ。金子さんも友人から聞いただけで、はっきり分かってなくてね。けっこうあちこち探して、やっと金子さんの友人からそのビデオを見せてもらったよ。君と少し目元が似てるかな。でもすぐ別人だって分かるくらい違っていて、金子さんも怜士にひどいこと言ったって反省して……、怜士？」

まくしたてるように櫻木が報告している間、怜士は廊下に突っ立ったまま呆然としていた。動かない怜士に気づいて、櫻木がいぶかしげに振り返る。怜士は視線をうろつかせた後、櫻木のほうに足を踏み出した。

まさか櫻木はこの数日、ずっと怜士のために奔走していたというのか。例のゲイビデオに出ているのが自分かどうか確かめるために？

「先輩……、俺のために……？　どうしてですか」

金子が言っていたビデオの俳優が自分ではないと知り、全身から力が抜けるくらい嬉しかった。胸が熱くなり、櫻木に感謝の念が湧く。櫻木は子どもみたいに嫌だと駄々をこねた怜士を咎《とが》めもせず、一人で真相を追及し続けた。

「どうしてって、本当に君の変なビデオが出回ってたら困るだろ?」

櫻木は怜士が何を疑問に思っているかまったく分かっていない様子で首をかしげている。怜士は櫻木の前に立ち、食い下がるように口を開いた。

「でも先輩にとっては他人の話じゃないですか。先輩は誰のこともそんなふうに助けてまわるんですか? 俺は別に依頼なんかしてないし…」

自分でも何が言いたいかよく分からなくて、もどかしげに言葉を募った。嬉しかったし、ありがとうと言いたいのに、そこにある理由が読み取れなくて素直になれない。櫻木の中に自分に対する特別な思いでも感じたいのか。頭がぐちゃぐちゃになって、どう気持ちを伝えればいいのか見当がつかない。

「誰のこともって、別に俺は神様じゃないから、周囲の人しか助けないよ。うん、なんか怜士怒ってる? 俺また空気が読めてなかった? でも君の変なビデオがあるのは俺も嫌だったんだよ。だからすっきりさせたかったんだ。つまり自己満足じゃない?」

真剣な顔で迫る怜士の気持ちが理解できないのか、櫻木は困った顔で頭を掻く。せっかく助けてくれた櫻木に向かって、難癖をつけているみたいで、怜士自身も嫌な気分になってきた。そうではない。自分が言いたいのはそういうことではない。怜士は思い切り首を振って、リビングに戻ろうとする櫻木のシャツを思わず掴んだ。びっくりして櫻木が振り返る。

「俺は先輩が好きなんです、今でも」

気づいたら口走っていて、しまったという思いで凍りついた。まだ告白する気などなかったのに、気分が高まってついぶちまけていた。おそるおそる櫻木を見上げると、いつもと変わらぬ穏やかな顔で自分を見下ろし、どこかくすぐったそうに笑った。

「そうなんだ、ありがとう」

特別な感情など微塵も感じさせないような、いつもどおりのさらりとした声。櫻木が怜士の感情を悪く思ってないのは顔と声で分かった。けれど、怜士が求めているのはそういう当たり障りのないものではない。

「だから！　優しくされると、期待しちゃうんです！　俺は……っ、未だにあなたが好きなんだから!!」

櫻木に真剣な思いを伝えたくて、声を震わせて告白した。さすがに怜士の必死な様子を見て、櫻木も穏やかな笑みを引っ込める。櫻木は急に困った表情になった。聞かなくても分かる。櫻木は怜士の感情を持て余している。

櫻木のシャツを掴む手が、ぶるぶると震えた。この手を離すべきなのだろうが、どうしても指が固まってしまって離せなかった。張りつめた空気と、重い沈黙が落ちる。櫻木は珍しく長い間無言だった。怜士のほうから何か言うべきだったのかもしれないが、駄目なら駄目とはっきり拒絶されたくて、唇を噛んだままうつむいていた。

「……怜士。俺はそういう対象として男を見たことがないんだ」

櫻木のシャツを握る手が重く感じられた頃、櫻木が困った声で呟いた。分かっていたけれど、胸がぎゅーっと締めつけられるように痛んだ。櫻木は櫻木らしい優しさで怜士を拒絶する。櫻木に自分の気持ちを受け入れてもらえるとは思っていなかったが、きっぱり言われるとやっぱりショックが大きい。

泣きそうになってますます床を凝視していると、櫻木の手が顎にかかって、すっと持ち上げられた。潤んだ目を無理やり見られて、怜士は睨むように櫻木を見上げる。櫻木は意外なほど笑顔だった。人を振っておいて、そんな満面の笑みをするなんて、と怒ろうと思ったくらいだ。

「でも二度も告白されると、ぐっとくるね」

はにかんだ笑みでそう言われ、怜士は戸惑って変な表情をしてしまった。それはどういう意味だ。問《と》い質《ただ》そうとしたとたん、櫻木が手を離し、再びリビングに向かって歩き出す。

「それじゃ怜士、出かけようよ。金子さんに謝りに行かなきゃならないだろ。治療代を出すと言ったら断られちゃってね。あんな暴言吐いたけど、彼は本当に君のことは好きだったみたいだよ」

理解できないまま話だけが進んでいって、怜士は悲しかった気持ちも引っ込んで顔を引き攣らせた。何がそれじゃ、なのかまったく意味不明だ。これから金子に謝りに行く？　確かにいずれ金子には謝りに行かなければならないと思っていたが、こんなすぐに行くなんて聞いてない。

「先輩、俺は…」

「金子さんに謝った後は、会社に顔を出さなきゃならないんだ。この三日ずっと仕事さぼってたろ、だから早く支度して」

櫻木に追い立てられて、怜士は困惑した状態で仕方なく出かける支度をした。人が一世一代の告白をしたというのに、煙に巻かれたみたいで腑《ふ》に落ちない。これは諦めろという意味なのか。抗いたかったが、怜士に似ているビデオを探すために仕事を放置していたと言われては、何も言い返せない。

もやもやしながら着替えをすませ、怜士は櫻木にせっつかれてマンションを出た。地下の駐車場に置かれたベンツに乗り込み、櫻木の運転で板橋《いたばし》に向かう。金子の勤める旅行会社が板橋にあって、三時の休憩の時間に会う約束をとりつけているそうだ。駅前のデパートで手土産を買い、少々強引な櫻木の誘導の下、気まずいながらも金子に会いに行った。

雑居ビルの一階でしばらく待っていると、金子がグレーの作業着を着て下りてきた。顔には怜士が殴った痕が青く残っていて、向こうも怜士と顔を合わせづらいと思っているのが伝わってきた。櫻木に背中を押され、怜士は金子の傍に行き、視線をうろつかせつつ頭を下げた。

「ごめん、殴ったりして。カッときて、わけわかんなくなってた」

低い声でどうにか告げると、金子もすまなそうな顔になって頭を掻いた。

「いや、俺こそ酔ってて悪かったよ…。ゲイビにお前が出てるとか嘘ついちまったし…。嘘っつうか、あんときはそうだと思い込んでたんだけどよ…」

金子の声もぼそぼそしていて、顔を上げると二人して苦笑し合った。会うまでは嫌な気分でいっぱいで、また嫌な台詞を吐かれたらどうしようと思っていたのに、謝ってみたら金子は昔のとおり、悪い奴じゃなかった。怜士が詫びのしるしにと菓子を差し出すと、金子も「おう」とか呟きながら受け取ってくれた。金子の痣《あざ》が痛々しい。仕事に支障がないか聞くと、カウンター業務はしばらく控えるようにと言われたらしい。

「本当にごめん……。まだ痛い？」

「いや、もうだいぶ……」

金子は痣の残った頬を撫で、ちらりと少し離れた場所に待っている櫻木に目をやった。

「あの人、すげぇな。こっちはすげーむかついてたんだけど、めっちゃしつこくてさ。ゲイビの男優が本当にお前かどうか確認させてくれって。最初は相手にしてなかったんだけど、あまりにしつけーから仕方なく言われた友達に詳細聞いてさ、パソコンでチェックしちまったよ。友達に言われた時、自分で確認すりゃよかった。お前とそんな似てなかった。なんかホッとしたのか、あいつとよかったよかったって酒盛りしちゃったよ。なんつーか……にくめねー奴だよな」

金子が苦笑して数日前に起きた出来事を教えてく

れる。櫻木なら喧嘩した相手とでも、仲良くなれる気がする。

「マジで彼氏じゃねーの？」

　金子に気になるそぶりで聞かれ、怜士は小声で「片思い」と告げた。金子は一瞬だけ何か言いたげな顔をしたが、怜士が櫻木に向かって手を上げると、軽くため息を吐いた。

「そっか……。まぁ……駄目だったら、また俺のとこくれば…？」

　金子は唇を尖らせながらぼそりと呟き、やるせなさそうに頭を掻いた。休憩時間が終わりそうなのもあって、怜士は再度謝罪すると、金子と手を振り合って別れた。

　待っている櫻木の元に戻ると、優しい笑顔で「仲直りできた？」と確認される。

　櫻木は本当に不思議な人だ。櫻木に無理やり連れてこられなければ、謝ろうと思いつつ、怜士はそのまま金子と会わずにいたかもしれない。昔からそうだ。嫌なことは避けて通ればどうにかなると思い込んでいる。でも櫻木は、嫌なことこそさっさとすませて、すっきりしたほうがいいと思っているみたいだ。あんなに食べるのは遅いくせに、そういったことだけはやけに素早い。

　再び櫻木の車に乗り込んだ怜士は、動き出した車の中で、ようやく素直な気持ちになれた。

「あの……先輩、ありがとうございます」

　改めて礼を言うと、ハンドルを握っていた櫻木は、楽しそうに頷いた。

「よかった、怜士の顔から険がとれた」

　櫻木ににこにことされて、つられて怜士も少し笑んでしまった。この人には本当に叶《かな》わないなと思い知ったせいだ。櫻木にかかると、駄目な自分でも無理やり明るい日の下に引っ張りだされるみたいだ。

　すると櫻木が急に不思議な顔つきになってこちら

を見た。ちょうど赤信号で車が停まっているせいか、やけにじっと見られる。怜士は落ち着かずにその目を見つめ返した。

「先輩、信号…」

　後ろの車からクラクションを鳴らされて、怜士が声をかけると、ハッとした顔で櫻木が車を発進させる。

「俺はこれから会社に顔を出さなければならないんだけど、後で夕食を一緒にどう？　七時くらいには上がれると思うから」

　櫻木は駅に向かって車を走らせながら、怜士に誘いをかける。今さら先ほどの告白を蒸し返す気にもなれなくて、怜士は迷った末にこくりと頷いた。振られたと分かっていても、櫻木と一緒にいたいなんて、こんな自分があさましくて嫌になる。

「それじゃ悪いけど、それまで時間つぶしていて。七時頃、電話するよ」

　映画館の近くで下ろしてもらい、櫻木とは一旦《いったん》別れた。ベンツが遠ざかっていくのを見送り、一人になって妙に脱力する。とうとう櫻木に告白してしまった。告白したら振られて終わりだと思っていたのに、櫻木は告白する前となんら変わりない接し方してこない。このままじゃ自分だってどうしていいか分からない。永久に櫻木への未練を断ち切れないままだ。

　それでもいいか。

　ベンツが消えるのを確認して、怜士はふとそんな思いに囚われた。どうせ誰とも触れ合えないなら、ずっと櫻木を好きでいればいいのかも。自嘲気味な笑みをこぼし、怜士はゆっくりと歩き出した。


　七時過ぎに櫻木から電話があり、交差点で待ち合わせをした。映画を観た後に、書店に行き何冊か雑誌を買ったので荷物が多くなっていた。指定された交差点の傍で立っていると、すぐにベンツが現れ、目の前で静かに停まった。急いで駆け寄り、助手席に滑り込む。ベンツが停まったので、周囲にいた人がチラチラ視線を注いできたのが気になった。

「お待たせ」

　怜士がドアを閉めると、ちょうど信号が変わり、櫻木が車を発進させた。櫻木の機嫌が何故か別れた時よりよくなっているのが分かる。鼻歌まじりで、にこにこだ。仕事で何かいいことでもあったのだろう。

「ねぇ、この前行った店にもう一度連れて行ってもいいかな。この前は君、あんまり元気がなかっただろ。あそこのよさをもっと知ってもらいたいなぁ」

　車を走らせる櫻木に言われて、怜士は苦笑して頷いた。もともとどこか行きたい店があったわけでもないし、きっと今夜も櫻木の支払いになるだろう。それなら櫻木の行きたい店に行くほうがいい。

「俺はどこでもいいですよ。ずいぶん楽しそうですけど、何かあったんですか？」

　車の流れから目を離し、怜士は櫻木に問いかけた。

「うん、実はようやくわずらわしい役職から解放されたんだ。毎日会社に行かなくてもよくなった。あの社長の名刺はもう使えないから捨てたよ」

「えっ!?」

　櫻木は気楽な口調で言っているが、その内容は簡単なものではない。社長の名刺が使えなくなったということは、社長を解任されたというのか？　楽しそうに言うべき話ではない気がするが、櫻木は肩の荷が下りて喜んでいる。

「もともとお飾り的な社長だったしね、実質専務の妹が会社を回してたんだ。長い間揉めたけど、絢に……妹に社長を譲って俺は筆頭株主の座に納まった。

うちの会社は親族経営だけど、やっぱり社長は男子が継ぐべきと父親がうるさかったんだよね。だいぶ弱ってきたんで、折れてくれたよ。妹の絢のほうが仕事能力は高いんだ。野望もあるしね」

櫻木に説明されて、兄妹の間でいろいろと話し合いが行われたのが分かった。櫻木は以前姉や妹が恐ろしいというような話をしていたが、大きな会社の社長になるような妹だ。それは相当気が強いだろう。最初はクビになったか、騒動でも起きたのかと心配したが、櫻木の望むような状況になったらしいのが分かり、怜士も安心した。

「前にお姉さんや妹さんが嫌で寮に入ってたって言いましたよね。そんなに怖いんですか？」

ふと興味を持って怜士が聞くと、櫻木が前のめりになって身震いする。

「鬼だよ、鬼。姉二人に妹二人だけど、俺が女性に夢を持てなくなったのはあいつらのせいだな。あ、そういえば前に大輝に結婚できない相手について聞かれたけど、うちの姉と妹もそこに入れたいな。たとえ法律が改正されて姉や妹と結婚できるとしても、絶対に無理だね。心身喪失して、病院行きだよ」

櫻木にしては珍しく強い口調で否定している。櫻木が誰に対しても寛容なのは、もしかして姉や妹に相当苦しめられたからかもしれない。それほどすごい姉妹なんて想像できないが、櫻木が鬼と呼ぶほどの相手と生まれた時から一緒にいれば、他の人に対して心が広くなるのは理解できる気がする。

「そんなにすごいんですか。俺は一人っ子だから羨ましいですけど」

珍しく大げさに嘆く櫻木がおかしくて、怜士はつい笑い出してしまった。すると櫻木が不思議そうな目でこちらを見てきて、黙り込む。笑っていた怜士は櫻木が凝視するので、変な笑い方だったのではないかと気になり、笑顔を引っ込めた。櫻木は前を向かずに怜士ばかり見ている。ひょっとして笑ったのはまずかったのか。

「あの、危ないですから前を……」

櫻木の視線が動かなくなったので、小声で注意を促した。櫻木は我に返った様子で前を向き、ぶつかりそうなほど近づいていた前の車との車間距離を開けた。車内に変な沈黙が下りて、怜士は落ち着かなくなった。ちらりと横を見ると、櫻木が信号のところで車を停めて、ふうと大きな息を吐いた。

「あのね、今日、なんでおせっかいをするのかって、君が聞いただろ？」

点滅する信号から視線を逸らし、櫻木がまた怜士を見つめる。櫻木の声と共に横を向いた怜士は、瞬きを繰り返して櫻木の形のよい唇を見た。

「おせっかいっていうか……」

「おせっかいだよ。頼まれてもないのにやってるんだから。あの時はよく分からなかったけど、やっと分かった。俺は君に前みたいにふつうに笑える子に戻ってほしいんだな。再会してから君は本当に時々しか笑ってくれない。失踪事件のせいだって分かってるけど……」

櫻木の深い色を浮かべる双眸に見つめられ、怜士はドキドキして身動きができなくなった。櫻木の中では自分は本当にまだ中学一年生のままなのかもしれない。こんなに大きくなって、汚いことも覚えたし、駄目な部分もいっぱい増えたのに。

櫻木が目を細めて静かに微笑む。

「君の笑顔を取り戻したい……ってのは、ちょっとくさいかな」

甘い言葉を囁かれて、怜士はどぎまぎして視線を落ち着かなくさせた。櫻木が下心があってそんな台詞を吐いたのならよかったのに。櫻木の中には純粋な思いしかないのが、嬉しい反面悔しくてたまらない。

信号が青に変わり、櫻木が車を進ませる。そういうふうに思ってもらえるのは嬉しい、と返してみようか。怜士が迷っていた矢先、櫻木が口を開いた。

「でも、あとはやっぱり、俺は失踪していた間、君に何があったのか知りたいんだよ。言葉は悪いけど、好奇心だよね、これって。真実は知らないほうがいいこともあるって分かってるけど、まったく笑わなくなった君を見ていたら、本当にそれでいいのか疑問に感じてしまう」

続けて吐き出された櫻木の言葉は、先ほどの甘さが吹き飛ぶようなものだった。

櫻木が興味があるのは、怜士の身に何が起きたかという一点だ。それがなければ自分なんかには興味も抱かないかもしれない。

（好奇心……）

急に気分が重く沈み込んで、もやもやした気分が高まってきた。手に入らない人だと分かっていたはずなのに、少しでも期待した自分が馬鹿みたいに見える。出がけに振られたくせに、一瞬でも浮かれた自分を呪った。結局櫻木にとって、怜士はその他大勢の知人の一人でしかないのだ。同居させてくれたり、世話を焼いてくれたりしても、それは櫻木にとって当たり前の行為だ。彼は誰にでも親切だから、怜士に対しても同じように振る舞っているに過ぎない。勘違いしている自分が馬鹿なのだ。怜士はうつむいて所在なげに手を閉じたり開いたりした。

「――前に、大輝に不思議な力があるって言っただろ。実は彼、触れた人の記憶を読み取れるんだ。一度、視《み》てもらわない？」

怜士の気持ちなどちっとも気づいていない様子の櫻木から、急に思いがけない提案をされて、怜士は動揺して顔を上げた。今、なんと言ったのだろう？

「大輝が……なんですって？」

あまりに突拍子もない提案だったので、頭が追いつかない。怜士が顔を歪めて質問すると、櫻木が丁寧に説明してくれる。

櫻木の説明によれば、大輝は触れた相手の記憶を視ることができるそうだ。そんな馬鹿な、と思うが、櫻木が試したら本当だったらしい。櫻木は「内緒だけど」と前置きして大輝の両親が変死したという話をした。それ以来、その特殊な力が宿ってしまったという。大輝が叔母の養子になったという話はどこかで聞いた覚えがある。何か事情があるのだろうと思って、深く問うたことはない。大輝はそういう事情について軽々と話す人間ではなかった。怜士ごときでは、聞いても適当にあしらわれただけだろう。

櫻木は大輝に怜士の記憶を探ってもらえばいいと考えているようだ。

言われてすぐに感じたのは、そんなのは絶対に嫌だという激しい拒否感だった。自分で思い出すのも嫌だが、大輝にそれを視られるのはもっと嫌だ。大輝が根は悪い奴ではないのは分かっていても、第三者に真実を知られるのは激しい嫌悪感が湧く。事実言われた怜士は顔が強張り、拒絶を示すように無言になった。口を開けば嫌な言葉が出てしまいそうだった。どろどろとした不快感を口から吐き出したい。櫻木はやっぱり他人だから、そんな馬鹿な発想が出てくるんだ、俺の気持ちなんかちっとも考えてない、そうわめきたくて仕方なかった。

それをしなかったのは、心の隅である考えが芽生えたせいだ。

吐き気がするほど嫌な提案だが、これは櫻木に対してある取引を持ちかける材料になり得るかもしれないと思いついた。醜い自分に嫌気が差すが、こんな材料でもなければ櫻木とは一生触れ合えない。

それを受け入れる代わりに、一晩でもいいから櫻木と抱き合ってみたい——怜士はそんな不遜《ふそん》な考えを抱いたのだ。

本当に誰かと触れ合えるかどうか分からないが、もし櫻木と肌を触れ合わせても吐き気を催すようだったら、今度こそ諦めればいい。櫻木が駄目なら他の誰でも駄目だろう。そうなったら一人で生きていくという諦めの境地に至れる気がする。櫻木に嫌だと言われたらそれまでだが、櫻木は真実を知りたがっている。受け入れる可能性はゼロではなかった。

(馬鹿なことを言おうとしている)

怜士は青ざめた顔でひたすら前を向いて、混乱した頭を整理させようとした。櫻木には怜士が動揺しているのは伝わったみたいで、黙って車を運転している。

捨て身の自分が滑稽で悲しかった。記憶を探るなんて嫌なのに。それを大輝に視られるなんて、死にたいほどの屈辱なのに。それでも自分は隣にいる人と一瞬でも、交じり合いたいと考えている。

どこかでクラクションが鳴っていた。怜士は思考の泥沼に沈み込み、強張った表情を崩せずにいた。

ホテルに着くと、四十階にある創作フレンチの店に再び赴いた。

櫻木が顔を出すと、この店の店長らしき黒服の男が一礼して、奥の個室へ通してくれた。大輝の話をしてから硬い顔つきになってしまった怜士を気遣い、櫻木は適当にメニューを選び、黒服に注文している。櫻木に好き嫌いについて話したことはないのだが、肉の焼き方や添え物について細かく指示している。多分松子から聞いたのだろう。気が利きすぎて、こちらが戸惑うほどだ。

黒服がシャンパンを運んできて、二人のグラスに注いでくれる。グラスを満たした後、黒服が去り、部屋に櫻木と二人きりになった。櫻木は困った顔で怜士を見つめている。

「怜士、ごめんね。また俺は君を暗い顔にさせてしまったな。せっかく少し笑ってくれるようになったのに大失敗だ。さっきの話は忘れていいよ。それより楽しく食事しよう。この店の印象が悪くなるのは困るし」

乾杯した後、櫻木が気を遣って、明るい話題をいくつか提供してくれた。ぎこちないながらもそれに笑みを返し、怜士はひたすら酒を煽っていた。櫻木に取引を持ちかけようと思ったものの、とても素面《しらふ》では言いだせない内容だ。早いピッチでシャンパンを飲み干し、クーラーに冷えているボトルをとって二杯目を注ぐ。料理はきっと美味かったのだろう。だが頭がすっかり取引のほうにいってしまい、ろくに味を感じられなくなっていた。言いだすのも勇気がいるが、拒絶された時はそれを上回るショックに襲われるはずだ。想像しただけで落ち込むのに、実際言われたらどんな反応を返せばいいのか。冗談ですと返すのが一番無難だろうか。それとも泣いてすがる？　こんなふうに誰かに抱いてくれと迫るのが初めてなので、どうすればいいのか見当もつかない。

（説教とかされるんだろうか）

寮に押しかけてきた女性を櫻木が説教したという話を思いだし、自嘲気味に笑った。櫻木が相手でも説教はされたくない。もし拒絶されたら、そのまま自宅へ帰ろう。これ以上櫻木と一緒にいるのはマイナスにしかならない。もう雅の件だって、ほとぼりが冷めた頃だ。日常に戻って仕事に励めばいい。

「怜士、それ以上飲まないほうがいいよ。まぁ、酔ったらこのまま泊まっていってもいいけど」

怜士の酒を煽る速度が異常に速いのに気づき、櫻木がやんわりとたしなめてきた。泊まっていってもいい、と言われ、悶々とその件について悩んでいた怜士は、ハッとして顔を上げた。まだ四杯目で、酔うほど飲んではいないはずだが、急にくらりとした。思わず額を手で覆うと、櫻木がナイフとフォークを置き、心配そうに覗き込む。メインの魚料理に怜士はほとんど手をつけていない。

「大丈夫？　水をもらおうか」

櫻木が店員を呼ぼうとしたので、つい怜士は必死な形相で「先輩」とそれを止めた。ずっと押し黙っていた怜士がやっと口を開いたので、櫻木が振り返って動きを止めた。

「先輩……、さっき言ってた大輝の件……、受けてもいいです」

櫻木の顔を見て話す自信がなかったので、怜士はうつむき、絞り出すように言葉を発した。櫻木が目を見開き、身を乗り出してくる。

「本当？　嫌だったらやめていいんだよ。ずっとそれを考えてたから、怖い顔してたの？」

櫻木の声が少し興奮している。顔を見なくても目を輝かせているのが分かるし、案じるように自分を見つめているのが感じられる。

怜士は決意が鈍る前にと、膝に乗せたナプキンをぎゅっと摑んだ。

「そのかわり――――一晩でいいから、抱いてくれませんか」

一気にそこまで言うと、怜士は目を硬くつぶり、大きく息を震わせた。とうとう言ってしまった。心臓が口から飛び出しそうなほど激しく波打っている。ぴりっと空気が凍りついた気がして、とても顔を上げられない。受験の合否を知る時だって、こんなに緊張しなかった。手が冷たくなっているし、変な汗もかいている。櫻木に冷たく拒絶されるのだけは嫌だ。

しばらく部屋に沈黙が訪れた。櫻木が戸惑ったように自分を凝視しているのが、痛いほど肌に感じられる。櫻木にとっては青天の霹靂《へきれき》みたいなものなのだろう。この人は自分が告白はしても、こういう申し出をするなんて微塵も考えていない人だ。

案の定、沈黙の後に発した櫻木の言葉は、怜士をどん底に突き落とすものだった。

「なんで?」

困惑しているのがありありと分かる声で聞かれ、怜士はうっかり目に涙を溜めた。櫻木にとっては自分と抱き合うことは、それくらい可能性としてないのだ。ここで引き下がるべきなのだろうが、言われた言葉に頭の中がぐちゃぐちゃになって、まともな思考ができなくなった。

「……お、俺は…、したくないことを……するんだ。だから……先輩だって、したくないことをしてくれてもいいじゃないですか……」

無性に自分が情けなくなって、ぼろりと涙がこぼれ出た。みじめだ。こんな言葉、言いたくないのに。なんで言ってしまったのだろう。四杯も飲んだのに、酔いもすっかり冷めた。櫻木の目には今自分がどんなふうに映っているのだろう。気持ち悪い奴と思われたに違いない。ただの後輩だと思って親切にしていたのに、身体の関係を要求したのだから当たり前だ。

ひょっとしたら長い間好きだった人に手が届くかもしれないと思うと、とても素通りできなかった。チャンスがあるなら、試してみたかった。そういう気持ちを、きっと櫻木は理解できないだろう。酔って変な発言をしたと謝るべきだ。櫻木が悪いわけではない。同性で抱き合うのに抵抗があるのは当然だ。

「ごめん、そういう意味じゃないよ。なんでっていうのは、怜士は触れられるの嫌なんだろう? それなのに、俺としたいの?」

怜士が泣いているのに気づいたのか、櫻木がやや慌てたように言葉を続けた。罵倒《ばとう》されるのかと身構えたところだったので、櫻木がいつもの調子で優しく接してくれて力が抜けた。ナプキンで涙を拭って、おそるおそる顔を上げると、櫻木は不思議そうな顔で自分を見ていた。その目の中には軽蔑や嫌悪は見当たらなかった。なんだかそれを知ったらまた涙腺《るいせん》が弛んで、泣き出してしまった。

「す……すみません、でも俺は……先輩が好きなんです……。先輩で駄目なら、もう一生しなくていいやと思って…」

かすれた声でぼそぼそと告げると、櫻木が驚いたように息を呑んだ。頰にまた涙がこぼれてきて、急いでナプキンで顔を隠した。

「すみません……みっともなくて……」

背中を丸めて謝ると、にじみ出てくる涙を押さえた。咽がひりひりして、胸が苦しい。可愛い女性が泣くなら庇護欲《ひごよく》も湧くだろうが、こんな歳の男が泣いてもみっともないだけだ。やっぱりもうこのまま自宅に戻ろう。今夜は思い切り泣いて、さっさと寝てしまえばいい。

「そうか……」

櫻木はすっかり食事の手を止めて、じっと怜士を見つめている。ようやく涙が止まり、震える肺に無理やり酸素を送り込む。数回深呼吸して、顔を上げると、意外なほど優しげな顔をした櫻木が自分を見ていた。

「うん、いいよ。しよう」

続けてその唇から快活な声が漏れて、怜士は一瞬頭が真っ白になって、ぽかんと口を開けてしまった。

今のは聞き間違いではないのだろうか。いいよと言った気がする。空耳？　それとも同情して許してくれたのか。どちらでもいい、櫻木が自分を拒絶しなかった――。

「いつしたいの？　大輝に会うのを先にする？」

「今夜――じゃ、駄目ですか」

櫻木に聞かれ、気づいたらすごいことを口走っていた。大輝に会った後では、過去の知りたくない事実を知って、余計に櫻木と抱き合えなくなるかもしれない。抱いてくれるなら、櫻木の気が変わらない今夜のうちがいい。

「じゃあ、泊まっていこう。ちょっと待ってて」

櫻木は黒服の男を呼び、部屋をとるよう頼んでいる。店員にそんなことを頼むなんて、と怜士が真っ赤になっていると、黒服の男は特に驚いた顔もせず、慣れた様子で頷いて部屋を出て行く。

「ああ、言ってなかったけど、この店のオーナー、俺なんだ。だからたまに酒を飲んで帰りたくない時は、ああやって部屋をとってもらったりする。来店中はオーナーって呼ばないように頼んでいるから、知ってる人は少ないよ。怜士もあまり人に言わないでね」

怜士が目を白黒させているのに気づき、櫻木が小声で理由を教えてくれた。ここは櫻木の店だったのか。改めてすごい。どうしてこの店をそんなに推すのか、やっと理由を知った。

「責任重大だな。男と寝るのは初めてだ。こんなことならあのゲイビ、ちゃんと全部観ておけばよかった。勝手が分からないから、多分下手だよ。あまり期待しないでね」

櫻木ははにかんだように笑んで、食事を再開している。櫻木が嫌な顔一つせず、怜士の思いを受け入れてくれて、怜士はなかなか思考が働かなかった。これは夢ではないのだろうか？　櫻木と抱き合える？

「せ、先輩……、嫌じゃないんですか？」

怜士も食事をしようとしたが、胸がいっぱいで何も咽を通らない。視線が定まらないし、指が震えるし、足もガクガクしてきた。それが過ぎると今度はじわじわと嬉しい気分に全身を支配され、まるで地に足がつかない。

「嫌じゃないよ。そうだね、言われてみれば同性だものね。でもなんでかな、別に嫌じゃない」

櫻木は少し考え込むようにしながら、笑って答えてくれる。櫻木に嫌じゃないと言われて、ドキドキして落ち着かなくなった。やりたいと言ってもらえないのは寂しいが、嫌じゃないというだけで十分すぎるほど嬉しかった。このまま死んでもいいくらいだ。頭がぼうっとする。

ちょっとでも腹に入れないと、お腹が鳴るかもしれないと考え、怜士はぎくしゃくしながら料理を口に運び、耳まで熱くした。


櫻木がとってくれた部屋は、三十階にあるスイートだった。ゆったりした格調高い部屋で、大きなベッドと応接室がある。窓からの眺めは最高で、まばゆい光の渦が地上に瞬いている。けれど部屋の素晴らしさも、ネオンのきらめきも、今の怜士にはまったく興味のないもので、それよりもドアを閉めた瞬間から緊張のあまり倒れそうになっていた。顔の火照りは治まらないし、自分がふらふらしているのがよく分かる。ちゃんと歩いているつもりでも、なんだかまっすぐ歩けていない。櫻木が急に嫌だと言いだしたらどうしようかと心配していたが、緊張しまくりの怜士と違い、櫻木はいつもどおりだった。

「怜士、先にシャワー浴びる？　それとも後がいい？　一緒に入るんでもいいけど」

部屋に入り、ソファに荷物を置くと、櫻木がネクタイを弛めながら聞いてきた。自分の右腕をさすっていた怜士は、ぎょっとして身を引いた。一緒に風呂に入るとか、そんな勇気はまだない。

「あ、あのお先にどうぞ……」

怜士がうつむいて呟くと、櫻木が笑って「そう？」

とジャケットをハンガーにかける。

「そうだ、突然の話だったからゴムとか持ってないんだけど、買ってきたほうがいいよね。ラブホテルじゃないから、さすがにルームサービスで頼むわけにはいかないしなぁ」

　櫻木はのんきな声で怜士にとってはすごいことを語っている。怜士は崖《がけ》から飛び降りるくらいの気持ちなのだが、櫻木はまるでスポーツでもするみたいにあっさりとしたものだ。櫻木が平然としているので、怜士も少し気分がほぐれ、ようやく持っていた荷物を部屋の隅に置いた。

「あの……、つけなくて……いいですから…」

　怜士が蚊の鳴くような声で告げると、ワイシャツのボタンを外し始めていた櫻木が驚いた顔で振り返った。

「つけなくていいって、生でするの？　男同士ってそういうものなの？　まぁ妊娠の可能性はないものね。へぇー勉強になるな」

　櫻木は変なことを感心している。男同士だって避妊具は使う。病気が怖いし、中に出されたら大変らしい。使わなくていいと言ったのは、今から買いに行かせるのが嫌だったし、櫻木なら病気は持ってないだろうと思ったからだ。それをいちいち説明するのは恥ずかしかったので、怜士は櫻木の背中を浴室へと押し出した。櫻木は怜士の目の前で脱ぎ始めそうな勢いだったので、真っ赤になって背中を押す。

「せ、先輩、どうか向こうで……」

「え、あ、うん」

　怜士に押されて、櫻木が頭を掻きながら浴室に消えた。しばらくして水音が聞こえてきたので、ようやく安堵して怜士はソファに座り込んだ。全身から力が抜ける。自分がこの場所にいるのが信じられない。今まで何度も、口説かれた男とここまではきたが、こんなふうに頭がぼうっとしているのは初めてだ。いつも部屋に入る頃から憂鬱《ゆううつ》な気分になり、相手に抱きつかれる時には気分が悪くなっている。ふだんと違うのは確かだが、この緊張感はどうにかしたい。このままでは櫻木に触れられたとたん、奇声を上げてしまいそうだ。

気を落ち着かせるためにも怜士は上着を脱ぎ、窓からの景色を眺めたり、お茶を淹れて飲んだりした。けれど何をしてもリラックスした気分にはなれず、この後一体どうなってしまうのかという不安と期待、興奮と動揺が順番に繰り返し怜士を襲ってくる。

(信じられない、先輩とできる？)

妙に現実感がなく、それでいてささいな物音にもびくりとするくらい神経が研ぎ澄まされていた。静かな部屋に耐え切れず、テレビでもつけようと立ち上がった。よく見たらオーディオ機器があり、CDが引き出しに数枚入っている。そのうちの一枚を手に取り、流した。有名なピアニストのアルバムだ。ピアノはどれを聴いても眠くなるので好きじゃなかったが、今の混乱した気分を鎮めるには最高の一枚かもしれない。リモコンでリピート状態になるよう操作し、怜士はようやく一息ついた。

ちょうど浴室から音がして、櫻木がバスローブを着て湯気の立った身体で出てくる。

「お待たせ。どうぞ」

バスローブ一枚だと櫻木の肩幅が広いのがよく分かって、怜士はどこに視線を持っていっていいか分からず、ダッシュで浴室に向かった。ドアを閉めると、洗面台に大きな鏡があり、そこにうろたえた顔の自分がいる。ぎこちない手つきで衣服を脱ぎ、シャワーブースに入った。頭からシャワーを浴び、身体の隅々まで丁寧に洗った。櫻木はどんなふうに触れるのだろうと考えてみたが、まったく想像ができない。

(俺……ちゃんとできるのかな……)

もし途中で吐き気を感じたら、櫻木を傷つけてしまうかもしれない。不安が過ぎる一方で、櫻木ならそんな自分でも優しく受け止めてくれるような気もしていた。あの人は本当に懐が広い。こんな駄目な自分さえも受け入れようとしてくれている。

バスタブに湯を溜め、しばらく静かに浸かった。風呂に入るという行為は一番人がリラックスするものかもしれない。硬かった筋肉がほぐれ、強張っていた指先も落ち着いた。怜士は考え込んだ末に、ソープで尻の穴を濡らし、奥を広げた。セックスができないといっても、性欲はあるから、よく一人でそこを弄り一瞬の快楽を追った。指を入れて中を弄ると、すぐに勃起する。繋がることができるかどうか分からないが、一応念のためにそこを綺麗にしておいた。指を抜いて水を浴びると、勃起も治まってしまう。櫻木と抱き合ってちゃんと勃《た》つか心配だ。もし駄目だったらどうしよう。なんだか急に不安になってきた。

一通り身体を綺麗にした後、バスローブを着て、洗面台の前に座った。髪を乾かし、自分の顔をじっと見つめる。変なところがないか、じっくり確かめた。部屋に行ったら、今までとは何かが変わるのだと思うと、なかなか腰を上げられなかった。怖いという気持ちと、櫻木と特別な関係になれるという期待、両極端の思いに頭がうまく働かない。

それに、櫻木がその気になれなかったら、どうしよう？

櫻木は男は初めてだし、ゲイに興味がなかった以上、男の裸を見てもなんとも思わないだろう。怜士が櫻木を愛撫するとしても、自分からそんな行為をしたためしがないので、ちゃんとできるか不安だ。櫻木をがっかりさせたくない。

座り込んでいると、あとからあとから不安が生まれてきて、怜士はどうしていいか分からなくなった。

風呂に入ってから、時間がすごく経過している。これ以上櫻木を待たせるのはいけないと決意し、ようやく重い腰を上げた。

再び緊張感に苛《さいな》まれながら、怜士はドアを開けて、部屋に戻った。あれこれ悩み続けた怜士とは裏腹に、櫻木はベッドの枕を背もたれにして座り、ビールを飲みながら新聞を読んでいる。

「お帰り、ゆっくりだったね」

怜士を見て、櫻木が新聞を折りたたむ。怜士はベッドになかなか近づけなくて、その場で固まってしまった。腹の底から覚えのある嫌な気分が襲ってきて、脈拍が速まる。どうしよう。やっぱり櫻木でも駄目かもしれない。ベッドにバスローブで腰かけている櫻木を見たら、嘔吐感が込み上げてきた。

その時もし櫻木が動き出して、怜士をベッドに押し倒すようなことがあれば、いつものとおり気持ち悪くなっておしまいだったろう。実際に怜士の身体はベッドの前で一気に強張り、息遣いも少しおかしくなっていた。

「ところで、どこから怖くなるの？　俺は動かないほうがいいのかな」

櫻木が穏やかな声で尋ねてきて、怜士はハッとして停止していた思考を動かした。ベッドにいるのは、ずっと好きだった男だ。今までとは違う。怖かったが、怜士はゆっくりとベッドまで近づいて、櫻木を見つめた。

「あの……、できれば動かないでもらえますか」

これから抱き合おうというのに、動かないでくれなんて願い、聞いてもらえるか心配だったが、櫻木は軽く頷き、そのまま起き上がらなかった。

「怜士からきて。しばらく何もしないで、ハグしていようよ」

櫻木に甘い声で誘われて、怜士は勇気をふりしぼって、ベッドに乗った。自分の重みでぎしりとベッドが沈み、櫻木がより近くなる。逃げ出したくてたまらなかったが、ハグまでならできそうな気がして、近づいた。

座っている櫻木の腰に跨《またが》り、おずおずとその胸に身体をくっつける。櫻木は宣言どおり指先一つ動かさなかったので、怜士は少し安心してぎゅっと櫻木を抱きしめた。

（うわぁ……）

櫻木の胸に抱きついているのだと思うと、それまでの強張っていた身体があっという間にほぐれて、脳が蕩《とろ》けるようになった。櫻木の胸は広くて厚みがあって、抱きつくとすごく気持ちがいい。

長い間、怜士は黙って櫻木に抱きついていた。時おり櫻木の顔を確かめ、頭を擦りつけるようにして胸板に顔を寄せた。ずっと好きだった人を独り占めにしている。怖かった気持ちが薄れ、安堵感に包まれる。

「そろそろ落ち着いた？　腰に手を回してもいい？」

十分か二十分くらいただ抱きついていた怜士に、櫻木が笑みを浮かべて優しく語りかけてきた。怜士は頬を熱くして櫻木を見つめ、こくりと頷いた。櫻木の腕が背中に回り、軽く抱きしめられる。ひどく満たされた気分になり、怜士は顔を上げた。

「あの……キスしていい……ですか」

紅潮した顔で呟くと、櫻木が目を細めて笑った。

「好きにしていいよ」

明るい声に導かれ、怜士はそっと顔を近づけた。最初は触れるだけの軽いキスをする。櫻木は黙って怜士のしたいようにさせてくれた。櫻木は怜士が求めない限り、乱暴にすることはない。それが徐々に確信できて、心身共に安心できた。あの櫻木とキスをしているのだと思うと、頭が痺《しび》れる。だんだん大胆になり、舌で櫻木の形の良い唇を舐めた。櫻木の唇が開き、舌が触れ合う。電流が走ったみたいに身体の奥が熱くなり、気づくと夢中になって櫻木と唇を重ねていた。キスの経験はあるが、キスがこんなに気持ちいいものだなんて知らなかった。櫻木の舌とぶつかるたびに、ジンジンと奥が疼《うず》く。息が乱れて、目が潤むし、自分が何をしているのかよく分からなくなってきた。

「…っ、ふ、は…っ、はぁ…っ、は…っ」

櫻木の唇を求め続けると、軽く吸うようにされた。それがまた甘い官能を生み、うっとりとした。いつの間にか櫻木の手は優しく怜士の髪や背中を撫でている。櫻木の手は子どもを宥《なだ》めるようなやり方で撫でるだけで、それ以上の意図はなかった。櫻木の大きな手に撫でられて、猫か犬みたいに心地よくなる。

ぐっと腰を動かした瞬間、自分の身体の変化に気づいて、怜士はとっさに身を引いた。

「あ…っ」

真っ赤になってバスローブで股間を隠す。気づいていなかったが、自分の性器が完全に勃起して形を変えていた。男とキスしている最中に勃起するなんて初めてで、うろたえた。性器を見られたら櫻木が萎《な》えるのではないかと思い、必死で身体をバスローブで覆う。

「隠さなくていいよ。俺も興奮してきた」

櫻木がやんわりと怜士の腕を撫でて、微笑んでくる。つられて櫻木のバスローブを見ると、下腹部が少し形を変えている。羞恥心《しゅうちしん》と安堵感がないまぜになって、怜士は視線を部屋の隅に移動した。

「さ…わって、いい…ですか？」

櫻木とは目を合わさずに尋ねると、小さな笑い声が戻ってくる。

「怜士がしたいようにして」

櫻木に許しをもらい、怜士は興奮と不安を抱えたまま櫻木のバスローブを解いた。バスローブの下は全裸だったので、すぐに櫻木の性器が目に飛び込んでくる。櫻木の性器はまだ半勃ちで、怜士はおそるおそるそれを手で持った。自分のより大きくて、太い。両手でゆっくりと扱《しご》くと、熱を持ったそこはすぐに張りつめていく。最初は怖くなるのではないかと思ったが、櫻木が身じろぎもせずに座ったままだったので、安心できた。櫻木の性器を見ているうちに、銜《くわ》えることができるのではないかと思い、怜士は思い切って顔を寄せた。

「無理しなくていいよ？」

櫻木は心配そうだが、無理ならすぐにやめればいいと考え、ぱくりと口に含んでみた。深く銜え込んで、顔を上下する。男の性器を銜えるなんて、実際にできるとは思わなかった。勝手が分からず、歯が当たってしまい、慌てて口から吐き出す。櫻木の性器が唾液で濡れて光って、ひどくいやらしく感じられた。今度は気をつけて舌を絡ませて、口を動かしてみる。

「……はぁ…」

先端を軽く吸うと、櫻木の気持ちよさそうな吐息が聞こえてきた。櫻木を感じさせていると思うだけで、興奮して夢中になった。裏筋を舐め上げ、袋を食《は》む。初めてだったのでお世辞にも上手くなかったが、櫻木はちゃんと感じてくれた。櫻木の性器が硬く反り返り、瞳にわずかに興奮の色が見える。

今ならできそうな気がして、怜士は櫻木の性器から口を離し、腕で口元を拭った。

「あの……入れてもいいですか？」

潜めた声で告げると、櫻木が驚いた顔になる。

「入れるって、俺が君に？　それとも君が俺に？」

「あの……俺の中……に」

消え入りそうな声で囁いた怜士に、櫻木がなおも心配げな声になる。

「だって君のこと、ぜんぜん愛撫してないよ？　もう入れるの？　俺は構わないけど」

櫻木は戸惑っているが、風呂場でほぐしてきたことはいちいち言いたくなかった。この人は時々デリカシーがないから、話しても感心するだけだろうが、そういった話はあまりしたくない。嫌ではないと分かったので、そのまま前に身体をずらし、怜士は櫻木を跨いだ格好になった。膝をついて、尻に櫻木の性器が当たるようにする。先端が尻のすぼみと触れ合うと、やはり怖さが先に立って、息を呑んだ。けれど自分の前は勃起したまま萎えていない。今ならきっとできると確信し、櫻木の性器の先端をぐっと中に埋め込んだ。

「わ……っ」

怜士が声を上げるよりも先に櫻木がびっくりした声を出して、つい強張っていた力が抜けてしまった。少し強引に櫻木の性器を中に押し込む。

「う……」

想像以上に大きな存在に、少し入っただけで身体が止まってしまった。急に息が乱れ、汗がどっと噴き出る。

「大丈夫？」

櫻木も心配そうに自分を見ている。怜士は声もなく頷き、呼吸を繰り返しながら少しずつ奥へと硬いモノを引き入れた。ディルドを入れた経験は何度もあるが、本物は比べ物にならなかった。質感というか、柔らかいようで硬い感触と、あとはやはり熱だ。道具と違い、櫻木の性器は熱くてどくどくと息づいている。大きくて怖い。怖いけれど、興奮もする。

深い奥までどうにか埋め込んだとたん、怜士はぐったりして櫻木の胸にもたれかかった。中に櫻木がいる状態は、信じられないほど苦しかった。こんなに感覚が違うとは思わなかった。汗が流れ、バスローブの袖で額や顎を拭う。異常に汗を掻いたのは、精神的なものも大きかったかもしれない。けれど、初めてちゃんと男を受け入れられた。それを感じて怜士は泣き笑いの表情になった。

「先輩……ありがとう……」

怜士が時間をかけて櫻木の性器を受け入れる間、櫻木はじっと動かずに耐えてくれた。途中で萎えてもしょうがないくらい時間がかかったのに。

「うん、なんかいろいろな意味でハラハラした。汗びっしょりだね、本当に大丈夫？」

櫻木の手が、怜士の濡れた前髪をかき上げる。汗で髪がこめかみに貼りついていて、みっともない。怜士はぼうっとした顔で櫻木を見上げ、キスがしたくなって顔を近づけた。怜士の動きに合わせて櫻木も唇を重ねてくれる。柔らかな唇が、自分の唇と触れ合った瞬間、身体の奥がずきりと疼いた。

「ん…っ」

甘い声が漏れて、自分でもびっくりした。繋がっている状態でキスをすると、すごく気持ちいい。銜え込んでいる櫻木の性器を締めつけるのが分かるし、鼓動がやけに速まっている。熱っぽい吐息をこぼし、櫻木の唇を求めた。角度を変えて、櫻木が深く唇を吸ってくる。濡れた音が響き、キスするたびに奥がきゅうっとなった。

「ん…っ、ん…っ、…っ」

夢中になって櫻木の唇を吸うと、繋がったところから圧迫感が減り、身体がどんどん感じてくるのが分かった。内部に櫻木の熱があるのが、目眩がするほど気持ちいい。無意識のうちに軽く腰を揺さぶってしまい、その都度、切羽詰まった声が漏れた。

「俺は……やっぱり、動かないほうがいいんだよね…？」

揺れている怜士の腰を支えながら、櫻木が上擦った声で聞いてくる。櫻木も気持ちいいのだと知ると、余計に頭がヒートした。もう大丈夫だという気がして、怜士は櫻木に抱きついた。

「つ……突いて…みて…」

櫻木の肩に顔を埋めて囁くと、ふうっと熱い息をこぼし、櫻木が怜士の腰に手を添えた。

櫻木が下からゆっくりと腰を突き上げる。

「あ…ッ、ぅ…っ」

自分で動くのではなく相手の意思で中を突かれると、とても声を我慢することはできなかった。櫻木は熱っぽい息をしたまま、怜士の反応を見て、時々奥を突いてくる。

「や…っ、ぁ…っ、あ…っ」

大きなモノが内部で動き出すと、怖いという感情も蘇ってきた。けれど櫻木は怜士が怯えた表情を見せるとすぐに動きを止め、宥めるように軽く腰を揺さぶるだけにする。そんな行為を繰り返していると、しだいに我慢できないくらい感度が高まってきて、怜士は乱れた顔になっていった。

「ひゃ…っ、ぁ…っ、ひ…っ、ん…っ」

小刻みに揺すられているだけでも、息が荒くなるほど感じてしまう。怜士はぼうっとした顔でひたすら甘い声を上げ、熱くなってバスローブを床に落とした。もう怜士の下腹部は、先走りの汁でびしょ濡れだ。セックスってこんなに気持ちいいんだ。そんなことを頭の隅で感じながら、室内に響くような甲高い声を放った。

「もうイきそうだね……。俺もちょっと限界かも……本当に中に出していいの？」

怜士の様子を見て櫻木が興奮した声で尋ねてきた。怜士は自分の濡れた性器を手で握り、朦朧《もうろう》とした顔で何度も頷いた。櫻木がそれまでの動きとは一変して、急に激しく下から突き上げてくる。それを少し怖いと感じたものの、強烈な快楽に支配されていたのもあって、怜士は嬌声《きょうせい》を上げるだけだった。櫻木が絶頂に達しそうなのを見計らい、自分の性器も手で扱く。一度扱いてしまうと快楽を止めることができなくて、怜士はあっという間に高みに上った。

「ひ…っ、あ…っ、あ、ああ…ッ」

自慰では出したことのないようなすごい声を上げて、怜士は手の中に射精した。脳天を突き抜けるような快感の中、櫻木の性器をぎゅっと締めつける。櫻木の息遣いが忙《せわ》しなくなったと思ったとたん、内部に熱いどろりとした液体が吐き出される。

「う…っ、く、はぁ…っ、は…っ」

何かを耐えるように櫻木の顔が強張り、次には弛《し》緩《かん》して荒い息をこぼす。頭が痺れるような感覚があった。ずっと恋焦がれていた櫻木が、怜士の中で達してくれた。そしてもう誰ともできないかもと諦めていたのに、ちゃんとセックスができた。二重の喜びで、怜士は長い間抱えていた重苦しいものから解放された気分になった。

「はぁ…っ、はぁ…っ、はぁ…っ」

必死になって呼吸を繰り返しながら、力が抜けて櫻木にもたれかかる。櫻木の身体も汗ばんでいて、自分と同じくらい熱かった。まるで溶け合ったみたいだ。怜士は肩を揺らして櫻木の身体を抱きしめた。


互いの息が落ち着いて、櫻木は性器を抜こうとしたが、怜士はもう少しこのままでと頼み込み、しばらく同じ体勢でいた。櫻木と離れたくなかった。抱き合う喜びを知ってしまった今では、一人に戻った時、激しい虚無感に襲われそうだ。この関係は怜士が持ちかけた取引によるもので、決して恋愛感情からではない。櫻木は自分のことを特別に見ているわけではない。懸命に頭にそう言い聞かせないと、あふれ出した心は際限なく櫻木を求めてしまいそうだった。

「あ、これ……」

快楽で頭がおかしくなっていて分かっていなかっ

たが、怜士が出した精液が手からこぼれ、櫻木の腹を汚していた。それをそっと拭こうとして身じろぐと、櫻木の手が怜士の動きを止めた。

「怜士、抜かないとまた大きくなる…」

困った声で囁かれ、怜士は耳まで熱くなって櫻木を見つめた。櫻木に求められているみたいで、すごく嬉しかった。

「先輩、もっとしたい……」

甘えるように告げると、櫻木の目が見開き、わずかに瞳の色が変化した。相手の興奮した空気を感じるのは、前の怜士なら怖かった。でも今は、櫻木とするのは怖くない。それどころか櫻木が欲情してくれたと思うだけで、下半身に熱が灯《とも》ってたまらない気持ちになった。

「俺も君に触りたいな。まだ怖い？」

櫻木に囁かれて、怜士はゆるく首を振って頬を熱くした。じっと櫻木を見つめると、その手が怜士を脅かさないように伸びてきて、乳首に触れた。他人の手でそこを摘《つま》まれて、ぞくりと腰が疼く。櫻木の指先が両方の乳首を軽く引っ張ると、怜士は身をすくめた。

「あ…っ、ぁ…っ」

自分でも時々弄ることはあったが、櫻木の手でそこを弾かれたり摘まれたりすると、喘《あえ》ぎ声が勝手に出てしまうくらい気持ちよかった。あまりに感じるので怖くなって身を後ろに反らすと、櫻木の顔が近づいて、片方の乳首を舐められる。

「んぅ…っ、せ、んぱ…っ」

生温かい舌で乳首を刺激され、脳が痺れるほど感じた。再び性器が頭をもたげ、銜え込んだままの櫻木の性器をきゅっと締めつける。櫻木の舌で乳首を舐め回され、強く吸われると、鳥肌が立つくらい気持ちよかった。

「あ…っ、あ…っ、や…っ、ぁ…っ」

怜士の反応を見て、櫻木が乳首を吸い続ける。女性のような甘い声が次から次へと口から飛び出した。

「ここ……すごく感じるんだね。さっきから中がびくびくして、俺も気持ちいい」

怜士の乳首から唇を離し、櫻木が指先で乳首をぴんぴんと叩く。櫻木の唾液で濡れて光る乳首がいやらしく思えて、怜士は浅い呼吸を繰り返した。両方の乳首は、櫻木の手で引っ張られ、硬くしこっている。

「ん…っ、う…っ、あ、ぁ…っ」

乳首を絶え間なく弄られ、甘ったるい声がこぼれて背中を反らした。まるで胸を突きだすような形になり、少し体勢が崩れた。すると櫻木の手が腰に回り、繋がった状態でゆっくりとシーツに押し倒される。

「あ…」

シーツに背中をつけ、櫻木を見上げた。櫻木はかすかに吐息をこぼしながら、一度怜士の中から性器を抜き取った。櫻木の性器は内部ですでに大きくなっていて、それがずるりと引き抜かれると、「あぁ…っ」と引き攣れた声が飛び出た。

「や…、ぁ…」

櫻木の性器が出ていき、中に出された精液も一緒にどろっとこぼれてきた。それがすごく恥ずかしく思えて、顔を腕で覆い隠す。

「ここ……誘っているみたい」

櫻木は怜士が閉じた足を無理やり広げ、二本の指を尻の奥へと入れてきた。そこは先ほどまで櫻木がいたせいで、柔らかくなっていて、簡単に櫻木の指を受け入れた。指で中の襞《ひだ》を掻き混ぜられ、怜士は腰を揺らした。櫻木は指であちこちを押したり撫でたりして、怜士の反応を見ている。

「ん…っ、う、ぁ…っ」

性器の裏側辺りを指で弄られ、我慢できずに怜士が熱っぽい息を吐き出すと、櫻木が心得たようにそこを重点的に責めてきた。

「ここがいいんだ？　腰が跳ねてる」

指を出し入れして櫻木が囁く。自分でやるのとは違い、他人に好き勝手に弄られるのは、怖い反面、ものすごく感じた。中に入れた指を律動されて、濡れた音が響くのも、耳から刺激されておかしくなりそうだ。

「あ…っ、や…っ、ぁ…っ、そこ…駄目…っ」

ぐちゅぐちゅという音を立てて奥を指で弄られて、怜士はシーツを掻き乱して喘ぎ声をこぼした。櫻木は反り返っている怜士の性器を手に取り、先端を撫でながら、入れた指で奥を突いてくる。

「ひ…っ、あ…っ、ひゃ…っ、あぁ…っ」

入れた指を激しく動かされると、びくびくと腰が揺れるほど感度が高まった。櫻木の手をどちらも汚している。中と性器を同時に刺激され、あっという間に達してしまいそうなほど身体が熱くなってきた。自慰でこれほど早くイきそうになったことなどない。自分がこの状況にひどく興奮しているのが感じられて、怖くなった。

「やだ、も…っ、先輩、止めて…っ。ひぁ…っ、あ…っ」

櫻木の手を止めようとして手を伸ばしたが、全身に力が入らなくて、櫻木の腕を押し返せなかった。涙目で見上げると、櫻木が興奮した目で自分を見ている。

「怖くないよ、このままイってみて…」

櫻木は性器を持つ手はそれほど動かさずに、内部に入れた指だけを激しく動かしてくる。身体の芯から熱くなってきて、小刻みに足が震えた。電流みたいに甘い感覚が次々と襲ってくるから、太ももがさっきからずっと揺れている。

「やだ…っ、い…っ、あ…っ、やぁ…っ!!」

身体がコントロールを失ったみたいに、びくんびくんと跳ねている。目は潤むし、身体中甘く痺れていて、強烈な尿意を覚えた。このままでは怖い——そう考えたとたん、櫻木の指がさらに奥まで潜ってきて、内部を擦ってきた。

「ひぁああ…っ!!」

それが引き金になって、気づいたら櫻木の手の中に、思い切り精液を吐き出していた。二度目の射精なのに大量の精液が出てきて、一度治まったと思っても櫻木が手で扱くとまたどろりと残滓《ざんし》を吐き出す。目がちかちかして、呼吸は乱れ、ろくにしゃべれないくらいの絶頂だった。絶頂に達した時には漏らしたのではないかと不安になったくらいだ。出たのは精液だけだったが、身体中が痙攣《けいれん》を起こしていて、深い脱力感があった。

「ひ…っ、は…っ、はぁ…っ、はぁ…っ」

懸命に息を吸って、吐いて、身を震わせる。ようやく櫻木が指を抜いてくれたが、その動きにすらびくんと跳ね上がるほど全身が敏感になっていた。

ぐったりとシーツに身を投げ出し、怜士は生理的な涙が頬を伝っていくのを感じた。気持ちよすぎて泣いてしまったなんて、恥ずかしい。

「大丈夫？　嫌だって言ってたのに、ごめんね。可愛くて、イくところが見たくなった」

怜士の精液で濡れた手をティッシュで拭い、櫻木が覆い被さってくる。指先一つ動かせずにいる怜士の前髪をかき上げ、優しくキスしてくれる。怜士はまだ呼吸が整わず、荒い息のまま櫻木の身体に抱きついた。櫻木の性器は勃起したままで、それが気になってたまらない。

「…っ、ん…っ」

櫻木は額から唇へとキスを移動して、汗びっしょりの怜士の身体を撫でた。指先で軽く乳首を触られて、また身体がびくびくする。すっかり櫻木に慣れたのか、上から覆い被さってきても、怖さより安心感があった。肌と肌を合わせているだけで気持ちよくて仕方ない。

「また入れていい……？」

耳朶《じだ》を舐められて、怜士は潤んだ目で頷いた。

櫻木は怜士の息が少し落ち着いたのを見て、両足を持ち上げると、ぐっと怜士の尻を掲げた。再び熱いモノの先端が中心に当てられ、ゆっくりと沈み込んでくる。櫻木は慎重に性器を埋め込んできたので、怜士も怯えずにそれを待つことができた。

「あ…っ、あ…っ」

指とは違い、性器の感触は喩《たと》えようもない質感がある。ずっと奥を弄られてきたせいか、櫻木の性器が潜り込んでくるだけで、気持ちよくなってぞくぞくっと背筋が反り返る。あれほど怖かった行為なのに、すっかりそこでの味を身体が覚えてしまったみたいだ。

「あぁ…っ、はぁ…っ、は…っ」

指よりも大きくて熱いモノが感じる場所を擦ってくる。怜士はあられもない声を上げ、櫻木の腰に足を巻きつけた。

「緊張がとれたのかな…。さっきより中がすごく柔らかくなってる。包み込まれている感じですごくいいよ。怜士はどう？　俺のが入ってるのってどんな感じ？」

中ほどまで性器を埋め込んだところで、櫻木が熱っぽい息を吐きながら聞いてきた。怜士はもう息も絶え絶えで、櫻木の首に腕を回し、しがみついた。

「そ、そんなこと…聞かないでください……」

真っ赤になって櫻木の肩に顔を埋めると、おかしそうに櫻木が髪をかきまぜる。

「恥ずかしいの？」

櫻木が笑って耳朶や首筋にキスを降らせてくる。きつく首筋を吸われて身をすくめると、櫻木の肩から顔を離し、唇を寄せた。櫻木と唇を重ね、舌を絡ませ合う。櫻木とキスするのは気持ちよくて夢中になる。飽きずに唇を吸っていると、繋がっている奥を軽く揺さぶられた。

「んん…っ、ぅ…っ」

くぐもった声を上げて、怜士は櫻木から離れようとした。すると少し強引に櫻木が唇を重ねてくる。深く重ねた唇を吸われながら、ぐっと奥を突かれた。全身から力が抜けるくらいの甘い感覚が広がり、怜士は腰を震わせた。

「あっ、あっ、あ…っ」

櫻木の唇がやっと離れてくれて、息を吸いこもうとしたのに、とんとんと内壁を突かれて切れ切れに声が飛び出る。櫻木は少し身体を起こすと、怜士の足を抱え直して、浅い部分を小刻みに突いてくる。

「ん…っ、あっ、ひ…ぅ…っ」

最初に身体を繋げた時は自分が動いていたが、今は完全に櫻木の動きに支配されている。内部を絶え間なく揺さぶられて、室内に自分の甲高い声が響いた。

「ここ……が、いいんだよね」

ぐっと腰を奥まで入れて、櫻木がさっき指で責めてきた場所をぐりぐりと擦ってきた。指でも感じたのに、性器で擦られると、信じられないくらい気持ちよくて、腰がひくついた。

櫻木は怜士の両足を胸につくほど折り曲げ、急に激しくそこを突き上げてくる。

「ひあ…っ!! あ…っ、や…っ、あー…っ」

一度中で射精したせいか、櫻木の性器はぬめりを伴い奥を突いてくる。性器の張った部分が気持ちいい場所を擦ると、声が抑えられなくて、怜士は甘い声を上げまくった。両足を押さえつけられているので、逃げることができなくて、怖いほどの快感の中、嬌声を上げるだけしかできない。

「やー…っ、あー…っ、ひぁ…っ」

櫻木が腰を突き上げるたびに、濡れた音が耳を汚す。熱くて、頭が痺れて、身体中が蕩けた。櫻木が奥を突けば突くほど、涙があふれて自分がどこにいて何をしているかよく分からなくなった。下腹部はどろどろとしてくるし、息も乱れている。おまけにさっきからずっと、中にいる櫻木の性器をきゅうきゅうと締めつけていた。

「あー…っ、あー…っ、あー…っ」

櫻木の律動が激しくなってきて、怜士はひたすら喘ぎ続けた。射精感が永遠に続いているようだった。中を揺さぶられすぎて、繋がった場所がひどく熱くなっている。櫻木は一度達したせいか、かなり長く怜士の奥を突き上げてきた。時おり動きを止めて、乳首を弄り、また濡れた音を立てて奥を穿《うが》ってくる。

「怜士、何回イった……？　すごいどろどろだ…」

櫻木が艶《つや》めいた眼差しで怜士を見つめ、腹部を撫でてくる。気づいたら怜士の腹には大量の精液が吐き出されていた。射精した自覚もないほど、強い快楽の中にいた。

「わか…んな…っ、ぁ…っ、あ…っ、もうおかしくなる…っ」

怜士は緩急のある動きに翻弄《ほんろう》され、櫻木の腕を摑み、ひっきりなしに喘ぎ声を上げ続けた。感じすぎて頭がいかれそうだ。

「そろそろイきそう……、はぁ…っ、は…っ、怜士、出すよ」

櫻木の息遣いが荒くなった頃、上擦った声で告げられた。怜士はもうろくにしゃべれなくなっていて、涙目で頷くしかなかった。

「あっ、あっ、あー…っ、あー…っ」

深い奥をガンガン突かれ、怜士がかすれた声で叫んだ瞬間、櫻木が顔を歪めてぶるりと腰を震わせた。次には中で性器が膨れ上がり、欲望の証《あかし》を吐き出してくる。精液が奥に注ぎ込まれる感触を、怜士はこの上ない悦《よろこ》びと感じた。

「はぁ…っ、はぁ…っ、はぁ…っ」

櫻木と怜士の獣じみた息遣いが交わって溶けていく。櫻木がくたっと抱きついてきて、怜士は息を荒らげながらそれを抱き止める。櫻木の匂いを嗅ぎながら、怜士はうっとりと目を閉じた。この時間が永遠に続けばいいと願っていた。


行為が終わった後も櫻木は優しかった。動けなくなった怜士を浴室に運び、身体中綺麗に洗ってくれる。一線を越えるということは、本当に特別なことなんだと怜士は感じていた。浴室で男に身体を洗ってもらったり、ましてやあらぬ場所に指を入れられたり、今までの怜士には考えられない行為が、ふつうにできるようになっている。

櫻木に対する警戒心がすべて消え去り、安心して身を委《ゆだ》ねられる。これまでは怖いと思っていた男の身体も、櫻木相手ではまったく怖くなくなっていた。お返しに櫻木の身体を洗って、さっぱりして部屋に戻った。櫻木は一緒に寝たいという怜士に気軽に「いいよ」と答え、同じベッドに入るのを許してくれた。

電気を消し、ベッドに入ると、櫻木は疲れたのかすぐに寝入ってしまった。怜士はうとうととしていたが、完全に眠りにつくまでは長い時間がかかった。櫻木との行為を、頭の中で何度も反芻していた。一夜でも長年恋焦がれてきた相手に抱いてもらえたのは、怜士とってこのまま死んでもいいくらいの喜びだった。櫻木はあんなふうに恋人を抱くのかと思うと、これまで彼とベッドを共にした女性たちが妬ましい。怜士は抱いてもらえたけれど、恋人ではない。

一夜だけでいいと願ったのは怜士のほうだが、実際にこうして抱かれた後では、抑えきれない欲望がもたげてきた。

櫻木の恋人になりたい。無理だと分かっていても、櫻木の一番になりたい。

抱いてもらえただけでも感謝しなくてはいけないと思っても、身体の関係を持った後では、余計に諦めきれなくなってしまった。どうすれば櫻木に愛されるのだろう？　櫻木はどんな相手なら愛せるのだろう？

悩みながら眠りについたせいか、その夜は悪夢にうなされた。起きたとたんに夢の内容は忘れてしまったが、心臓がどきどきして急に不安になった。

ベッドには自分しかいない。きょろきょろして櫻木を探すと、仕切りの向こうから櫻木の声が聞こえる。

「おはよう、怜士。もう十時過ぎているよ。朝食、食べに行こうよ」

すでに櫻木は身支度を整えて、新聞を読みながら優雅にコーヒーを飲んでいる。慌ててベッドから下りると、そこにアイロンのきいたシャツとズボンが置かれている。昨日自分が着ていた服だ。確か昨夜、洗面台の傍に適当に畳んで置いたはずだが、いつの間にか櫻木がクリーニングに出してくれていたらしい。綺麗になった衣服を身にまとい、怜士は顔を洗って櫻木の傍に急いだ。

「あの先輩、この服いつの間に……」

「寝る前に頼んでおいたんだ。お風呂に入った後、前に着ていた物を着るのって嫌じゃない？　ここのクリーニングは優秀だからね。朝には綺麗な状態で返してくれる」

櫻木はたいしたことじゃないという顔つきで話しているが、寝る前にそんなサービスを頼んでいたなんて知らなかった。無駄かもしれないと思いつつお金を払うと言ってみたが、笑われて終わりだった。

部屋を出て、四十階に行き、櫻木がオーナーを務めているという店で、特別に朝食を出してもらった。まだ開店前だが、店には仕込みのために何人か料理人がいて、櫻木と怜士のために簡単なオムライスをサッと作ってくれる。テーブル席ではなくて、厨房《ちゅうぼう》の大きな台のところに椅子を運んで、シェフと話しながらオムライスをいただいた。櫻木は最近の店の様子や売り上げや原価に関してシェフと細かい話をしている。オムライスは魚介類がふんだんに入ったもので、昨夜の高級そうな料理より美味しい。怜士は黙って置物のようにオムライスを食べていただけだが、櫻木が仕事の話をする時もいつもとあまり変わらないのが不思議な感じだった。こんなふうに穏やかな物腰で仕事が進むのだろうか。怜士が勤めていたデザイン会社では、上司は居丈高な人が多く、営業は腰は低いが愚痴っぽい人が多かった。強面《こわもて》であれば話が進むとは言わないが、櫻木のように淡々としてさぼる者が出ないのか。

「それは駄目。めんどくさくてもやって」

そう思っていた矢先、出勤してきた店長と店の話になり、とあるサービスに関して意見が対立した。櫻木は面倒でも機械は導入せず手でやってほしいと言い、店長は効率化のために機械を導入したいと主張している。店長はかなりねばったのだが、櫻木は最後まで淡々と駄目を繰り返すだけだった。結局櫻木の理路整然とした説得に理解を示した店長が、分かりましたと腰を浮かせて仕事に戻っていった。

意見が対立したら語気が荒くなる者も多いのに、櫻木はどこまでいってもいつもの調子を崩さない。こんな上司だったら、自分が勤めていたデザイン会社もつぶれなかったのだろうか。

食事を終えた後は、ホテルを出て、櫻木の車でマンションに戻った。目覚めてからの櫻木はいつもどおりで、昨夜の情事などまるでなかったかのようだ。キスくらいはしてくれるのではないかと甘い期待をしていたが、そんな雰囲気は微塵も出てこない。怜士の身体にはまだ昨夜の名残が残っているのに、櫻木は一晩寝たら忘れてしまったのかもしれない。

「怜士、大輝に見てもらう件だけど」

マンションに向かう途中の車の中、櫻木が車線変更をしながら突然切り出す。怜士は身を硬くして、運転席の櫻木に目線を向けた。情事の匂いはさっぱり消し去っていても、櫻木の頭にはきちんと約束は残っている。――大輝と会って、昔の記憶を読み取ってもらう。甘いお菓子の後には、憂鬱な苦い薬が待っている。

「いつにする？　俺がセッティングしてもいい？」

さらりとした口調で聞かれ、怜士は頷くしかなかった。

「俺はいつでもいいです」

「うん、じゃあ俺が大輝と連絡とって日を決めるよ」

櫻木は先ほど店長やシェフと話していた時みたいに淡々としている。櫻木の顔を盗み見て、昨夜はあの唇にたくさんキスをしたのにと歯がゆく感じた。本当に昨夜だけしかできないなら、もっともっと欲しがればよかった。いっそ昨夜の話題でも出してみようかと思ったが、それを口にする勇気は湧かなかった。櫻木が平然としているのは、怜士を傷つけないためかもしれない。それに抱いてもらえたのは、大輝と会うという取引があったからだ。今さら好きだの愛しているだの言っても、櫻木が怜士の望む答えを返してくれるとは思えない。大体マンションで好きだと言った時だって、櫻木は何の返事もしなかった。

櫻木に近づきたくて抱いてもらったのに、この人は近いようで遠い人だ。怜士はもどかしい思いを抱いたまま、そっと視線を逸らした。

春の温かい日差しを感じる頃、マンションの庭に咲いている梅が満開になった。小さい頃は桜と梅の区別もつかなかったものだが、今は違いがすぐ分かる。失踪した当時、学校に向かう道なりに桜が満開だったせいだ。だから満開の桜を見ると憂鬱な気分に襲われる。

櫻木と一緒に大輝のもとを訪れたのは、水曜の正午を過ぎた辺りだ。あれから怜士のもとにはぽつぽつとデザインの仕事が舞い込み、櫻木のマンションにこもって仕事をしていた。どれも簡単な仕事ばかりだが、気はまぎれた。櫻木は社長業は辞めたものの、引き継ぎや挨拶が忙しいらしく、ホテルに泊まって以来、毎日深夜過ぎにしか戻ってこない。忙しくしているのだから大輝と会うことなど後回しだろうと思っていた矢先、水曜日空けておいてくれと言われ、にわかに緊張してきた。

櫻木の車で訪れた場所は、中野《なかの》にある七階建ての全面ガラス張りのオフィスビルだ。一階に文具系の店舗が入っているお堅い感じの建物で、エレベーターの傍の案内図には、大輝が借りているという四階にＬＴＭクリニックと書かれている。そういえば大輝が今どんな仕事をしているかなど聞かなかったので、何をしているのか知らなかった。クリニックというくらいだし、病院関係だろうか？

エレベーターに乗り四階で降りると、感じのよい若草色の木枠で彩られたガラスのドアが見えた。ガラス越しにカウンターが見えて、置かれた白いソファや観葉植物から歯医者か医院に来た気分になった。ドアにかけられたプレートには「本日の診療は終了しました」と書かれている。櫻木は気にした様子もなくドアを押し開け、中に入って行った。

「大輝、来たよ」

ドアを開けてすぐの受付らしき部屋には誰もいなかったが、櫻木が机の上の呼び鈴を押すと、奥の部屋から白衣を着て眼鏡をかけた大輝が面倒そうな顔で出てきた。大輝は医者になったのかと怜士は目を丸くしたが、これは後でまったく違うということが判明した。

「うぃっす…。あ、眼鏡かけっぱだった。さっきまで仕事してたから」

怜士と櫻木の顔を見て、大輝がかけていた眼鏡を外して、ポケットに突っ込んだ。大輝は着ていた白衣も脱いで、カウンターの傍の椅子に引っかける。

「綺麗なオフィスだね」

櫻木が感心した声で部屋を見渡して告げる。怜士もそう思ったが、大輝が笑い飛ばしたのでいぶかしげに見返す。

「塚本が格安で貸してくれてる。この商売、もう辞めようと思ってたのに、前に仕事した客が口コミで広めるからなかなか辞められなくてね。小児科医が使ってた内装、そのまま使いまわしてるだけだよ」

皮肉げに唇を捻《ね》じ曲げながら大輝が教えてくれる。小児科と聞かされて、確かに内装が優しい色使いだと思った。カウンターや棚、椅子などはすべて木製で壁紙も爽やかなブルーだ。塚本が貸してくれるということは、このビルは彼の所有物件なのか。そういえば櫻木が仕事関係で知り合ったと話していたので、一見そうは見えないが彼も富裕層らしい。

「大輝、お前何の仕事してるんだ？」

気になって怜士が眉を顰めて聞くと、奥の部屋へ誘いながら大輝が笑う。

「あんま聞くなよ。違法な商売だから」

はっきり教えてくれなかったが、どうやら大輝が持つ不思議な能力と関係するらしい。霊能力といっていいか分からないが、それならそれを売りにすればいいのに、何故いかにも病院風を装っているのか謎だった。

「どうぞ。コーヒーでいい？」

奥の部屋は応接室で、向かい合ったソファと白いテーブルが置かれていた。窓際の観葉植物は、育ちがよすぎて天井に葉がついている。横に長い書類棚にはいくつものファイルが並べられている上に、南京錠《なんきんじょう》がかけられているので、重要な書類でも入っているのかと思いきや、そう見せかけているだけで中身は白紙だそうだ。だんだん怪しくなってきた。この部屋にある物は全部、来客者から警戒心を取り除くためのセットらしい。

大輝がコーヒーメイカーで作ったコーヒーを三人分運んできて、それぞれの前に置いた。櫻木の隣に座った怜士は、来た時から憂鬱な表情だった。大輝がそれに気づかないわけはない。

「んで……。先輩から大体のことは聞いたけど」

斜め向かいに座った大輝が、頭を掻きながら怜士に視線を向けてきた。本当に大輝に記憶を視る力などあるのかと疑惑を抱いていたが、ここにきてこんな大がかりな仕事場を見せられては、確かに何かあるのだと認めないわけにはいかない。大輝の力が偽物だったほうが気が楽だったのに。見たくないものを見なければいけないなんて、苦痛だ。今さら逃げるわけにもいかないが、気が重かった。

「お前の失踪事件、俺ぜんぜん記憶にないんだよね。高校違ったしな、先輩から聞いてびっくりした。まぁだから再会した時、雰囲気変わって見えたんだな。昔のお前って、きゃるーんって感じだったもんな」

コーヒーに口をつけながら、大輝がまじまじと怜士を見つめて言う。

「きゃるーんて何だよ……」

露骨に顔を歪めて突っ込むと、大輝が目を細めて笑う。

「じゃあぴよぴよ。先輩大好きって感じでぴよぴよしてたじゃん。女の子みたいに目がくりっとしててさ、ふだんはぴよぴよしてるのに、キれるとマングースみたいにおっかねーんだよな」

大輝が懐かしそうな顔で笑った。中学時代の自分が変なふうにイメージされていて、少しイラッとした。ぴよぴよなんてひよこか。マングースも嫌だが、ひよこなんてアホみたいでもっと嫌だ。

「ああ、そういう感じだったよね。ぴよぴよと可愛かったよ」

内心げんなりしていた怜士をよそに、櫻木はにこにこと頷いている。大輝は確実に馬鹿にした言い方でぴよぴよと言ったのに、櫻木ときたらまったく理解せず、むしろ微笑ましいという顔だ。相変わらずこの人は空気を読んでいない。おかげで大輝に文句も言えなくなってしまった。

「――それで、本当に視ていいんだな？　どんな過去が出てきても、俺は知らないからな」

ふいに真面目な声で大輝が告げ、まっすぐに怜士を見つめてきた。怜士はどきりとして息を呑み、ちらりと櫻木に目を向けた。櫻木も真剣な顔つきになって、自分を見ている。

「先輩……、席を外してもらえますか」

いざ視てもらうとなると、やはり気になるのは櫻木の存在だった。嫌な過去をひもとかれるのに、その場に櫻木がいるのは嫌だ。できたら別室で待っていてもらおうと思ったのだが、櫻木は断固とした口調で自分も聞くと言い張った。

「俺も一緒に聞くよ。大体、後から聞くんじゃ、怜士はきっと見せたくない部分は省くだろ？　どんな過去でも俺は構わない。聞かせてほしい」

怜士が顔を歪めると、櫻木の手が肩にかかり、宥めるようにされる。櫻木の言うとおり、もし口に出すのもおぞましいような過去だったら、櫻木になど明かすわけがない。

「でも……俺は……」

怜士が眉を寄せて顔を背けると、大きな手が頬にかかって無理やり櫻木のほうに顔を向かせられる。櫻木の茶色い澄んだ瞳に見つめられ、怜士は唇を噛んだ。

「駄目。俺も聞くよ」

静かな口調で言われて、これはあの店長と意見が対立した時と同じ口調だと思いだした。櫻木は主張を変える気はない。怜士は観念して視線を落とした。

「……分かり…ました…」

悄然《しょうぜん》として怜士が呟くと、櫻木がホッとした顔で頭を撫でてくる。重い気分で大輝に向き直ると、妙な顔でこちらを見ていた。

「あのさぁ、お二人さん。……まさかと思うけど、寝た？」

引き攣った顔で聞かれ、怜士はどきりとして頬を朱に染めた。まさか大輝にこんなに早く気づかれるとは思わず、慌てて櫻木と距離をとる。そんなに寄り添っていただろうか？　大輝に櫻木との取引について知られたくなかった。大輝の存在を利用したと知ったら、絶対馬鹿にされる。櫻木にごまかしてもらおうと目配せをしたのに、まったく怜士の目線に気づいていない。

「すごいね、なんで分かるの？」

櫻木は感心して大輝と話している。櫻木が肯定してしまったので、ますます言い訳が苦しくなってきた。こんなことなら来る前に、内緒にしてくれと釘を刺しておけばよかった。

「この前会った時と、距離感が変わってる。へぇー、早乙女よかったなぁ。どんな手使ったんだよ？　この人をその気にさせるなんて、やるじゃない。百万年経ってもお前には無理かと思ってたよ」

大輝は面白いおもちゃでも見つけたみたいに、ニヤニヤして怜士を見ている。これ以上突っ込まれたくなくて怜士がぷいっと顔を逸らすと、気になったのか大輝が顔を近づけて覗き込むようにしてきた。こういった怪しい空気を感じ取るのがこの男は異様に上手い。

「なんだよ、のろけてもいいんだぜ。ずっと好きだった憧れの人をゲットしたんだろ？　絶対振り向かないと思ってた人が振り向いたんだ、すげぇじゃん、お前」

大輝のからかうような声を聞き、櫻木が首をかしげて怜士を見つめた。

「そんなことないんじゃない？　絶対とか、百万年経っても、とか、俺と怜士が寝たのってそんなに確率の低いこと？　俺は昔から怜士のこと可愛いと思ってたし、別にそこまで不思議な話じゃないと思うけど」

櫻木は素朴な疑問を感じた様子で呟いている。それに驚いたのは怜士だけではなく、大輝も同様だ。いっせいに振り返ってしまったので、櫻木が目を丸くして見返してきた。

「うお、先輩。まさか先輩から？　ってことは絶対ねぇだろうな。つーか……へぇー。それじゃ二人はつき合ってるわけだ？」

大輝は櫻木が怜士を庇《かば》っているように感じたのかもしれない。だから少し怜士に対して花を持たせるような質問をしたのだろう。けれどそれに対する櫻木の返答は、いつものこの人だった。

「つき合う……？　それはないよ。ねぇ？」

当たり前のような言い方で確認をされて、怜士はつい顔を強張らせて固まってしまった。取引で寝たのだから、つき合うなんてないと諦めていたけれど、まだわずかに残っていた希望も粉々に砕かれてしまった。室内がしんと静まり返り、さすがに大輝も青ざめている。空気が読めない櫻木でも、大輝と怜士が黙り込んだので、自分が失言をしたのが分かったのだろう。焦った顔つきで怜士と大輝を見比べる。

「え、そうなの？　俺はそういうことまったく考えてなかった」

櫻木は呆気にとられた顔で、少しうろたえている。まるでそういう可能性を考えていなかったと知り、これまでの櫻木の態度の理由がよく分かった。櫻木にとっては怜士とのセックスはスポーツかヨガと変わりない。一度したからといって、特別扱いになるはずがないのだ。

「花吹雪先輩、本当にあんたって罪作りだなぁ。どういう経緯で寝たか知らないけど、こいつは中学生の時から先輩が好きなんだよ。少しはそういうの考えてやっても罰は当たらないだろ。なぁ、早乙女。お前は先輩とつき合いたいんだろ？」

沈み込んだ怜士を見かねたのか、大輝が横から諭すように櫻木に言い始めた。いつも意地悪なことしか言わない大輝が、こんなふうに手を差し伸べてくれるなんて思わなかったので、怜士はびっくりして顔を上げた。櫻木の気持ちはショックだったが、大輝に救われた形になり、怜士は自分の本音を告げておこうと決意した。

「俺は……俺は、先輩の一番になりたい」

かすれた声で思い切って告げると、櫻木が驚いた表情で怜士を見つめる。向かいに座っていた大輝が、心配そうに櫻木を見ているのが分かる。

「ごめん、そういうのは無理。一番とか、よく分からない」

困った声で櫻木に吐露され、じわりと目が潤んだ。櫻木は怜士が何を言っているのか本当によく分かっていない様子だ。自分一人だったら、きっとこの時点でへこんで諦めていただろう。無理と言われて、本当にこの人とは特別な関係になれないのだと思い知った。貪欲《どんよく》な自分は少し手に入ると、次から次へと欲しいものが増えていく。それでも何もしないよりマシだった。櫻木の熱を一度でも感じることができたのだから。

今度こそ、櫻木への気持ちを諦めなければならない。一度抱いてくれただけでも感謝するべきなのだ。

「先輩、つき合う気もないならなんで寝たわけ。さっき言ってたけど、こいつのこと可愛いと感じてるわけでしょ。こいつが先輩を好きなのも知ってるんだよね？」

割って入るように大輝が言いだし、怜士は内心不思議な気持ちになって、庇うような言い方をする大輝を見た。大輝は煙草《たばこ》を探しながら、少し苛立った顔になっている。それに対する櫻木の態度はいつもと同じだった。

「それは知ってるよ。好きだって言ってくれたし。嬉しかったよ」

まるで難解な数式でも解いているみたいだ。怜士はもう諦めの境地にいて唇を噛んで黙り込んでいただけだが、大輝が懸命に討論して櫻木の気持ちを解き明かそうとしている。

「好かれて嬉しいなら、先輩だって好意はあるんだろ？」

「もちろん、俺だって怜士は好きだよ。好きでなければ家に置かないし、こんなふうに大輝に相談なんて持ちかけないだろ？　それに男なのに寝てもいいと思ったのは怜士だったからだよ。もともと可愛いと思ってたのに、ずっと好きだったなんて言われて、ほだされないわけないだろ？」

さらりと櫻木に告げられ、怜士は噛んでいた唇を離して、うつむき加減だった顔を上げた。櫻木の気持ちを、今初めて知った気がする。自分に対する好意があったなんて、嬉しいし、ひどく安堵した。誰にでも優しいから、同じように言われたら誰でも抱けるのかと思っていたので、特別に感じてくれていたと聞いて天にも昇る気持ちだった。

「先輩、それって……」

大輝が困惑した様子で呟く。

「でも一番には考えられないよ」

続けて吐き出された本音に、怜士は混乱して櫻木の顔を凝視した。怜士の動揺した顔を見て櫻木は困りながらも、噛み砕くように気持ちを告げる。

「そもそも一番とかそういうの考えたことない。好きは好きでいいじゃないか。ベクトルが違うだけだろ？　つき合う件に関しては、俺はいずれまた日本を離れるつもりだから、それまでのつき合いしかできないよ。それにつき合うとかそういうことはぜんぜん考えてなかった」

櫻木がどう思っていたかが次々と明かされ、怜士は言葉もなく呆然とした。櫻木は父親が末期がんだから帰国したと言っていた。ではもし父親が亡くなったら、またあちこちの国を渡り歩くような生活に戻るのか。櫻木の本音より、そちらのほうがショックだ。

遠距離恋愛、という可能性もちらりとだけ浮かんだが、それが無理なのは怜士よりも櫻木のほうがよく知っている。この人は風のように生きたいんだ。誰にも束縛されず、好きにいろいろな場所に旅したい。大輝が羽が生えていると言った意味がようやく分かった。

奇妙な沈黙が室内に落ち、気まずそうに大輝が咳《せき》払《ばら》いした。

「早乙女、だから言っただろ。この人はやめておけって」

大輝がどこか櫻木を咎《とが》める目つきになったので、怜士は言いたくなかったが真相を告げた。

「先輩は悪くないんだ……。俺がここに来るかわりに寝てくれって頼んだんだから……」

怜士がセックスした経緯について話すと、大輝が目を丸くする。大輝には知られたくなかったが、櫻木を悪者扱いされるのは困る。大輝は怜士の言葉でいろいろと察したようで、呆れたようにため息をこぼした。

「お前、必死だな。あー…、記憶視るのって、目を改める？　俺の前で修羅場はやめてくれよ」

大輝の前で修羅場を演じる気はなかったし、今は櫻木の気持ちがどうなのかを知って、わずかだがショックから立ち直っていた。櫻木の感性が人と違うのは分かっていたことだ。心の中はまだ混とんとしていたが、多少なりとも自分に気持ちがあると知って、変な話だが嬉しかった。誰かのものになるなら自制できる自信はないが、誰のものにもならないなら、少し気持ちは落ち着く。

「怜士、平気？」

櫻木に不安そうな顔で聞かれ、怜士はこくりと頷いた。櫻木は自分のせいで怜士が動揺しているのではないかと案じている。本音を言えば最初からやりたくなかったので、櫻木の真意を聞いてますます気が乗らなくなったが、今さら逃げるわけにもいかない。

「そんじゃ、こっちきて手、出して。触れないと分からない」

大輝は煙草を探すのを諦めて、怜士に対して顎をしゃくってみせた。怜士は素直に立ち上がり、テーブルを回って大輝の隣に腰を下ろした。右手を差し出すと、大輝がそっと手を重ねてくる。

大輝は一度深呼吸すると、身を寄せるようにして怜士の目を見た。

「正確な日付け、言える？」

囁くように言われて、どきりとして怜士は息を呑んだ。怜士が失踪した日——忘れもしない四月十七日——。

「俺は映像しか視えないから、視えるものを口にしていく。お前が十五歳の春――だな」

ふいに大輝に重ねられた手が熱くなった。脈拍が速まる。櫻木が微動だにせず怜士と櫻木を見ているのが肌に痛いほど伝わる。

「目を閉じて、記憶をさかのぼるぞ」

大輝の言葉につられるように目を閉じ、怜士は覚悟を決めた。


大輝の手を異様に熱いと感じ、怜士は不安な気分に襲われた。

「家の中かな…。母親っぽい人と話しているのが見える……。こっちは父親か。朝、みたいだな……。ウサギの絵の弁当箱を鞄にしまってる」

ウサギの絵、と言われて、長い間忘れていた記憶のかけらが戻ってきた。ロップイヤーの白いウサギのキャラクターが描かれた布。こんな柄じゃ友達に笑われるから嫌だと言いたかった。時間がないから文句を言うのを諦めたのだ。

「家を出た。自転車に乗って、すごい勢いで漕いでいる。学校に遅れそうなのかな、時計を見て焦っている……」

大輝の声が聞こえるたびに、ざわざわと胸が騒がしくなってきた。忘れていたと思っていた記憶は、大輝の声で当時の状況を解説され、脳の深いところを刺激してきた。そうだ、あの日は遅刻しそうだったから、全力で自転車を漕いでいた。

「……自転車の速度が弛まった。何かある、前方で、学生服着た子がこちらに向かって逃げてくる様子が見える。なんだ、これ？　ああ、ちょっと待った……、何か事件が起きた」

大輝の声が鋭くなって、ぞくりと背筋を震えが走った。急に怖くなって手を離そうとしたが、大輝はいつの間にかきつく握っていて、離せない。

　ふいに脳裏に人の悲鳴が聞こえてきた。実際に聞こえたはずはないから、当時の状況が蘇ったのだろう。まるでその場に戻って追体験をするみたいに、足が震えてきた。

「刃物を持って、何かわめいている男がいる……。男子学生が逃げ回っている……。怜士は……怜士は自転車を停めて、その場から動かない。なんだろう？　変な様子だ。呆然とした感じだ……。刃物を持った男は向こうのほうへ行ってしまった。警察が来た、刃物の男を追いかけている」

「その日、通り魔事件が発生したんだ。怜士はその男と接触してないのか？」

　どこか遠くから櫻木の声が聞こえる。

「接触はしていない……。遠くから凝視している。あ、動き出した……。もう一度自転車に乗って、走り出した——学校とは別の方角だ」

　鼓動が早鐘のように鳴り響き、怜士はどっと汗を掻いて息を荒げた。

「すごい怒った顔だ……。赤信号も無視して道路を突っ切っている……駅、に着いた。どこかへ行こうとしている」

　通り魔を見た後、怜士はどこかへ向かった。学校にも行かずに。とにかく行かなければならない場所があった。

「乗っていた電車を降りて……怒った足取りで道を歩いている……。マンションの前まで来た……。誰の家だろう？　チャイムを、押した……。男が出てきた、三十代半ば……顎にほくろがある男だ。怜士が怒り狂ってわめいている、男の顔つきが変わった、腕を引っ張られて中に連れ込まれた——」

　顔から血の気が引いて、怜士は目を開けて、今度こそ強い力で大輝の腕を振り払い、立ち上がった。

　全身が硬く強張っていた。記憶をさかのぼることで、自分に何が起きたか、すべて思い出した。奥底にしまい込んだはずの忌まわしい記憶がすべて蘇ってしまった。信じられない。頭に血が上り、足が震える。そうだ、あの時もそうだった。通り魔を見て、逆上してあの男の家に押しかけたのだ。何故失踪したのか、失踪していた間自分がどこにいたのか、ありとあらゆる記憶が鮮やかに脳裏に描き出される。吐き気と恐怖、そしてそれを上回る怒り――。

「怜士……、思い出したのか？」

櫻木と大輝が目を見開いて急に立ち上がった怜士を見上げている。何か答えようとしたけれど、怒りのあまり唇がわなないて言葉にならなかった。強烈な怒りが腹の底から湧いてきて、今すぐにでもあの男の家に押しかけ、過去の清算をしなければと感じた。急に周囲の物音が聞こえなくなった。思考が上手く回らず、今はただ激しい憎しみに支配されていた。怜士はふらりと歩きだし、その場から立ち去ろうとした――あの男に復讐するために。

「怜士！」

大きな声で名前を呼ばれた瞬間、力強い腕に引き寄せられた。気づくと背後から大きな身体に包まれている。部屋を出て行こうとしたのに、櫻木が自分を抱きしめている。ほどこうとしたのに、その腕はしっかりと怜士を押さえ込んでいる。

「君は本当に頭に血が上りやすい……。また手が冷たくなってる。息を吸って」

櫻木の声が耳元でする。最初は無視して行こうとしたのに、何度も息を吸ってと言われて仕方なくそれに応じた。

肺が震えて、強張っていた全身から力が抜けた。ふっと周囲の音が耳に入ってきて、呼吸が急に楽になった。振り向いて顔を上げると、櫻木が心配そうに自分を見下ろしている。

「先輩……」

怜士はうろたえた声を出して、熱が戻ってきた指先を握っては開いた。櫻木は怜士が自分を取り戻したことに安堵した様子で、腕を引いた。再びソファに戻され、怜士は脱力してシートにもたれた。

あの日と同じことを繰り返そうとしていた――。あの日も、通り魔を見て、幼い時の記憶を呼び覚まされ、逆上して飛び出した。

「怜士、俺は当時君の家に行ったって言ったろ」

ソファに沈み込む怜士の髪を撫で、櫻木がぽつりと切り出す。

「君のお母さんと少し話したんだ。君は幼稚園児だった頃、通り魔事件に遭ったことがあるって」

怜士がぎくりとして身を引くと、櫻木が髪から手を離し、どこか残念そうな顔になる。

「どういうこと？」

大輝が興味深げに櫻木を見た。

「怜士のお母さんは、小さい頃の記憶がトラウマになっていて、再び通り魔に遭ったことで記憶が錯乱したのではないかと考えていた。そうなのか？」

櫻木に質問され、怜士は苦しげに息を吐き出した。あの頃母は何も言わなかったので、怜士もそれについて考えなかった。きっと母は、怜士を気遣って言わないでくれたのだろう。だがもしあの当時それを教えてくれたら、あの憎い男の記憶を呼び覚まして、今とは別の道を辿れたかもしれない。

「俺……、あの日、通り魔に遭って思い出したんです。俺が幼稚園の頃、お化け屋敷って呼んでた空き家があって……俺は友達と時々そこで遊んでた。たまたま一人でそこにいた時…通りで悲鳴が聞こえた。女の子が悲鳴を上げて逃げていた……。その後を追いかけていたのが、近所に住んでいた俺の叔父……でした。帽子被ってたけど……顎のほくろが見えてすぐ分かった…」

たどたどしい口調で怜士が語り始めると、櫻木が眉を顰め、硬い表情で記憶を辿る怜士を見つめる。話していくうちに記憶がどんどん蘇って、怜士は鈍痛を覚えた。大輝には人の記憶を呼び覚ます能力でもあったのだろうか。

「俺は父親にそれを言ったけれど、信じてもらえなかった……。馬鹿なことを言うなと父に怒鳴られて、子どもだった俺は怖くてそれを誰にも言えなくなった……。今思えば父さんは身内から犯罪者を出すなんてとんでもないことだから、俺を怒ったんだと思う」

記憶を取り戻したばかりのせいか、言葉が次から次へとあふれ出た。怜士は自分の両手を握り合わせ、ぶるぶると揺らした。自分で制御しないと、爆発してしまいそうだ。ここにいるのは傷つけてはいけない人なのに、怒りのあまり当り散らしそうで恐ろしい。

通り魔が叔父だったという話は父にしかしなかったはずなのに、母は知っていた。おそらく父から話を聞かされたのだろう。もしかしたら母は失踪した自分を探して、叔父のもとへ行ったかもしれない。監禁されたのは叔父の知り合いの男の家だったから、見つけることはできなかったのだろう。そう言われてみれば、失踪事件以来、母は叔父の話をほとんどしなくなった。正月に挨拶もしなくなったし、引越しの連絡が来ても会いに行こうとは言わなかった。何か勘付いていたのだろうか？　怜士は静岡にいる叔父とは親しくて、失業した時もしばらく遊びに行っていたくらいだが、東京の叔父とは距離を置いている。よく考えてみれば、母は昔から叔父とは仲がよくなかった。

「俺は……あの春の日、通り魔を見てそれを思い出した。だから叔父のところに行って、その罪を暴こうとしたんです」

あの日桜が咲いていたのが鮮やかな映像となって

蘇った。叔父のマンションに行く道の途中で、風に吹かれて花びらが舞い散っていた。昔から頭に血が上りやすかった。何故あの時、後先考えずに飛び出したのだろう。子どもだった。罪をつきつければ、相手が罰せられると思っていた。逆襲されるなど、思いもしなかったのだ。

「叔父は……俺を殴って気絶させて……閉じ込めた。車で別の家に連れて行かれたから、どこかは分からない。それから……それからあいつの友人たちがやってきて…」

口がからからに渇いて、顔がみるみるうちに青ざめた。その後何が起きたかは口にしたくなかった。叔父は罪を償う気などこれっぽっちもなかった。事件自体はもうかなり前の話だったのだ。叔父は怜士を殺すことも考えていたと思う。多分ぎりぎりまでどうするか悩んでいたのだろう。結局殺人を行うのは足がつきやすいし、当時失踪した怜士を探して警察が捜査していたから諦めた。かわりに叔父は友人に頼み、怜士が事件のことを言いだせないよう手を打った。

暗い一室で、ビデオがずっと回っていたのを覚えている。数人の男に輪姦《りんかん》され、意識が混濁するような薬を飲まされた。泣いて許しを乞《こ》うたのもおぼろげに覚えている。このまま死ぬのだと思っていた。死にたくないなら忘れろと繰り返し何度も言われ、夢と現《うつつ》の境をさまよっていた。

解放された時は、変な薬を飲まされて意識が朦朧としていた。ようやく自由になれて、忌まわしい記憶を封じ込めた。あの日をもう一度やり直そうと考えていた。あの通り魔に遭った日に。だから怜士は学校へ向かった。その途中で意識が混乱し、急いで自宅に戻ったのだ。

「これ以上は……許してください。雅のパソコン見て、頭に血が上ったのは……昔の自分を思い出していたからかもしれないな……。忘れたつもりでも……やっぱり、身体は覚えているんだ……」

弱々しい声で怜士が呟くと、櫻木が肩を抱き寄せようとした。ついびくりと身体を震わせ、怜士はそれを拒否した。自分がひどく汚れているような気がした。櫻木に触れてもらえるような身体ではない。

やっぱり大輝に会う前に抱いてもらって正解だった。記憶を取り戻した後では、そんな気分にはなれなかっただろう。

「怜士、いいからおいで」

櫻木から顔を背けていると、少し強引に肩を抱き寄せられ、長い腕が怜士の髪に潜り込んできた。櫻木の腕の中で硬く強張ったまま、うつむく。櫻木は同情しているのだろうか。あの頃自宅に戻った自分がどうしても明るくなれなかった理由が分かった。忘れたつもりでも悪夢となって襲ってきた記憶が、自分の身に起きたことだと薄々勘付いていたからだ。

穢《けが》れた自分が、他の子と同じように笑ったり楽しんだりするのが気持ち悪くてたまらなかった。

不思議なことに涙はこぼれなかった。それどころか表情が失われ、顔の筋肉を動かせなくなった。どうやって笑っていたのか分からなくなったくらいだ。悲しいというより、憎かった。胸にあの男への憎悪の炎が燃え広がっている。事件の後しばらくして叔父が訪ねてきたことがあった。怜士は叔父を見ると異様に胸が騒いで、気分が悪くなった。なんとなく嫌だ、なんとなく傍にいたくない。そんなふうに自分の気持ちを遠ざけ、叔父には近づかなかった。何度か叔父は怜士の様子を見に来た。あれは監視も含めてのことだったのだろう。櫻木がなんとなくという理由はないと言っていたが、本当にそのとおりだ。怜士には叔父を嫌っていた理由がある――。

大輝が立ち上がって、デスクのほうに回り、煙草を取り出した。中から一本抜き、デスクの上に置かれたジッポで火をつける。

「――――それで、どうする。このまま泣き寝入りかよ」

煙草の煙がゆっくりとこちらに広がってきて、怜士は眉間にしわを寄せた。泣き寝入りなんかしない。これまで苦しんできた仕返しに、あの男を殺してやる。子どもの頃は身体も小さくて抵抗できなかった。今は違う。金属バットでもサバイバルナイフでもスタンガンでも手に入れて、あの男を八つ裂きにする。

「先輩、分かってんだろうね。こいつこのまま放置したら、その犯人を刺し殺しに行くよ」

煙草を吸いながらソファのほうに戻ってきた大輝が、灰皿をテーブルに置いて告げる。自分はそんなに恐ろしい形相をしているのだろうか。大輝がそう考えるほどに？

「分かっているよ。怜士は逆上型だからな……。怜士、よく聞いて。俺は君が警察に捕まるとかそういうのは嫌だから」

困った顔で櫻木は諭してくるが、一度憎しみに固まった心は、櫻木でも溶かせそうになかった。それにもう心底諦めがついてしまったのだ。自分は櫻木の隣にいられるような人間ではなかった。櫻木の一番になりたいなんて、よく言えたものだ。この人は遠い人だと思っていたけれど、今はもう手が届かない人だ。

「先輩には関係ありません」

自分でもびっくりするくらい冷酷な声が出てきて、少し驚いた。櫻木にこんな言い方をするなんて、今までの自分なら信じられない。

「関係あるよ、ここで放置するくらいなら、最初から一緒に聞かなかった。怜士、俺の目を見て」

櫻木は怜士の冷たい声にも怯《ひる》むことなく、いつもと同じ穏やかな口調で囁いてくる。櫻木の手が頬にかかり、顔を向かせられる。嫌々櫻木の目を見ると、綺麗な澄んだ瞳が自分を見ていて胸苦しくなった。

「君が直接手を下すことはない。もっと法的な手段で制裁しよう」

櫻木の口から意外な言葉が出てきて、怜士は目を見開いて、眉を寄せた。

「でも……事件はもうとっくに…」

怜士が小さい頃起きた事件だ。今さらその事実が明るみに出たとしても、叔父は罪に問われないだろう。

「そういう事件を起こす人は、再犯率が高いんだ。親戚という立場の人が捕まってもいいというなら、その男の身辺を調べよう。幸い――秦野君という刑事さんもいるしね。だから怜士、早まらないで。君の気持ちは分かるけど、もう少し待って」

強い口調で言われ、怜士は戸惑って櫻木を見返した。確かに秦野は刑事だが、本当に叔父の罪など出てくるのか。櫻木はこうやって時間を作って怜士に諦めさせようとしているのではないか。

「早乙女、先輩の言うとおり、ちょっと待ったほうがいいぜ。お前の気持ち、嫌ってほど俺は分かるけどね……」

大輝が吸っていた煙草を灰皿に押しつけて、皮肉げに笑う。

「どうせ今まで思い出してなかったんだ。少しくらい待ったって同じだろ」

大輝の言い方はそっけないようで、どこか優しかった。今すぐにでも復讐したかったが、大輝の言うとおり、少し待っても同じかもしれない。

「……分かった」

ぼそりと怜士が呟くと、櫻木が安堵して怜士の髪を掻き乱してきた。櫻木の手はいつもどおり温かいのに、怜士の心はすっかり冷え切ってしまった。

「大輝、秦野君と直接会って話ができるかな」

櫻木は怜士から叔父の情報を得ると、まるで仕事をするみたいに動き始めた。大輝もこういった事件に慣れているのか、叔父に接触して記憶を盗み見ると言いだす。大輝の能力なら、叔父が隠していた秘密も暴けるかもしれない。けれどまったく無関係の自分のために何故二人は力を貸そうとしているのか。話し合う二人の姿をぼんやり眺めながら、怜士は奇異に感じていた。

大輝の間借りしているビルから櫻木の住むマンションに戻るまでの間、怜士は車中で口を利かなかった。頭の中に大きな黒い塊ができてしまったみたいで、何かしゃべろうと思っても、頭は回らないし口が動かなかった。

考え続けていたのは、十五歳の春から自分を苦しめていたものの正体を見極められてよかったのだという奇妙な思いだった。知るまではあれほど嫌で目を背けたいと思っていたのに、いざ自分の空白の時間を取り戻すと、心は落ち着いた。変な話だが、得体の知れないぼやけた影みたいに感じていた頃より、たとえ陰惨な過去だったとしてもはっきりした形として見えたほうが楽だった。分からなかった頃は、妄想や想像に苦しめられていたものだが、今は何が起きたか思い出して、その苦しい気持ちを相手への憎悪に変えることができる。

櫻木は待てと言うが、それほど待つつもりはなかった。

過去のことだとしても、どうしても怜士には許せない。自分を苦しめた叔父に対する怒りは膨れ上がるばかりだ。櫻木は法的な手段で仕返しすべきだというが、どうせそんなものは上手くいかない。自分の手で決着をつけたかった。

「怜士、大丈夫？」

押し黙ったままの怜士を案じて、櫻木は何度も繰り返しそう聞いてきた。そのたびに頷いていたが、櫻木の目は不安そうに自分を見ている。

マンションに戻り、疲れたからといって怜士は部屋に戻り、すぐにベッドに潜った。心配したのか櫻木がドアをノックしてきたが、眠っているふりをして無視した。櫻木は優しいから、きっと可哀相《かわいそう》な目に遭った怜士に同情しているのだろう。

目は閉じていたが、なかなか寝つけない夜だった。ふっとした拍子にすぐ頭は叔父のことを考えてしまう。

自分という人生を途中でやめられたらどんなに楽なことか。自殺したいわけではないし、そんな気もないが、もし人生をチェンジできる方法があったら、どんな手を使ってでも手に入れるのに。

深い睡眠は得られなかったが、目覚ましの音で目覚めたから少しは眠れたのだろう。着替えをしてリビングに行くと、櫻木はもう起きて出かける支度をしていた。ラフな服装だったので、仕事関係ではなさそうだ。櫻木は怜士の顔を見て、「眠れた？」とまだ心配げだ。

「はい、大丈夫です」

いつものように返すと、冷蔵庫を開けて、昨夜のうちに松子が用意してくれた朝食を取りだした。簡単なサンドイッチが皿に山盛りになっている。櫻木の分もコーヒーを淹れて、一緒に朝食をとった。

「あの先輩、俺もう家に帰ります。今までお世話になりました」

食べている途中で、昨夜ベッドに潜ってから考えていたことを告げた。櫻木はコーヒーを飲む手を止めて、かすかに眉間にしわを寄せた。

「どうして？　まだいればいい」

「いえもう、大丈夫ですから」

事務的な口調で言い切ると、もくもくと食事を続ける。櫻木は焦れたような顔で、身を乗り出してなおも言い募ってくる。

「怜士、心配だからまだいてほしい。俺は君にここにいてほしいんだ」

櫻木の言葉は以前聞いたら嬉しかっただろうが、今はわずらわしいだけだった。

「でも俺はここにいたくないんです」

淡々と自分の気持ちを告げると、かすかに櫻木が息を呑んだ。気になって櫻木の顔を見ると、気のせいかショックを受けた顔をしている。自分の言葉が櫻木を傷つけるなどあるわけないと思うが、今の発言は仮にも世話になった相手にひどかった気がして、怜士は食事の手を止めた。

「すみません、嫌な言い方して。でもどうせしばらくしたら、自宅に戻るはずでしたし、先輩だっていずれ日本を出るんでしょ？」

抑揚のない声で言ったせいか、櫻木は不満げに怜士を見返す。

「怜士、俺は――」

櫻木が言いかけたとたん、どこからか着信メロディが聞こえてきた。櫻木の携帯電話の音だ。櫻木は電話を無視して話を続けようとしたが、鳴りやまないので仕方なく電話をとる。

「はい――ああ、絢…。父さんが？　分かった、すぐ行くよ」

電話に出た櫻木の顔が険しくなる。何かあったのだろう。

「……怜士、父の容態が急変したから今から病院に行かなければならない。帰ってきたら、また話そう。ともかくまだ行かないで」

櫻木は念を押すように怜士に告げ、慌ただしく出て行った。櫻木の父親が大変な時に勝手に去るのは申し訳ない気もしたが、これ以上ずるずる残って櫻木に迷惑をかけるわけにはいかない。怜士はバッグに自分の荷物を詰め、パソコンや周辺機器をコンセントから抜いて身の回りの整理を始めた。昼時になって松子が現れたので、もう出て行くという話をした。松子は残念がっていたが、もともと今月中には出て行くという話をしていたので、特に不審がることもなく一緒に荷物の整理をしてくれた。

「寂しくなりますねぇ。ぼっちゃんも寂しいはずですよ」

ランチパックに食べ物を詰めたものを怜士に手渡しながら、松子が悲しげな顔になる。

「先輩のお父さんの様子が急変したみたいです。今頃大変なんじゃないかな……」

「あら、そうだったんですか。まぁ、大変だわ、私も病院にお邪魔していいですかね」

松子は櫻木の父親とは親しかったらしく、怜士から話を聞き、急におろおろとし始めた。怜士はこのまま自宅に戻るのだし、今日は松子の仕事はないだろう。ちょうどタクシーを呼んだところなので、途中まで一緒に行こうと誘った。荷物が多すぎていっぺんに運べないので、大型タクシーを呼んだのだ。

「ガンちゃんはどうなさるの？」

タクシーが地下の駐車場についたと連絡が来て、パソコンや荷物を運んでいると、松子が思い出したようにケージを指さした。ハムスターはここの家に置いていくつもりだったので、怜士はしばし悩んだ。けれどこれは櫻木からもらったものだ。やっぱり持って行こう。

「揺れるけど、暴れるなよ」

ケージの中のハムスターに話しかけ、怜士はタクシーの座席にそれを運び入れた。食事中だったガンちゃんは、揺れるケージの中であわてふためいている。

部屋を出て行く間際、お世話になったと書き置きくらい残そうかと考えたが、松子と荷物を運び出す作業が思ったより大変で、結局何も残せずじまいだった。以前は櫻木のマンションを出る時は、きっと悲しい気分になると思っていたが、実際こうして出てみると、少しだけ気が楽になっているのが不思議だ。ここは怜士には遠い世界なのだ。むしろもっと早く己の分を弁《わきま》えて出て行くべきだった。

「旦那様、大丈夫かしら…」

病院に着くまで松子はため息が多かった。もし櫻木の父親が亡くなったら、櫻木はすぐにでも日本を経つのだろうか。あまり考えてはいけないことだと思うが、もしそうなら何も言わないで去ってほしいと思う。

松子を病院の前で下ろして、手を振って別れた。建物に入って行く松子の小さな背中を見送り、怜士は白い空に視線を移した。

櫻木の家から自宅に戻って一週間が過ぎた。

カレンダーを見ると、もう来週から四月だ。パソコンを凝視していた怜士は目を休めるために机から離れ、窓際に立った。以前同じ会社で働いていた安《あん》藤《どう》というデザイナーから仕事を回してもらい、いくつか作業を始めている。時間がかかるわりに報酬が低い仕事ばかりだが、何もしないより少しはマシだ。安藤はどうにか広告会社に潜り込めたようだが、人手不足で仕事がきついという。お前も来いよと声をかけてもらったが、一人でやり始めたら思ったよりもやりがいを感じるので、金銭的に駄目だと諦めがつくまでは独立して仕事をやっていこうと思うと伝えておいた。

黙って出て行った怜士に対して、櫻木は何も連絡してこなかった。電話くらいかかってくるかもと思ったが、それもなかった。父親の危篤状態が続いていると大輝から聞いたので、怜士どころではないはずだ。とはいえやはり櫻木にとっての自分はその程度のものだったと考えた方が正しいのだろう。

――三日前、怜士は久しぶりに実家に戻った。

長い間顔も出さなかった怜士を、両親は喜んで迎えてくれた。父は少し老けたかもしれない。母は相変わらず気が若く、近所の主婦仲間とサークル活動や旅行に大忙しだと言っていた。

母と二人きりになった時、怜士は東京の叔父――進藤《しんどう》篤《あつし》について尋ねた。静岡に住んでいる叔父について話したついでに、思い出したというそぶりで探りを入れてみた。

「母さん、篤おじさんって……疎遠だよね。どうして？」

怜士が無邪気に問いかけたせいか、母はわずかに強張った顔ながらも答えてくれた。

「篤は……本当は今はもう亡くなったおばあちゃんの連れ子で、血が繋がってないのよ。だからちょっと気を遣うの」

母と進藤が血の繋がらない姉弟だったとは知らなかった。だがどこかホッとする事実だ。あんなおぞましい男と血が繋がっていないと分かったのだから。

「そうなんだ、篤おじさんって何の仕事してるの？あんまり聞いたことないから教えて」

無知を装って怜士がなおも尋ねると、母は渋々と進藤について語ってくれた。進藤は中堅の金融会社の支店長をしていて、一度結婚はしたが五年で離婚したらしい。母より三つ下だと言っていたから、今は四十七歳だろう。進藤は引っ越しが趣味らしく、更新のたびにマンションを移り住んでいる。一年前に引っ越した時のハガキを見せてもらい、母がキッチンに消えた際に住所を書き写しておいた。

一晩泊まってから、怜士はまた来ると告げて実家を後にした。そのまま電車に乗って秋葉原《あきはばら》に行くと、スタンガンと包丁《ほうちょう》を探して買い求めた。スタンガンは万が一を考えて携帯しようと思ったのだが、予想より種類があり、効力も幅広かった。包丁よりサバイバルナイフのほうがいいだろうかと迷ったが、刃渡りが十五センチ以上のものは届け出なければならないと知り、包丁にした。細くて切れ味が鋭そうなものを購入する。スタンガンも包丁も買う際に身分証や届け出が必要ないというのは助かる。

買い物をした後は漫画喫茶で暇をつぶし、夜になるのを待った。十時を過ぎた辺りで店を出て、ハガキで知った進藤の住所を訪ねる。

進藤は目黒《めぐろ》の高層マンションに住んでいて、玄関の前で待ち伏せするのは無理があると悟った。やるなら帰宅したところか、いっそ訪ねて行って部屋に入るしかない。この日は偶然が働き、近くの植え込みの辺りに立っていた時、進藤が帰ってきた。誰かの車で送ってもらったのか、マンションのエントランスの前で車が停まり、背広姿の男が中から出てくる。顎にほくろがある痩《や》せぎすの中年男性だ。進藤は車の運転をしていた男性に礼を告げ、マンションの中に入って行く。

怜士は帽子を目深に被り、進藤の後ろ姿を見送った。その姿が消えたのを確認して、くるりと背中を向ける。

進藤の横顔を見て、決意が固まった。

怜士は携帯電話を取り出し、ハガキに書かれていた電話番号を押した。

『はい？』

コール二回で進藤がすぐに電話に出た。怜士はさりげない声で、お久しぶりですと名前を告げた。

「怜士です。突然電話してすみません」

『怜士……か？　ああ、久しぶりだな……』

戸惑った声で進藤が答える。

「お変わりないですか？　実は俺のほうは今すごく

困ってて……。勤めていた会社が倒産しちゃったんです」

自分でも驚いたのだが、進藤に対してすらすらと迷いなく話せた。あんな目に遭わされた相手なのだから、怯えるのではないかと思ったのに、まるで心が乱れることなく進藤と話せる。それどころかいつもより大胆に、親しげな声さえ出せたほどだ。

『そうか、それは大変だったな』

「はい。それで仕事を探してるんですけど、今就職難でしょう？　母と話してたら、叔父さんが金融会社に勤めていて羽振りがいいって。こんなお願い申し訳ないんですけど、どこかいい就職口ないでしょうか？」

心底困っているという声音で怜士が訴えると、しばらく進藤が考え込むようなそぶりを見せた。

『そうだな……それじゃ私も少し探してみよう』

「はい、お願いします！　そうだ、今度訪ねていってもいいですか？　近くに住んでいるのに、めったに遊びに行ったことないから……」

『あ、ああ、そうだな……。何もないからつまらないと思うがね。今は忙しいから、月末にでも来ればいい』

「ぜひそうします！」

怜士は喜びを全面的に声に表し、何度も礼を言って電話を切った。通話の切れた携帯電話を冷めた目で見つめる。進藤は急に遊びに行きたいと言いだした怜士に対して警戒するだろうか。怜士の勤めていた会社が倒産したのは本当だから、就職口を探してほしいという言葉を信じるかもしれない。

（俺……冷静だな……）

携帯電話をしまい、怜士は自宅への道を辿った。

進藤はあの暗い一室に怜士を閉じ込めたけれど、レイプ自体には参加していない。進藤には少年を犯す趣味はないからだ。だからあの時、進藤は少年をいたぶるのが好きな友人たちに怜士を差し出し、壁によりかかって監視していた。そういえば昔進藤が襲いかかったのは、中学生くらいの女の子だった。怜士が進藤に対して怯えていないのは、そのせいもあるかもしれない。あの時進藤にも犯されていたら、対峙するのは無理だったろう。

ぽつりと雨粒が頬に当たった。雨が来るのか。急いで帰らなければ。次にここに来る時は、あの男に復讐する時だ。

――三日前の出来事を思い返し、怜士は目を擦った。パソコンを使った仕事は目を酷使するので、きちんと休憩時間をとらなければ。怜士は目薬を差して机に戻ると、そっと引き出しを開けた。

引き出しには買ったばかりの包丁とスタンガンがしまわれている。あれから何度もシミュレーションして、進藤を殺す自分をイメージトレーニングしている。不思議と怖くはなかった。今まで殴り合いの喧嘩はよくしていたが、刃物を使うのは初めてだ。ちゃんとやれるだろうか？　本番になってびびって逃げ出すのだけは心底避けたい。実際に血を見たら自分もおかしくなってしまうかもしれないが、確実にあの男の息の根を止めたかった。

（俺はやる。必ずやり遂げてみせる）

身内に迷惑をかけてしまうのだけが心残りだが、アリバイを作ったり逃げ回ったりするのは嫌だった。そんなことをしたらあの男と同じになってしまう。あの男のように醜くならないためには、息の根を止めた後、自首するか自殺するしかない。どちらを選ぶかは、その場になって考えればいいだろう。

怜士は引き出しを閉めて、机の端に置いてあったマグカップを手に取った。すっかりコーヒーが冷めてしまった。

（早く叔父から連絡が来ればいいのに）

冷めたコーヒーを口に含み、怜士はぼんやりと画面に目を向けた。ふいに携帯電話が鳴りだし、ハッとして怜士は着信名を見た。進藤かと思ったが、電話をかけてきたのは大輝だった。珍しいと思いつつ電話に出ると『俺』と大輝の声が耳に入ってくる。

『先輩のお父さん、亡くなったんだって。明後日《あさって》お通夜がある、一緒に行かないか？』

「え……」

怜士は目を見開いて画面を凝視した。そうか、亡くなってしまったのか。怜士は眉間を揉《も》み、考え込んだ末に「うん、行く」と答えた。場違いかもしれないが、世話になった櫻木の父親の葬儀に顔を出し、焼香してきたかった。

「喪主は先輩？」

『ああ、忙しいだろうから、あんまり話せないかもだけど。……お前、ちゃんと先輩と話したか？　お前って危なっかしいところがあるから心配なんだよな』

「……待ち合わせってどこ？」

大輝の問いを無視して告げると、かすかに舌打ちが聞こえてくる。

『塚本が車出すっていうから、迎えに行くよ。お前のアパートどこだ？』

大輝にアパートの住所を教え、電話を切った後、メール添付でマップを送った。喪服は持っているが、最近出してないからかびが生えてないか心配だ。

お通夜に行くのはいいとして、櫻木にはなるべく会いたくない。今は心を掻き乱すようなものとは遭遇したくなかった。櫻木は法的手段に訴えろとしきりに言っていた。怜士がしようとしていることは真逆に位置するものだ。

眉間を揉んでいた手で額を覆い隠し、怜士は重くため息を吐いた。

通夜の日は小雨が降る肌寒い日だった。喪服を着てアパートの前の通りで待っていると、六時過ぎ頃二台の黒塗りの車が静かに停まった。櫻木の車に乗って少し興味が湧いて調べたので分かる。これはベンツのSクラス、中古マンションが買える額だ。嫌な予感がして身構えると、後ろの車のドアが開き、喪服姿の大輝が手を振る。

「こっちこっち」

大輝に手招かれ、二台目の車の後部座席に滑り込んだ。櫻木の乗っていた車もすごかったが、こちらもいかにも贅《ぜい》を尽くした車で恐ろしい。ゆったりしたシートに落ち着くと、助手席に座っていた塚本が軽く振り返り笑った。

「悪いね、うちのじーさまたちもお通夜に参加するもんで」

塚本はドレッドヘアを軽く後ろに束ね、サングラスをかけてはいるが、ちゃんと喪服を着ている。どうやら前を走る車には塚本の祖父と両親が乗っているようだ。怜士が乗り込んだ車には帽子を被った運転手がいて、怜士が座ったのを確認して滑るように発車した。運転手つきのベンツとなると、やはり塚本も相当金持ちらしい。

「おい、こいつが迷彩服以外を着るなんて珍しいんだぜ。俺は初めて見た」

大輝が塚本を指さしてこっそりと囁いてくる。高級ホテルに迷彩服を着ていく塚本でも、通夜の席では礼儀にのっとったようだ。それでもサングラスを外さないとは、よほどのこだわりがあるのだろう。

「……早乙女、お前先輩の家を出て行ったそうだな」

車が動き出してしばらくすると、大輝が気になったそぶりで小声で告げてきた。大輝はポケットから取り出したガムを噛んで、煙草を吸いたい気持ちをごまかしているようだ。

「先輩から聞いたの？」

前を見ながら問い返すと、横から手が伸びて軽く頭を小突かれた。怜士は乱れた髪を撫でつけて振り返り、面白くなさそうな顔をする大輝と目を合わせた。大輝はわざとらしく重い息をこぼし、じろりと怜士を睨みつける。

「ホント、お前見てると以前の自分見ているみたいで嫌になるわ。先輩の傍にいればいいだろ、今のお前マジでやばい目つきしてる。一人になったってろくなことにならねーぞ」

大輝は苛々した声で怜士を見据える。口は悪いが大輝が自分を心配しているのが感じられた。中学生の時の大輝は、怜士に興味がまったくなかった。話しかけてもいつも適当な返事ばかり返してきたし、先輩の話をすると馬鹿にしたような笑みを浮かべた。大きくなった大輝は昔と違い、怜士のことを本心から案じているようだ。大人になったのか――それとも自分の持つ暗さが大輝に近づいてしまったのか。

「心配いらないよ。一人でも大丈夫だ。それにお前だって聞いてたろ。先輩はいずれ日本を出るんだし、未練がましくひっついていたって時間の無駄だ」

「そうじゃねぇだろ、お前が先輩から離れようとしてるのは……」

大輝が眉間にしわを寄せて怜士の言葉を遮ろうとする。その先を言われたくなくて、怜士は大輝から顔を背けた。

「手が届かない人だったんだよ。それだけ」

怜士が拒絶した様子を見せると、大輝はムッとした空気を醸し出し、それ以上は何も言わなかった。塚本はちらりとこちらを振り返っただけで、口は挟まなかった。小声で話していたので、聞こえていなかったのなら助かる。

車は三十分ほどして大きなホールと隣接している駐車場に到着した。どうやらこのホールで通夜が行われるらしい。車から降りて大輝や塚本の家族と連れ立ってホールへの道を辿った。塚本の祖父は白髪の強面の大柄な老人だった。塚本の両親もいかにも真面目そうな二人で、息子だけが道を誤ってしまったような異色ぶりだ。

葬儀の案内人に挨拶して、ホールの中に入る。櫻木の父親の顔の広さを物語るように、通夜には大勢の客が参列していた。観劇でもするような大きなホールには、喪服の老若男女がひしめている。怜士はこういった大きな葬儀に来たのは初めてで、祭壇の大きさや人の多さに驚いていた。供花や供物もたくさん来ているし、いろんな会社名が入った花輪も並んでいた。記帳して香典を渡した後、奥に入ると、僧侶《そうりょ》の読経が人々のざわめきの間から聞こえてくる。大輝たちと焼香をする列に並び、喪主の席にいる櫻木の姿を確認した。

櫻木は喪服に身を包み、参列者に挨拶をしている。喪服姿の櫻木は遠目にも凛として人目を惹いた。近くにいた女性の集団が櫻木を見て、色めき立っているのが分かる。

櫻木の傍には、母親らしき女性と、四人の若い女性が喪服姿で並んでいた。あれが櫻木の姉や妹かもしれない。顔を見るとどの女性も美人だが、見た目から気ぐらいが高く我が強そうなのが分かる。

「このたびはご愁傷様です。先輩、例の件は進めてますからご心配なく」

長い列に並んで焼香の順番を待っていると、塚本の番がやってきた。塚本はお辞儀《じぎ》をしながら、耳打ちするように櫻木に話しかけている。櫻木は鷹揚《おうよう》に頷き、すっと視線を塚本の後ろに並んでいる人に向けてくる。怜士は塚本の五、六人後ろにいたのだが、なんとなく嫌だなと思い、大輝の後ろに隠れようとした。けれど、それより早く櫻木と目が合ってしまった。

（え……っ？）

目が合ったとたん、櫻木の顔が険しくなるのが分かった。櫻木が怖い顔で自分を見据えている。櫻木が怒った顔を見たのは初めてで、びっくりしたのと同時に、どきりと身が震える。勝手に出て行って多少は気分を害したかもと考えていたが、想像よりずっと怒っていて、急に落ち着かなくなった。特に連絡もなかったし、もう怜士のことなど気にしていないと思っていたのに。

「おい、睨んでるぞ」

前にいた大輝が面白そうな声で、怜士を肘でつついてくる。言われなくても分かっていると小声で答え、妙に不安になりうつむいた。怒っているのは自分にではなく、後ろの人にではないかと思って振り返ったが、後ろの人は老人で櫻木が睨むような相手ではない。櫻木が怒る理由は、勝手に出て行ったからだろうか。まさか世話になったのに、なんのお返しも置いていかなかったからとか？　菓子折りの一つでも送るべきだったろうか。

あれこれ考えているうちに自分の番が来て、怜士は櫻木の目を見ないようにと目線を櫻木の胸辺りに置いて「このたびはご愁傷さまでした」と頭を下げた。それに対する櫻木の姉や母からの返答はあったのに、櫻木だけは何も答えてくれない。思わずちらりと目を上げると、やっぱり怖い顔で怜士を凝視している。珍しく形相が変わっている櫻木を、隣に並んでいた母親が呆気にとられて見ていた。怜士はそそくさとその場を離れ、焼香をした。

遺影を見ると、櫻木は父親に顔が似ている。櫻木の父親もかなりダンディな男性だ。一礼して人をかき分けて、早く帰ろうと大輝たちを探した。

ふいに背後から腕を掴まれて、びっくりして振り返る。櫻木だ。

「先輩……」

櫻木がいつの間にか追いかけてきて、怜士の左腕を摑んでいた。櫻木は先ほどの険しい表情のまま怜士の腕を強引に引っ張り、人の波をかき分けて大股《おおまた》に歩く。

「あら拓海さん、お父上のこと……」

通夜に来た人たちが、櫻木の顔を見て声をかけてくる。櫻木はそれらに対して、「すみません、後で」と謝り、怜士の腕を摑んだ状態でずんずんとホールの階段があるほうへと向かう。摑まれた腕が痛くて、怜士は青ざめた。もしかして怒られるのだろうか。まさか追いかけてくるほど怒っているとは思わなかった。

櫻木は階段を下り、非常口付近の小部屋のドアを開けると、そこに怜士を連れ込んだ。簡易テーブルと折り畳み椅子が壁に並んでいる、がらんとした部屋だ。櫻木は後ろ手でドアを閉め、眉間にしわを寄せて怜士を見下ろす。

「怜士、どうして勝手に出て行ったの？」

硬い声音で聞かれて、怜士は動揺して身を引こうとした。櫻木の腕はまだ怜士の手首を摑んだままで、逃げられない。

「……自宅に戻るって言ったじゃないですか……。そんなに怒ることですか？　そりゃ世話になったお礼もしていなかったけど……」

櫻木に摑まれた腕が痛くて、怜士は自然とうつむいてしまった。きつく握りしめる櫻木の手が熱い。あまり櫻木と触れていたくない。自分はもうこの人に対して気持ちを揺らしたくないのだ。こんなふうに二人きりで話すこと自体、避けたいくらいだった。

「そういう意味じゃないよ。礼なんて求めてない。俺は君とまだ話したいって言っただろ？」

焦れた口調で告げられ、怜士は眉を顰めて櫻木を見上げた。

「話すって何を話すんですか？　可哀相な俺を慰め

ようとでも思ったんですか？　俺は話すことなんか何もないです」

一刻も早くこの場を去りたくなって、櫻木に可愛げのない口のきき方をした。櫻木がムッとしたのが分かって、もう離してくれるだろうかと期待した。けれど櫻木は怒った顔で、ただ怜士を見下ろすだけだ。掴んだ腕の力も弛まない。重い沈黙に鼓動が速くなってきて、怜士は「帰りたいんですけど」とふてくされた声を出した。

「……こういう気持ちは初めてだ。俺は今、君に怒っているらしい」

櫻木の声が硬くなり、うつむく怜士の顎を持ち上げてきた。腹を立てていると言ったとおり、櫻木の目は見たことのない暗い光を放っていた。いつも穏やかなこの人でも、こういう顔をするのかと一瞬見《み》惚《と》れ、怜士は目を逸らせなくなった。

「可愛い後輩が、急に冷たい態度をとったから、気に入らないのかな。それとも好意を無にされたような気がするんだろうか。……そうじゃないな、多分君に振り回されている感じがして、それが腹立たしい」

低い声で囁かれて、怜士は戸惑って櫻木を見つめ返した。櫻木を振り回すなんてありえない。この人は誰に対しても心乱れることはないはずだ。そう言い返そうとした瞬間、ふいに櫻木が覆い被さってきて、唇が触れた。

「…っ!?」

驚いて櫻木から離れようとしたが、それを阻止するみたいにうなじに手が回り、深く唇が重なってくる。櫻木に嚙みつくようにキスをされて、一気に心拍数が跳ね上がった。どうして櫻木に口づけられているのか分からない。それでもこの人と触れ合うのはもう駄目だと頭に警鐘が鳴り響き、必死になって抵抗した。

「う…、ん…っ、ぅ…っ」

櫻木の胸を手で押し返し、懸命に抵抗したが、櫻木が押さえつける力のほうが強かった。唇を吸われ、離れなければと思うのに、その甘さに力が抜けそうになる。怒っていると言った櫻木が何故自分にキスをするのか分からなくて頭が混乱した。櫻木は怜士の唇を吸い、舌で上唇を舐めてくる。舌先で歯列を辿られると、ぞくりとした甘さが背筋を這い上って突っぱねようとした腕に力が入らなくなった。

「ん…、う…、…っ、はぁ…っ」

思う存分唇を吸われた後、ようやく櫻木が唇を少し離してくれた。熱っぽい息を吐き出して怜士はなおも口づけてこようとする櫻木の唇を手で覆った。

「やめて……ください、どうして……」

キスされただけで、声が震える。とても櫻木の顔を見ることができなくて、怜士は顔を背けながら声をわななかせた。この人と触れ合ってはいけないと思っていただけに、突然のキスは心が掻き乱れた。

「キスしたくなった」

怜士のこめかみに唇を押しつけながら、櫻木が囁く。かぁっと顔が熱くなり、動揺して呼吸するのすら苦しくなった。櫻木からこんなふうに言われて、嬉しくないはずがない。けれど今の自分はこの人に釣り合わない。自分に触れるとこの人まで汚してしまう気がする。

「先輩、離してください……」

「嫌だ。君だってしたいようにしてるんだ、俺だってそうさせてもらう」

そっけない声で櫻木が呟き、耳朶を甘く噛んできた。びくりと身をすくめ、怜士は櫻木の腕の中でもがいた。櫻木は耳朶から首筋にキスを落とし、熱っぽい息を吐き出した。

「キスしかしないよ……。キスだけさせて」

低い声で囁かれ、ちゅっと音を立てて頬にキスをされる。抵抗しようとしたのに、繰り返しキスをされ、腕にも足にも力が入らなくなってきた。頭がぐらぐらする。櫻木の唇が触れてくると、そのたびに体温が上がる。こんなふうにされて、抵抗なんかできるわけがないのだ。好きで好きでたまらない人なのだから。

けれどだからこそ、櫻木とは距離を置きたかった。自分の身体が汚れていると自覚してしまったから、もう櫻木の熱を感じたくなかった。自分は気持ち悪い人間なのに、綺麗な櫻木に触れられたら、汚れが移ってしまう気がする。この人は優しいから、怜士がはっきり拒絶しないと手を差し伸べてくる。そうやってこの人の優しさにつけ入るのは、嫌だった。

「先輩…っ、もうやめてください…っ」

胸がざわめいて、怜士は情けない気分になって顔をうつむかせた。その時だ——廊下を数人が歩く靴音がして、ドアがいきなり開けられた。

ハッとして櫻木が振り返り、入ってこようとしたこのホールの従業員らしき女性と目が合った。女性は人がいるとは思わなかったみたいで、焦った顔でドアを閉めかける。

「申し訳ありません、誰もいないものと思い……」

櫻木の手が弛んだのを見逃さず、怜士はとっさにドアを開けて女性を押しのけて廊下に出た。

「怜士！」

櫻木の怒った声が追いかけてくるが、無視して階段に急いだ。女性は驚いた顔で立ち去る怜士と、部屋にいる櫻木を交互に見る。ドアが開く前に身体が離れたから、女性には変なところは見られていないと思う。

階段を駆け上がるようにして、怜士は出口に急いだ。出口の外の喫煙場所で大輝が待っていたのが見えた。櫻木にキスをされて動揺していたので、一人で帰りたかったが、勘繰られるのも嫌だったので出口付近で周囲にいる人と歩調を合わせた。怖くて後ろを振り返ることができなかった。櫻木が追いかけてきたらどうしようと胸がざわめく。もう櫻木に近づいては駄目だと思ったのに、キスされただけで簡単に心がぐらついた自分に嫌気がさす。

「先輩と話せたか？」

返礼品の入った紙袋を受け取ってホールを出ると、一服した大輝が手を挙げて近づいてきた。大輝は怜士が櫻木に引っ張られてどこかに消えたのを知っているようだ。怜士が口ごもってそっぽを向くと、ちょうど塚本がネクタイを弛めながらホールから出てくるところだった。塚本は葬儀の間ずっとサングラスをかけっぱなしだったらしい。よく周囲の人に注意されなかったものだ。

「お疲れ様、それじゃどこか落ち着ける場所に行って、話そうか」

駐車場に向かいつつ、塚本がネクタイを解いて告げる。怜士はまっすぐ帰るつもりだったので、驚いて塚本と大輝を見た。

「俺は先に帰るよ……」

駅までの道を辿ろうとすると、大輝が強引に怜士の肩に腕をかけ、車が置いてある方に引きずり始める。砂利道を大輝に引きずられ、怜士はいぶかしげに見返した。

「バーカ、お前のことについて話すんだって。お前が帰ってどうするよ」

大輝に呆れた目で見られ、怜士は不可解な顔で身を引こうとした。自分について話すなんて、一体何を話す気だ。

「進藤篤について調べたよ。——昨日、接触した」

大輝が左手を広げて、意味ありげな目線を寄こした。最初どういう意味か分からなかったが、大輝の目を見て、あの不思議な能力を使ったのだと気づいた。身体が強張り、顔が険しくなる。怜士の顔を見て大輝が肩から手を離し、にやりと笑う。

「聞きたいだろ、なぁ？」

待たせていたベンツに戻り、大輝が後部座席のドアを開けた。怜士は息を呑み、無言で車に乗り込んだ。


葬儀会場から怜士の家に向かう途中の国道沿いにあるファミリーレストランで、怜士たちは話をすることにした。ファミリーレストランの駐車場にベンツのSクラスが停まっている様子はいささか奇妙だ。食事を終えた家族連れに目を輝かせて覗き込まれ、車に残った運転手が少々可哀相だった。

店内に入ると、隅の一角に席を取り、怜士はサンドイッチを頼み、塚本はパンケーキを注文した。大輝は葬儀会場で少し食べたのでコーヒーだけだ。

「塚本さん……お金持ちなんでしょ？　こんな場所でよかったんですか？」

向かいに座った塚本に気になって問いかけると、唇の端を吊り上げて笑う。

「俺、ファミレスは時々来るよ。このチープな味がたまらないね。ドリンクバーを水でかさ増ししてるところとか商売根性たくましくて見習いたいものだ。うちではしないけどね。あ、俺飲食店いくつか経営しているから、仕事したくなったらいつでもどうぞ」

「とかいって、新しくつき合い始めた女がファミレスでバイトしてるからだろ」

横から大輝が面白そうな顔で茶々を入れている。

「こいつの女の趣味、一貫性がないんだぜ。この前は婦警だったよな、今はアニメ声の不思議議ちゃんな子」

「変わってる人が好きなんだ。そういう意味では花吹雪先輩も変わってるから、仲良くなれたんだ。ああ、俺は花吹雪先輩とは高校が一緒でね。あの人は学校一有名人だったよ」

　塚本が怜士のほうを見て、櫻木との接点を説明してくれる。櫻木と同じ高校ということは、塚本は金持ちというだけではなく頭もいい。怜士が猛勉強しても入れなかった高校に行けたのだから。

「花吹雪先輩は誰にでも優しいけど、基本的に一人が好きなんだと思う。だからさばさばした相手でなければつき合わなかったし、相手に深く立ち入ることもない。早乙女君はもう少し自惚《うぬぼ》れてもいいと俺は思うけど」

　注文した飲み物とパンケーキが運ばれてきて、塚本が何気ない口調で告げる。何を自惚れるのか分からないが、櫻木にとって多少は気になる存在になっているとでもいうのか。ふと先ほど櫻木にキスされたのを思い出して、怜士はうつむいて唇を指で弄った。

「俺は……別に……」

「お前って気が強い時と弱い時の落差が激しすぎるんだよ。ふだん抑え込んでるから、キレやすいんじゃねーの？」

　塚本の隣に座っている大輝が、塚本の頼んだパンケーキを食べながら言ってくる。

「そんなこと……もう俺のことはいいよ。叔父に接触したって本当なのか？」

　自分についてあれこれ口出しされるのはごめんだ。怜士が仏頂面で話を促すと、塚本が残りのパンケーキにはちみつを垂らして頷いた。

「進藤篤についてはは秦野さんが調べてくれたよ。君の事件とは関係ないが、二十年前に監禁罪で逮捕されている。初犯というのもあって執行猶予がついたから、金で解決したみたいだな。本人は家出した少女に宿を提供しただけと言っている」

　怜士は驚愕《きょうがく》に目を見開き、身を乗り出した。

「逮捕歴があるのか…？」

今まで聞いたことがなかった。両親は知っていたのだろうか？　醜聞だから怜士には隠していたのかもしれない。二十年前といえば、怜士が目撃した事件と、失踪した事件のちょうど間ぐらいだ。やはり進藤は病んだ人間だった。

「こういう事件を起こす奴は、再犯率が高いんだ。抑えきれない欲望をつねに抱えているんだろう。けれど一度逮捕された後は、事件は起こしていない。調べたところ彼は都内にあるＳＭクラブの会員でね、そこに通うことで欲望を制御する術《すべ》を学んだようだな」

塚本は進藤がサディズムな性癖を持っていると告げる。女性をいたぶることで興奮するらしい。母とは血が繋がってないと知っているからまだ我慢はできるが、吐き気を催すような性格だ。

「そのＳＭクラブで、二年前に一人、五年前に一人、死者が出ているんだってよ」

コーヒーを飲みながら大輝が目を細めて告げた。

怜士は身を硬くして、厳しい顔つきになった。

「表向きは自殺ってことになったみたいだけど、その時の客が両方進藤だったらしい。被害者のＭ嬢は、違法な薬を服用しすぎて意識混濁したまま死んだそうだけど、絶対怪しいだろ。ただ死んだ二人のＭ嬢はどっちも自分で薬を購入してるんだ。それで決め手に欠けて、自殺扱いになったようだな」

「そんな……!!」

「だから昨日秦野と一緒に、別件で参考人として話を聞いたんだ。あいつの経営している金融会社、かなり焦げついているみたいで、法に触れる取引をしていた。その話を聞くついでに、過去の事件について聞いたんだよ。俺も刑事のふりして」

大輝が顔を近づけて、声を潜める。大輝は触れた相手の記憶が脳に映像として伝わってくるらしい。

本人がはっきり覚えていなくても、大輝には視えるという。

「進藤はクロだ。親しくなったM嬢の家に上がり込んだ際、勝手にパソコンを使って薬を買っているのが見えた。首を絞めてセックスするのが好みだったみたいだな」

大輝の話を聞き、慄然《りつぜん》とするものがあって怜士は息を呑んだ。進藤が想像以上に恐ろしい人物だったと知り、じりじりと胸が焼けつく思いだった。殺されなくてすんだ自分は運がよかったのだろうか？どうしてこんな悪魔がのうのうとのさばっているのか、理解しがたかった。誰かがあの男を止めなければならない。一刻も早く。

「その事件は……もう捜査は終わってしまったってことだよな？　別件のほうは、たとえ捕まっても書類送検ですんでしまうようなものじゃないのか？」

気になって怜士が顔を歪めて聞くと、大輝が肩をすくめる。

「問題はそこだな。別件で捕まえて自白を促すとしても、もう少し証拠が必要だ。あいつのお抱え弁護士が腕が立つ男で、裁判のたびに証拠不十分で釈放されている。柳下《やなぎした》弁護士っていう……見たことあるか？　進藤と同じ中学校だった男だ」

大輝が顎をしゃくり、パンケーキを食べていた塚本に促す。塚本はバッグから書類と写真を取り出し、怜士の前に差し出した。弁護士など見たことないと言おうとしたのだが、写真を見たとたんぞくっとして腰を浮かしかけた。

写真の男は狡猾《こうかつ》そうな顔をした中年男性だ。顔を見ただけで足が震え、吐き気が込み上げてきた。

――あの暗い一室で、怜士の身体を弄んだ男の一人は弁護士だったのか。もしかしたらあの頃はまだ学生だったかもしれない。今よりもっと痩せて、貧相な感じだった。

「やっぱ、そうか……。こいつから責めるのが有効かもしれないな」

大輝が呟いて写真を怜士の目から遠ざける。遅まきながら気づいた。大輝はあの日、怜士の記憶を覗いた。あの時は途中でやめてもらったが、大輝はその先まで視ているのだ。自分の身に起きた最悪な過去まで。だから柳下弁護士の顔を見て、ぴんときたのだろう。急に落ち着かず、顔を上げることができなくなった。コーヒーの味が分からなくなり、嫌な脇汗が噴き出てくる。

「早乙女――言っとくけど、全部先輩から頼まれてやってるんだからな」

膝に視線を落とした怜士に向かって、大輝がふいに強い口調で言いだした。弾かれたように顔を上げると、大輝は同情も愛情もないいつもの皮肉っぽい目つきをしている。

「父親が亡くなって、今はとても動けないから頼むって言われて、塚本も働かされてるんだぜ。調査費用だって、先輩が出してる。まぁそりゃ俺たちは先輩に頼まれたら、やらないわけにはいかねーけど。……俺が言うことじゃないけど、先輩はマジでお前の心配してる。変な意地張らないで、今は先輩の傍にいろよ。お前は一人にすると危なっかしいんだよ」

大輝に諭すように言われて、怜士は何も言えずに黙り込むしかなかった。意地を張っているわけではないが、櫻木の傍にはもう行くつもりはなかった。櫻木が自分のために心を尽くしてくれているのは嬉しかったが、これ以上迷惑をかけるわけにはいかない。櫻木にはまったく関係のない話なのだ。

「前はやめろって言ってたのに……。大輝、お前が俺の立場だったら、先輩の傍に行けるのか？」

震えている指先をごまかすために、膝の上で両手を握ったり閉じたりしていた。大輝は顔を顰めて頭を掻き、「俺は……行かねーけど」と本音を漏らす。

自分も行かないくせに、よく他人に言えたものだ。

「つか俺のことはどうでもいいんだよ。俺と先輩はただの友達だから。お前、先輩のこと好きなんだろ？　今さら好きじゃないとか嘘ついても無駄だからな。俺はお前のそういう、気持ちをごまかさないところはけっこう気に入ってたんだ」

　大輝はテーブルを指先でコツコツと叩き、頬杖をつく。

「前は確かに好きになるだけ無駄だから、先輩はやめとけって思ってたよ。でも……お前が去って行った後、花吹雪先輩が怒ってたんだよ」

　どきりとして呼吸を止める。櫻木は大輝たちの前でも分かるくらい怒っていたのか。

「花吹雪先輩は誰に対しても寛容っていうか、怒らないので有名だったんだ。その先輩がお前が勝手に出て行ったたって怒ってたのを見て、もしかして俺が思うより先輩はお前のこと好きなんじゃないかって
……なぁ、塚本」

「ああ俺も驚いたね。あの先輩からむかつくって単語が出る日がこようとは。何されても怒らない人だったのに。たとえ過去に何があろうと、あの人はすべて受け入れてくれると思うよ。君が心を開けば」

　塚本も静かな笑みを浮かべて優しく告げてくる。

　二人の言うとおり怜士も櫻木が怒っているのは初めて見た。嫌な方向だとしても櫻木のめったにない感情を引きだせたのは特別なことかもしれない。

　二人に慰められている気がして、怜士は小さく笑った。やっと指先の震えが止まったので、コーヒーに口をつけられた。今回の事件がなければ大輝が意外と優しい奴だったとは知らないままだったろう。

「俺……大輝と先輩が一緒にいるとこ見て、いつも羨ましかったな」

　ぽつりと呟くと、頬杖をついていた大輝が背筋を伸ばす。

「お前と先輩の間にある特別な空気が……妬ましかった。俺はお前になりたかったよ」

遠くを見つめるように小声で告げ、怜士は目を伏せた。同じ寮で同室だった大輝と櫻木は、たまに一緒に帰って行くことがあった。楽しげに話しながら小さくなっていく二人の背中を遠くからよく見ていた。二人の間には割って入れないような心を通い合わせた空気があって、それがたまらなく妬ましかった。大輝になりたかった。櫻木から特別な扱いをされたかった。

望んでいたのはこういう状況ではない。

櫻木は優しいから怜士の過去を知り、同情しているだけだ。たとえ櫻木が本当に怜士を案じていたとしても、それはしばらくすれば醒《さ》めてしまう夢と同じだ。それが分かっているのに、傍にいることはできない。櫻木はいくらでも条件のいい相手が選べるのだから、自分のように汚れた相手を選ぶ必要はないのだ。

昔から結局一番欲しいものは手に入らない。大輝の背中を羨ましがっていた頃と、何一つ変わってない。それが自分という人間の容量なのだ。櫻木のような人を一瞬でも手に入れられるのではないかと浅はかにも考えてしまった。夢を見た。声をかけられずに羨望《せんぼう》の眼差しで見ていた頃と何一つ変わりはしなかったのに。

昔のことを思い出していたら、無性に悲しくなってきて、思わず両手で顔を覆ってしまった。

櫻木に憧れ、その背中を追いかけていた日々。櫻木と同じ高校に入れなかった時点で、自分は足元の石に蹴躓《けつまず》いたのだ。思えば中学時代が人生で一番幸せな日々だった。

「早乙女、あのな俺と先輩はお前が羨ましがるようなもんじゃ……。そりゃ確かに俺はあの人に一番つらい時期救われたけど……」

大輝が顔を顰めてもどかしげに口を開く。

「俺にとって先輩は遠い人だよ。もう会うこともないだろう」

怜士はコーヒーカップを口に運んだ。かたかたと小刻みに揺れる音がする。まだ震えは止まっていなかったのだろうか。ぼんやりとそんなことを思い、怜士は液体を咽に流し込んだ。


翌日からだらだらと小雨が降りやまず、肌寒い日が続いた。暦の上ではもう春なのに、体感的にまだ冬に思える。

通夜に行った後、櫻木から何度か電話が入っていたが、怜士はそれに出なかった。櫻木は告別式やその後の処理で忙しい時期だろう。

怜士は頼まれていた仕事を徹夜で終わらせ、先方と会って修正する箇所をチェックした。クライアントの希望に沿っていたようで、直しはそれほど多くはない。前の仕事場でも世話になった人だったので「独立するんだね、がんばって」と言われて苦笑した。

進藤から電話が来たのは、日曜の午後だった。

『いい就職口が世話できるかもしれないから、一度遊びに来なさい』

一見優しげともとれる声で告げられ、怜士は明日にでも伺いますと即答した。電話を切った後は、引き出しから包丁を取り出して、すぐに使えるようにバッグに仕掛けを作っておいた。柄の部分だけがむき出しになるようにして、刃の部分をプラスチックの箱で包む。バッグに手を突っ込めば、包丁の柄を握れるよう何度か練習した。殴り合いでも負ける気はしないが、あの腐った男に触れること自体がおぞましく感じていた。

両親には謝罪の手紙を書いて、机の一番分かりやすい場所に置いておいた。一人息子が殺人を犯したと知ったら、両親はさぞ苦しむだろう。二人のためにやめてあげられたらどんなにいいか。けれどこのまま黙って引き下がるのは死ぬよりも屈辱的な行為だ。自分を長い間苦しめたあの男の血を見ないと気がすまない。あとのことは考えないようにする。

その晩は、頭が冴えてなかなか寝つけなかった。カーテンを閉めるのを忘れたせいか、部屋は月の光でほの明るい。ハムスターが滑車を回したり、ケージ内を動き回ったりする音が長く続いていた。ハムスターは夜行性なのだろうか。明日出かける前に餌と水をたくさん入れておかなければ。

寝返りを打つと、枕元に置かれた携帯電話が着信があったのを示すように点滅しているのが見えた。中を開いて、櫻木からのメールと大輝からのメールを確認した。櫻木は電話に出てほしいと書いてある。大輝のほうは電話をかけてきたみたいで、名前が表示されていた。二人に返事をしようかと思ったが、上手い文面が思いつかないまま、いつの間にか寝てしまった。

翌日は昼頃目が覚めて、顔を洗って身支度を整えて、ハムスターの世話をしてから用意しておいたバッグを担いで家を出た。

昨夜までは上手くいくだろうかと不安に感じていたが、実際動き出したら心は落ち着いた。叔父の家を訪ねる時間にはまだ早かったので、思いついてカフェユニークに足を向けた。あいにくとまだ店は閉まっていて、マスターの姿は見当たらなかった。刑務所に入ったらしばらく会えなくなるので、最後に礼を言っておきたかったのだが残念だ。

仕方なく駅前の喫茶店に入り、腹を満たして時間をつぶした。携帯電話の電源を落としておこうと思いポケットから取り出すと、タイミングよく電話が鳴りだす。反射的に電話をとってしまい、しくじったと思ったが、大輝からの電話だったので出ることにした。

『早乙女？　お前、人の電話無視するなよ。いいか、よく聞け。進藤は今夜にでも任意同行を求めることになったから』

挨拶も抜きにして大輝は不穏な声音を発してきた。今夜にでも任意同行――――怜士は険しい顔つきになって息を呑んだ。喫茶店の中だったので、怜士は動揺を抑え、声を潜めて、今夜？　と聞き返した。

『ああ、とりあえず別件で引っ張るって言ってたろ。とりあえずお前に知らせておこうと思って。お前が早まった真似しないか不安なんだよ』

「そうだったんだ……。知らせてくれてありがとう……。安心した」

怜士が安堵した声を出したせいか、大輝も安心したのだろう。ホッとした様子で『ああ、必ず実刑が下るよう手を打つから、お前はもう過去は忘れて先輩のとこに行けよ』と告げる。

「そうだな……。少し考えてみるよ」

低い声で呟き、怜士は礼を言って電話を切った。大輝が教えてくれて助かった。

――――すぐにでも、進藤のところに行かなければ。

怜士は無表情になって立ち上がり、伝票を持ってレジに急いだ。思ったよりも早く警察が動くのは、大輝たちが手を打ったせいだろうか。警察が来る前に、進藤を訪ね、この手で始末をつけなければいけない。大輝は実刑が下るというが、怜士にはその可能性は低いように思えた。それに進藤に実刑が下ったとしてもいずれ釈放されるのでは困る。

この手で進藤に過去を悔いてもらわねば、死ぬまで心が晴れることはない。小さい頃はただ貪られるしかなかった。だが今は違う。進藤に自分を生かしておいたのを後悔させる。そして何よりも、あの男から返してもらいたいものがある。

「三百円のお釣りです」

レジで金を払った怜士に、ウエイトレスが釣銭を手渡してくる。怜士は財布に釣銭を入れようとして、きらりと光るものを見つけ目を細めた。櫻木にもらったコインが光っている。幸運のお守りとしてずっと財布の中に入れていたものだ。

これはもう自分には必要がない。怜士はコインを取り出し、レジの脇にあるプラスチックの募金箱に釣銭と共にコインを入れた。それが櫻木との決別に思えて、少し切なくなった。幸運はいらない、欲しいのはあの男の死だけだ。

怜士は喫茶店を後にし、バッグを小脇に抱え、急ぎ足で歩き出した。


進藤の住むマンションの近くで野球帽を目深に被り、怜士は人目を避けるようにしてエントランスに向かった。

一階の呼び出し操作をする機械の前で進藤の住んでいる部屋番号を押した。すぐに『はい』という声が戻り、「怜士です」と名乗った。

『入ってきてくれ』

進藤の声の後に、扉のロックが解除され、怜士は中に入ろうとした。するといきなり後ろから腕を引っ張られる。びっくりして振り向くと、何故か大輝がそこにいた。怒った顔で、怜士を外に引っ張りだそうとする。

「そんなことだろうと思って、張ってたんだ。早乙女、進藤に会ってどうする気だ」

大輝は黒づくめの恰好だったせいか、マンションに入る際、周囲を確かめたのに、張り込みをしていたなんて気づかなかった。

「大輝、一時間――いや三十分でもいい、俺の好きなようにやらせてくれないか」

せっかく扉が開いているのに、大輝が腕を引くので中に入れない。怜士が抵抗すると、大輝が顔を歪めて睨みつけてくる。

「その三十分で何をする気だ？　早乙女、お前は馬鹿なことをしようとしている、それが分かっているのに行かせられるか」

「大輝…」

大輝が本気だと悟り、怜士は抵抗する腕を弛めてうつむいた。怜士が諦めたと思ったのか、一瞬大輝が自分を摑む力が弛んだ。すかさず大輝のシャツを引きずり、相手の体勢がぐらついたところで回し蹴りをして、大輝の後頭部に一撃を加えた。

「うぐ…っ」

大輝は体勢が崩れたのもあって、もろに怜士の蹴りを食らって地面に倒れる。かよわそうな自分がいきなりこんなことをするなんて考えていなかったのだろう。その間にすばやく扉の向こうへ入った。

「早乙女！」

後頭部を痛そうに押さえながら、大輝が立ち上がったが、その頃にはもう扉はロックされていて大輝は中に入れなくなっていた。大輝に悪いと思いつつも、怜士は素早くエレベーターに乗り込み、上へと向かう。エントランスに管理人がいなくてよかった。喧嘩と間違われて、大ごとになる。監視カメラには大輝との諍いが残ってしまうだろうが、仕方ない。なるべくなら大輝は巻き込みたくなかったのに。

急がなければならなかった。大輝は三十分も待ってくれるような男じゃない。早くこの手で始末しなければ、永久にチャンスを失う。

進藤の住む階で下りると、怜士は足早に目的の部屋番号に向かった。ドアの前でもう一度チャイムを鳴らすと、しばらくしてゆっくりとドアが開いた。

「おお、待っていたよ。久しぶりだなぁ、大きくなったね。さぁ上がって」

進藤はいかにも優しげな笑みを浮かべ、怜士を中に招き入れた。今日は仕事は休みなのか、ポロシャツにカーディガンとラフな服装だ。

「お邪魔します」

進藤を前にして、鼓動が少しずつ速まっていくのが分かった。靴を脱ごうとして、革靴がすでに置いてあるのに気づき眉を顰めた。進藤の靴とは明らかに大きさの違う靴だ。気のせいか見覚えがある気がする。年季の入った黒い革靴だ。

「誰か来客が？」

怜士が問いかけながら靴を脱ぐと、ドアに鍵をかけて進藤が笑った。

「ああ、気にしないでくれ。来客というほどのものじゃないよ」

進藤はリビングに案内するように率先して歩き出す。来客がいるなんて予定外だ。どうしようか？ いや、この際もう構っていられない。時間がないのだ。来客がいようが、やるべきことをすませなければ。怜士は進藤の背後に近づき、バッグに手を差し込んだ。

「君もよく知っている人だから」

突然進藤が振り返り、にたりと笑った。その笑みに何かぞくりとするものを感じて、怜士はバッグから包丁をとりだせなくなった。嫌な予感がする。ざわざわと寒気がして、鳥肌が立っている。

「ほら、遠慮することはない。入りなさい」

リビングのドアを開け、進藤が口元に笑いを浮かべながら、告げた。今すぐにでも刺し殺すべきかと悩んでいた怜士は、リビングのソファに見知った顔があるのを見て足を震わせた。

「父さん…!?」

ソファに座っていたのは怜士の父だった。ふだんからそんなに笑う人ではないが、ソファに座った父は、青ざめて凍りついた表情をしている。膝に置かれた手がわなないているのが分かり、怜士は背筋を冷たい汗が伝うのを覚えた。

父はテーブルに置かれたノートパソコンの画面を凝視していた。イヤホンをつけて、何かの画像を見ている。

「怜士……っ!?　何故ここに……っ？　篤さん、あんたはなんてひどいことを……っ」

父は怜士の顔を見て、憎悪に満ちた目で進藤を睨みつけた。笑いながら進藤が父に近づき、イヤホンを奪い取る。イヤホンが外れたことで、パソコンの音が室内に漏れた。細く切れ切れに聴こえる変声期前の少年の声。喘ぎとも呻きともつかぬほど乱れている。臓腑を素手で摑まれたような感覚に襲われ、怜士は驚愕に目を見開いた。

「君も見るかね、だいぶ前の画像なんで粗いがね。懐かしいと思うよ」

進藤が父に向けられていたノートパソコンを、怜士に向ける。目に飛び込んできた画像に頭が真っ白になって、怜士はその場に崩れた。足にまったく力が入らなくなって、床にへたり込む。数人の大人の男に犯されている少年の画像。助けてくれ、もう許してくれと泣きながら訴え続ける声。息ができなくなって、頭ががんがんと強烈な痛みに襲われた。目眩と吐き気、頭痛――薄れていた記憶を塗り直す映像と音――。

「あれほど避けていた私に近づこうなんて、どうせ記憶が戻ったんだろ？　怜士、ちょうどいい機会だ。この画像を君の父親に買いとってもらおうと思うんだ。義兄さんは銀行員だし、溜め込んでいるんだろ？　少し用立ててくれないか。会社の資金繰りが厳しくてね」

進藤は一人掛けのソファにゆったりと座り、ぬけぬけと言い放つ。どうして父をこの場に呼んだのか、やっと分かった。進藤は怜士がリアクションを起こしたらこうするつもりだったのだ。

「お前は……っ!!　貴様はクズだ……っ、怜士をこんな目に遭わせていたのは貴様だったのか！　あの頃、私たちがどれほど苦しんでいたか知っているくせに……っ!!」

父がわなわなとしながら立ち上がり、大声で怒鳴りつけた。父は目を潤ませ、怒りに満ちた顔で進藤を見据える。

「知っているさ。だから生かしておいたんじゃないか。まぁそう怒るなよ、義兄さん。冷静に考えたほうがいいんじゃないか。一人息子のこんな映像、世に出されたら困るだろ？　見て分かるとおり、私は参加していないよ。コピーが三本あるんだ、一本五百万でどうだろう」

「き、貴様…ッ」

父が進藤に摑みかかろうとする。だが進藤は狡猾に笑い、身を引いた。

「おいおい、ビジネスの時間だぞ。私を殴ったら、値段がつり上がるだけだ。私はこの画像が世に出てもまったく構わないんだよ。むしろ暴力に訴えるようなら腹いせに、ネットにばらまくかもしれないな。この画像は友人も所有しているからね、無駄な諍いはやめようじゃないか」

高らかに進藤が笑う。怜士は画像から漏れる声と音で、身じろぎひとつできなくなっていた。身体がピクリとも動かない。思考も回らないし、先ほどからひどい嘔吐感に苦しめられている。追体験をしているようだ。何人もの男の精液を飲まされて、床に吐き出した。ただ怖かった。これは悪夢でいつか夢から醒めるものだと思った。

怜士はとうとう耐え切れず、その場に食べたものを吐き出した。

「う…っ、げほ…っ、げほ…っ」

「怜士！」

床に這いつくばり、先ほど食べたものを吐いた怜士に、父が絶望的な声で名前を呼び、駆け寄ってくる。

「おいおい、人の家で汚いなぁ。まぁ仕方ないかな、君には少し過酷な時間だったね」

咳き込みながら涙を流す怜士を見下ろし、進藤が蔑んだ眼差しになった。胃の中の物を吐きだし、涙がこぼれたおかげで、少しだけ思考が動き始めていた。背中をさする父の手が、怜士の人格を取り戻してくれる。

そうだ、ここに何をしに来たのか忘れるところだった。

真っ白になった顔で怜士はゆらりと立ち上がり、進藤を見た。バッグに無造作に手を突っ込み、中に入れた包丁を抜き出す。

「お、おい」

笑っていた進藤が、怜士の手の中にある包丁を見てぎくりと身体を強張らせた。

「怜士!?」

父も驚愕に震えた声を出す。怜士は持っていたバッグを部屋の隅に放り、ぎらついた眼差しで進藤を睨みつけた。

「あんたに払う金なんて必要ない……。俺はあんたを殺しに来たんだから」

両手で包丁を握りしめ、怜士は静かに進藤に近づいた。さすがに進藤も泡を食った顔になり、ソファの裏側に逃げ回る。

「馬鹿な真似はやめなさい、お、おい…っ、義兄さん、止めなくていいのか!?　あんたの息子が殺人を犯そうとしてるんだ、あんたの家は崩壊だぞ！」

進藤が必死の形相で父に助けを求めている。先ほどまでの余裕のある表情は消え、今は怜士の向けた刃から目を逸らさず、金切り声を上げている。

「れ、怜士…ッ、怜士…」

父は動揺した様子で怜士の後ろに立っているだけだった。止めようかどうしようか迷っている。父は怜士の殺意が痛いほど理解できるのだ。だから闇雲《やみくも》に止めようとはしない。父だって自分と同じように進藤に殺意を抱いたはずだ。

「やめ、うぐ…っ」

電話に駆け寄ろうとした進藤に蹴りを入れ、床に転がした。起き上がろうとした頭にもう一発蹴りを放つと、痛みに呻きながら倒れ込む。進藤はすっかり怯えていて、怜士がその下卑た身体にのしかかり、刃を突きつけると真っ青になって震えた。想像以上にこの男は喧嘩が弱い。これなら刃物がなくたって、蹴り殺せたかもしれない。

「や、やめろ…っ、やめてくれ……っ、お、俺に何かあったらお前の画像をばらまいてもらう予定だぞ…っ!!」

包丁の刃を進藤の首に押し当てると、みっともないほど震え上がってわめきだす。

「死んだ後のことなんて、お前はもう心配しなくていいんだよ……」

怜士は顔を歪めて呟いた。少年の喘ぎ声のせいで、頭痛が鳴りやまない。まるで酔いつぶれて二日酔いになった朝みたいだ。痛い、痛い。進藤の声と過去の自分の声が重なると、喩えようもない不快感だ。この痛みを治めるためには、大量の血を流すしかない。

「怜士……、怜士、それでいいのか……」

絶望的な声を上げ、背後で父が泣き崩れている。頭が痛くて何も考えられない。さっき吐いたはずなのに、またせり上がってくるものがある。この男の顔に汚物をまき散らしたら少しはすっとするだろうか。

「や、やめろ、考え直せ……っ、義兄さん、何をしてるんだ！」

進藤が引き攣った顔で身体を揺する。怜士は動かしていないのに、進藤が身体を揺さぶるから、首筋から一筋の血がにじみ出た。こんな男でも血は赤いのか。滑稽だ。

「叔父さん、うるさいからもう黙ってくれないかな……」

怜士は進藤の首を手で押さえつけると、持っていた包丁を大きく振りかざした。心臓を一突き――それですべてが終わると思っていた。

その時だった。ドアが開く音がして、誰かが廊下を駆けてくるのが分かった。まさか大輝か、と忌々しく思って視線をリビングの入り口に向けると、そこに予想外の男がいてびくりとした。

「怜士、馬鹿な真似はやめるんだ。君が手を汚すことはない」

櫻木が息を乱して、リビングの中に静かに入ってくる。その後ろから大輝が顔を出して、この場の惨状に目を見開いた。鍵はかかっていたはずだが、まさか櫻木が開錠したのか。

櫻木の顔を見たとたん、込み上げるものがあって、怜士はぶるぶると手を震わせた。首を押さえつけていた手が弛み、進藤が救いの神でも見るような目つきで侵入者を仰ぐ。パソコンからの音が室内に響いている。あれを櫻木に聞かせたくないのに。頭痛が激しくなる、息が乱れる。誰か音を止めてくれ、櫻木に知られたくない――。

「助けてくれ！　殺される！」

進藤は怜士が動揺しているのを瞬時に悟り、櫻木に手を伸ばした。櫻木は軽蔑した眼差しを進藤に向け、怜士の近くまできて膝をつく。持っている包丁を振り下ろすだけだ。それが分かっているのに、櫻木が見ていると思うと、その簡単な動作ができなかった。櫻木を呼んだ大輝に激しい怒りが湧く。どうしてこの人を連れてきたんだ。三十分でいいから何故待ってくれなかったんだ。

「怜士、包丁を渡してくれ。そんな男のために、君が苦しむ必要はない」

櫻木はいつものとおり穏やかな声で怜士を説得しようとする。怜士は包丁を持った手を震わせたまま、振り下ろすことも、櫻木に渡すこともできずにいた。身体が金縛りにあったみたいだ。この人の声は自分に別の感情を呼び覚ましてしまう。音。音が嫌だ、自分のすすり泣く声を聞かれている。

「――進藤さん、この映像、俺が買い取りましょう」

ふいに櫻木が言いだし、怜士は弾かれたように肩をびくりとさせた。進藤も思いがけない展開に、呆然とする。何を言っているんだ、と叫ぼうとしたが、咽がからからに渇いて言葉が出てこなかった。

「元の映像も含めて、一億――それで怜士とは二度と関わらないでもらいたい。どうですか」

櫻木の提案に進藤は呆れ返った顔になり、すぐに目を輝かせた。一億という金額に怜士は言葉を失い、櫻木を凝視した。そんな馬鹿な金額を出すつもりか、信じられない。怜士の驚愕ぶりとは裏腹に、進藤は興奮している。自分が提示した額より、何倍もの値をつけられたのだ。飛びつかないはずがない。

「喜んで、受け入れるよ！　早くこいつを押さえてくれ、もう二度と関わらないと誓うから！」

進藤は喜び勇んで、視線をきょろきょろさせている。

「怜士、聞いただろ。それを渡して」

櫻木が手を差し出して、じっと見つめてくる。

この人は優しいかもしれないけれど、すごい馬鹿だと思う。怜士には信じられない。たかが他人のために一億？　ムダ金にもほどがある。自分がそれを喜んで受け入れると思っているなら、本当に空気が読めない。

怜士は櫻木に向かって笑おうとして、失敗して涙を落とした。櫻木はいい人だ。どうしてこの人に関わってしまったのだろう。自分のようなクズが関わっていい人ではなかった。好きだったのなら、なおさら関わるべきではなかった。自分は浅はかだった。

「先輩、ありがとうございます」

頰を幾筋も涙が伝っていく。

そして、ごめんなさい。もう二度とあなたに迷惑はかけませんから。

怜士は包丁を振り下ろした——自分の胸めがけて。


最初に白い空間が見えた。


幽霊みたいにぼやけた人影が周囲を歩き回っている。動きたいけれど動けなくて、立ち上がろうと思うのに、地面に寝そべったままだ。そうかと思うと、ふいに身体が優しく揺さぶられて、心地よくなってくる。小さい頃海水浴に行った時のことを思い出した。川でしか遊んだ経験がなかったので、海に入って身体が浮かぶのが不思議だった。ゆらゆらと波間に揺れて、漂っている。白いから雲の上だろうか。

一面真っ白の世界の中、ぼやっとした影が周囲を徘《はい》徊《かい》している。

目を閉じて、そっと開けると、今度は自分は制服を着て校舎を歩いていた。

ブレザーに青いネクタイ。中学生の時の制服だ。

笑いながら廊下をすれ違う女子生徒、チャイムの音、先生の呼び声。生徒たちのざわめきが耳をくすぐる。

花吹雪先輩が、また何かやってるって！

女子生徒の興奮した声につられて、怜士は騒がしいほうへと走っていく。人だかりがあって、輪の中心に櫻木がいる。学年一厳しいという噂の鬼教師遠《えん》藤《どう》に、何かこっぴどく叱られている。

聞いてるのか、櫻木！

遠藤に怒鳴られて、櫻木が敬礼する。

はい、どうもすみませんでした！

櫻木の敬礼と共に、ブレザーの裾からウサギが飛んでくる。とたんに周囲の生徒がわっと喝采《かっさい》を上げ、大騒ぎする。突然現れたウサギに遠藤は目を白黒させ、櫻木をまた怒鳴りつける。ところが次から次へと櫻木の身体からウサギが出てくるので、遠藤が慌てふためいて逃げ回った。鬼教師は動物が苦手だったた。ぴょんぴょんと飛び跳ねるウサギに生徒たちがきゃあきゃあ騒ぎ出す。

先生、ウサギは仕込みに向きませんね！

勝手に飛び出していくウサギを見て、櫻木はおかしそうに笑っている。最初は怒っていた遠藤も、この場の状況につい笑ってしまい、櫻木の頭を小突きながら、早くウサギを捕まえろ！　と大声を上げている。

怜士の前に茶色いウサギが飛び出してきて、それを急いで捕まえた。腕の中に抱くとウサギは大人しくなって、鼻をひくつかせている。

怜士、捕まえてくれたの？　それウサギ小屋のなんだ、逃がさないでくれな。

ウサギを追いかける櫻木が、怜士に気づいて、人当たりのいい笑顔を向けてくる。怜士は櫻木の笑っている顔が好きだった。いつも楽しそうで、優しくて、櫻木に嫌いなところなどない。

櫻木はきらきらしていた。どんな時も場を和ませて、明るくしてくれる。怜士の目には、木漏れ日より輝いて見えるくらい、光を放っていた。

櫻木のようになりたかった。自分には無理だと分かっていたけれど、少しでも近づいてその輝きに触れてみたかった。自分は昔からそうだ。何かに憧れ、自分ではない別のものになりたがっている。自分という列車に乗った以上、勝手に下りることは許されないのに。櫻木の乗る列車は眩しくて、すごい速度で空を駆けていく。自分は置いていかれる。

明るく輝くものの傍にいれば、自分も光ると勘違いしていたのか。でもそれは逆なんだ。明るい場所にいればいるほど、自分に影が落ちるのが分かっていく。あの人が明るく輝けば輝くほど、遠い存在なのだと思い知らされる。それでも近くにいた時はまだ自分も明るさを分け与えてもらっていた。彼が消えたとたん、どうやって光を作るのか分からなくなった。

自分が望んだものはなんだったのか——子どもの頃はよかった。ただ好きというだけで、それ以上は何も考えず後を追うだけで満足できた。

今頃分かった。

あの人の明るさを消したくない。輝きを汚したくない。

自分にとって大事なのはそれなんだ。自分という影を、あの人に近づけたくない。あの人は優しいから真っ黒く汚れた自分でさえも引きずり上げようとするけれど、自分と触れることで彼を曇らせてしまうのがたまらなくつらい。

夏休みに静岡の叔父の家に遊びに行った時、電燈《でんとう》に群がる蛾《が》を見た。羽音をさせて光に群れるさまは気持ち悪くてぞっとした。

自分はあの蛾と同じだ。光を求めて必死にしがみついている。何の益も生まない、足を引っ張るだけで役に立たない。ただ醜く光にすがりついている。

誰かが自分を呼ぶ声が聞こえるけれど、それに応えたくない。もうこのまま眠らせてくれ。そっちに行っても、つらいことばかりだ。どうせ蛾にしかなれない人生なら、いっそ生まれ変わって蝶《ちょう》になる人生を始めたい。

——そんなことないよ。

肩を揺さぶられて顔を上げると、ずるずると長くて汚いマントを羽織った櫻木が目の前に立っている。手に変な棒を持っていて、まるで魔法使いみたいだ。いくら夢だって、少しひどすぎる。もう少しかっこいいフードつきのマントを着ればいいのに。

——だって俺は蛾も嫌いじゃない。蛾にも綺麗な柄を持ったのもいるじゃないか。

櫻木がいつものように明るく告げる。この人は嫌いなものがないのだろうか。

——俺が嫌いなものは一つだけあるんだ。呪いだよ。今からそれを解くね。

櫻木が手に持った棒を振り上げて何か呪文を囁く。すると身体に変な鎖が巻きついて、がんじがらめになっていく。先輩、これむしろ呪われてます。そう言おうと思ったのに、透明人間みたいに全身が鎖で覆われていく。

——君は目を開けたくなるよ！

全身に染み込むような櫻木の声がして、怜士はまるで催眠術にかかったみたいに、大きな力に吸い込まれた。

——目を開けた瞬間、ぼんやりとした影が怜士の手を握った。

「怜士、よかった！　目を覚ました！　聞こえる？　もう少しがんばって、ずっとついているから！」

上から見下ろす大きな白い影は櫻木らしい。それに何か答えようとしたが、身体が重くて声一つ上げられない。続けてまた猛烈な目眩がして、眠りに誘われる。

何度それを繰り返しただろうか。やがて混濁した意識がはっきりしてきて、自分の置かれた状況が理解できるようになってきた。病院のベッドにいた。

身じろぎすると激しい痛みに襲われ、手術をしたのだというのが分かった。父と母が泣きながら怜士の無事を喜び、櫻木が枕元で「君はなんて馬鹿な真似をするんだ」と憤っている。

最初に感じたのは、死ななかったのか、というがっかりした思いと、櫻木の変な夢を見てしまったなという奇妙な笑いだった。生死の境をさまよっていたのだろうが、櫻木が魔法使いになる夢を見るなんて、頭がいかれている。

夢の中では笑っていたのに、櫻木は今は苦しげな顔で自分を見ている。そんな表情をさせているのが自分だと思うと、申し訳なくてこのまま消えてしまいたかった。結局櫻木に迷惑をかけた。それが心苦しくて、怜士は目を伏せた。

カーテンが閉められて、怜士は枕に頭を乗せて目を閉じた。看護師が去って行く足音がする。ナースシューズを履いているせいか、ひたひたという足音だ。

生死の境をさまよってから一カ月が過ぎ、怜士はだいぶ回復してもうすぐ退院できる。あの日進藤の家で自分の心臓を刺したつもりだったが、狙いがそれて心臓の下辺りに包丁は突き刺さった。すぐに櫻木が救急車を呼び、怜士はぎりぎりの線で生き延びた。

その場に駆けつけた警察に、父が「あいつのせいだ」とわめいたせいで、進藤は警察に連れて行かれる羽目になった。もともと任意同行を求めようとした矢先だったので、渡りに船だったらしい。

怜士は期待していなかったのだが、捜査に進展があった。二年前の事件で新たな証拠が現れ、進藤は一転して殺人事件の容疑者となったのだ。SMクラブに仕込まれていた監視カメラに進藤が薬物を被害者の女性に飲ませるところが映っていた。カメラには行為中の進藤と被害者が死ぬまでの状況が映しだされていて、嫌がる被害者の首を絞めている様子が克明に残っていた。今まで何故この画像を提出しなかったのかとＳＭクラブのオーナーが責められていたが、どこかに紛失していたと主張しているらしい。

これに関しては裏で櫻木が暗躍したと大輝が教えてくれた。何度かオーナーと話した際、大輝が証拠品があるという事実を嗅ぎつけた。オーナーは金に困ると進藤をその証拠品で強請《ゆす》っていたらしい。警察に届ける気はさらさらなかったのだから、同じ穴のムジナだ。櫻木はオーナーに近づき、証拠品を持って警察に出頭してしまうという催眠術をかけたという。相手の心を開かせることに長けている櫻木は、催眠術が得意で、その昔大輝にもその技を伝授したらしい。オーナーは五年前にＭ嬢が死んだ時から不信感を抱いていて、ひそかに進藤がよく使う部屋にはカメラを仕込ませていたようだ。

警察の執拗《しつよう》な取り調べに根負けし、進藤は五年前の事件も自供を始めている。弁護士である柳下とは共犯関係にあったらしく、進藤が自供したことで彼も逮捕された。余罪も含め、当分出てくることはないだろうと見舞いに来た秦野が教えてくれた。

怜士の過去の画像は全部処分したと櫻木が告げた。進藤と柳下の家だけではなく隠れ家にも侵入し、すべて調べたので心配いらないと言う。二人がよく使っていた別邸には、怜士だけではなく他にも幼い子どもたちの卑猥《ひわい》な映像が残されていたそうだ。秦野にすべて託したので、二人は殺人罪以外にも多くの罪に問われることになる。

父と母は、事件に関しての話は何もしなかった。父は特に怜士を気遣い、早く元気になれと言うばかりだ。もうそれ以外は望まないと言われ、改めて父に対してすまないと感じた。母は父から事情を聞かされていただろうが、怜士には何も知らないふりをしてくれた。

入院している間、櫻木は毎日のように怜士を見舞ってくれた。もういいです、と何度言ったか分からない。それでも櫻木は少し困った笑みを浮かべて、また現れる。きっと責任を感じているのだろう。せっかく彼が止めようとしたのに、目の前で自殺するような真似をしてしまったから、申し訳なく思っているのだ。

大輝や塚本、秦野も見舞いに来てくれた。迷惑をかけたのに、皆優しい。大輝だけは怜士の顔を見るたび怒っているが、それも彼なりの優しさなのだと思うと嬉しかった。

もうすぐ退院だ。これから先のことを考えなければならない。父と母は、退院したら実家に戻って来いと言っている。失踪事件があって以来、怜士の家では前のような明るさがなくなっていた。学校に馴染めず怜士は引きこもるようになったし、外に出たら出たで喧嘩をして戻ってくる。そんな毎日を繰り返していたので、怜士が一人暮らしをするまではぎくしゃくした雰囲気があった。父はもう一度三人でやり直そうと告げる。怜士はどうしようか悩んでいた。仕事が決まるまでは実家に戻るというのも一つの手だ。

進藤が捕まって、ホッとしているのか自分でもよく分からない。

ただあの時、自分自身を刺してからずっと、気が抜けたというか、これからどうやって生きていけばいいか分からなくなっていた。もう人生が終わるものと思っていたので、これから先何を目標にやっていけばいいのか見当もつかない。もともと覇気《はき》のない人生だったし、同じところに戻ったと思えばいいのか。

怜士は目を閉じて、これからについて考え込んでいた。

しばらくして四人部屋のドアが静かに開き、怜士の病室のカーテンの向こうに人影が現れる。

「怜士、入るよ」

櫻木の声がして、カーテンが引かれる音がする。

怜士はなんとなく目を開けず、寝たふりをしていた。櫻木と二人きりになるのは避けていたのに、今日は父も母も用事があって見舞いに来られない日だ。

「怜士……」

櫻木が寝ている怜士を覗き込み、そこにあった椅子に腰を下ろす。寝ていると知って早く帰ってくれないだろうかと願っていると、ふいに唇に何かが触れた感触がした。

「……っ」

キスをされたのかと思い反射的に目を開けると、櫻木の指が目の前にある。覗き込んでいた櫻木と目が合って、軽く睨まれた。

「やっぱり寝たふりしてた。怜士、俺と話したくない？　俺が来るの嫌？」

悲しげな顔で聞かれ、怜士は戸惑って視線をうろつかせた。仕方なく身を起こし、胸の下辺りを手で押さえながら起き上がる。動くと刺した場所がまだ痛い。

「すみません……。でももうすぐ退院ですし、そんなに来なくていいんですよ。先輩にはご迷惑ばかりかけてしまいましたが、俺は大丈夫ですから……。責任を感じているのかもしれませんが、悪かったのは俺ですし」

上半身を起こし、枕を背中に置いて、ぼそぼそと呟く。

「責任？　そうだね、感じてるよ。俺がとった行動のせいで、君は危うく死ぬところだった」

自嘲気味に呟かれ、怜士は驚いて櫻木に顔を向けた。櫻木はまたあの苦しげな顔になり、見ているこちらの胸が痛くなった。

「何言ってるんですか、先輩が来てくれたから俺は進藤を殺さずにすんだのに…」

何故ぎりぎりの線で救ってくれた櫻木が責任を感じるのか分からず、怜士は焦って言葉を募った。

「責任なんか感じることないでしょう？　結果的に先輩のおかげですよ」

これまでなんだかんだと櫻木がいた時は別の人がいたので、こうして二人きりであの時のことを話す機会がなかった。櫻木がそんなふうに思っていたなんて。だからこんなにしょっちゅう見舞いに来ていたのか。

「そうじゃないよ。君は俺が来たから、自分に刃を向けたんだ――そうだろ？」

櫻木にじっと見つめられ、怜士は意味もなくうろたえて顔を背けた。あの時のことを思い出すのは未だに苦しい。櫻木に知られたくない過去の画像や音を知られたと思うだけで気が狂いそうになるからだ。

確かに櫻木の言うとおりだ――櫻木が来るまでは、進藤を殺すことしか考えていなかった。櫻木に知られたと思ったとたん、消えるのは自分だと選択したのだ。櫻木が金を払うと言いだしたから。これ以上櫻木に迷惑をかけたくなかった。

「死ぬのと、刑務所行きになるのと、どちらが君にとってマシだったのか、あれからよく考える。俺はあの時、君が殺意を消すための言葉を吐かなければならないと考えた。結果的に君が死ななかったからよかったけど、俺はあの瞬間、読み間違えてしまったんだ。君が死を選ぶ可能性を考えていなかった。俺は本当に他人の感情にうとい……君という人間を理解してない証拠だ」

櫻木に低い声で囁かれ、怜士は目を見開いた。櫻木はあんな場でも、冷静に最善の策を打とうとしていたのか。

「だとしても責任なんか感じる必要はないですよ……。先輩のおかげで俺はこうして殺人もせず、ちゃんと生きてるんだから……改めてありがとうございます」

櫻木を変なふうに悩ませてしまったなんて、つくづく悪いことをした。怜士が急いで礼を告げると、少しだけ櫻木が微笑んでくれた。けれどそれは前のような明るい笑顔ではなくて、見ているこっちがつらくなる切ない笑みだった。自分のせいで櫻木の優しい笑顔が消えてしまった。櫻木は自分に対して罪の意識を感じているので、憂いなく笑えないのかもしれない。

「俺はもう大丈夫ですよ、そんなに気にされるほうが困ります。先輩のおかげで、過去と決別できたんだし……」

必死になって言い募っていると、櫻木の手が伸びて怜士の手を握りしめた。珍しくいつも体温の高い櫻木が冷たい手をしていた。怜士はずっと寝ていたから体温が上がっていたのかもしれない。

「怜士といると苦しい気持ちになるよ」

悲しげな顔で呟かれ、怜士はどきりとして眉を寄せた。苦しい気持ちになると言われ、大きなショックを受けていた。好きな人に苦しい思いをさせるほどつらいことはない。だから来るたび苦しそうな顔をしていたのか。失敗した時の嫌な気持ちを思い出すに違いない。

「怜士のことを考えると、もやもやして気が晴れないんだ。君が俺の家を出て行った後から、ずっとだ。君が死にかけた時は、本当に絶望的な気分になった」

目を伏せた櫻木の顔を見ていられず、怜士は唇を噛んだ。櫻木の中で完璧《かんぺき》に自分という存在が、苦しいものと直結している。申し訳ないという気持ちと、こっちだってそんなのはごめんだという腹立たしい気分がないまぜになった。手を離そうとしたが、櫻木が意外にしっかり握っているので解けない。

「――俺は君が好きなんだと思う」

うつむき加減だった櫻木が急に顔を上げて、思いがけない言葉を突きつけてきた。唇を噛んでいた怜士はぽかんとした顔になり、意味がよく分からず眉間にしわを寄せた。

「あの……？」

「だと思うっていうのは失礼だよね。でもこういった気持ちになったのが初めてだから仕方ないんだ。これまで他人にこういうもやもやというかどろどろというか、そういう得体の知れない感情を抱いたことがないんで、よく分からないんだよ」

真剣な表情で櫻木に告げられ、怜士は混乱して身を引いた。櫻木は熱っぽい眼差しで怜士を見つめ、握った手に力を込めた。

「先輩、何言って……」

好きだと思うなんて、嘘だ。櫻木が自分を特別に想うことなどあるわけない。怜士は仏頂面になった。

「気のせいですよ、それは。俺が目の前で死にかけたから、印象深くなっただけです」

「違うよ、これは事件の前から……君が出て行った時からそうなんだ。今までの俺なら、出て行ったとしても、君の意思を尊重して追いかけはしなかった。それなのに君にだけはすごく腹が立って、イライラが治まらなかった。今もそうだ、君は過去を知ってから笑ってくれなくなった。君がつまらなさそうな顔をするから、俺はずっと心が晴れない」

櫻木が身を乗り出して、ベッドに片方の手をついた。櫻木の熱が近づいたのを感じて、怜士は怯えてベッドの端まで身を引いた。櫻木が何を言っているのかよく分からない。怒られているのか詰《なじ》られているのか、とても愛の告白には感じられなかった。

「怜士、来週四十九日があるんだ。父の」

突然話が変わって、怜士は目を丸くして迫ってくる櫻木を凝視した。四十九日――もうそんなに経つのか。

「俺はそれがすんだら、ドイツに戻ろうと思う。向こうでやりかけの仕事があるんだ。マジシャンとしてのね。それがすんだら、次はイタリアに行くつもりだ」

怜士は胸を衝《つ》かれて顔を強張らせた。とうとう日本を経つのか。どうして今まで残っていたのかと思ったら、四十九日があったからなのか。ドイツの次はイタリア。櫻木の目は遠くを見ている。

「そう……ですか」

今度こそ櫻木が去って行く――そう思った矢先、櫻木が目を輝かせて怜士を見つめてきた。久しぶりに見る櫻木の快活な笑顔と共に。

「怜士、君も一緒に行こうよ」

晴れ晴れとした顔で櫻木が告げて、怜士の両手を握りしめてきた。いつの間にか櫻木の体温が上がり、握られた手が熱くなっている。

「こんな簡単な答え、どうして今まで出せなかったんだろう。そうだ、そうしよう。怜士、君を連れて行けば俺の心の憂いはすべて晴れるよ。君はお嬢様じゃない、時には寝袋で夜を明かすような生活だって平気だろ？　俺は日本では優雅な生活してるけど、海外にいる時は車に寝泊まりするような生活なんだ。そういうのに他人をつき合わせるのに抵抗があったんだけど、君は男だし、きっと大丈夫」

話がどんどん進んでいき、怜士は呆然とした状態で櫻木を見た。櫻木が一緒に行こうと言っている。本気かどうか測りかねて怜士は顔を引き攣らせた。確かに今は無職同然で、これ以上ないほど身軽な状態だ。けれど本当に、本気で怜士を連れて行こうというのか。

「でも……あの……、先輩、俺は……」

まるで想像できないし、第一櫻木が本気なのか怜士には判断できなかった。櫻木は一時の思いつきで言葉を連ねているだけではないのか。

「君は放っておくと、心配でたまらない。俺は君を置いていくのがずっと心残りだった。だから連れて行きたい――怜士」

櫻木が額を寄せて、熱っぽい声で囁く。逃げようとしたのに、櫻木に見つめられて、体温が上がり動けなくなった。

「好きだよ……、俺を本気にさせた責任をとってくれ。あれだけ俺に好きだって言ったのに、今さら逃げるなんて許せないよ」

額を擦り合わされて、ぞくっと甘い感覚が這い上ってきた。櫻木が唇を寄せてくる。怜士は震えていたが、逃げようと思えば逃げられた。けれど櫻木のキスが欲しいという欲望を抑えきれなかった。

――だって、やっぱり好きなのだ。長い間追いかけ続けた人が振り返って、近づこうとしている。自分はこんなに汚いのに。

「だ……駄目……です、俺は……汚れてるから……」

唇が触れそうになった瞬間、己の過去が頭を過ぎり、怜士は苦しげに呻いた。櫻木の吐息がかかり、肩が揺れる。

「君は俺が同じ目に遭っても、俺を汚れてるって言うの？」

至近距離から見つめてきて、櫻木が囁く。

「い、言うわけない……、先輩は何があっても綺麗です。輝いてます」

即座に否定すると、櫻木が甘い微笑みを浮かべて唇を奪ってきた。敏感な場所が触れ合い、深く吸われる。それだけでかーっと身体に熱が灯り、怜士は目眩を感じた。柔らかな唇に食まれて、息を吸うのさえ困難になる。

「先輩……俺は駄目…駄目です…。先輩に釣り合わない…」

　櫻木は優しくついばむようにキスを続ける。ちゅっという音が耳をくすぐるたび、このまま何も考えずに櫻木の腕の中に身を委ねたい衝動に駆られる。

櫻木の吐息。熱くて頭がおかしくなりそうだ。

「君は昔から俺を神聖視しすぎるよ。恋が分からなかった男が、好きだって言ってるんだ。どうして素直に頷いてくれない？」

　櫻木の片方の手が離れて、怜士の髪に潜り込む。髪を撫でるようにして、櫻木の手でうなじを引き寄せられる。角度を変えて深く口づけられ、つい握った手に力が入った。

「ん…、ん…」

　櫻木にキスをされ、頭が蕩けてしまいそうだ。離れなければ駄目だと思うのに、その甘さにとても身動きできない。

「先輩……俺は……」

　ようやく唇が離れて、怜士はまだためらう言葉を口にした。すると櫻木がいたずらっぽい顔で笑い、怜士の前髪をかき上げる。

「――そんなに言うならいいよ、それじゃ賭《か》けをして決めよう。俺が君のほしいものを一つ、今すぐ目の前に出したら、君は俺と一緒に行くんだ。どう？」

　櫻木の指先が頰を撫でて、耳朶を引っ張る。

「ん…、そんなの……無理に決まってるじゃないですか」

　櫻木はなんでも出すと言っているが、着ている服装からしても何かを仕込んでいる気配はない。せいぜい前に出したハムスターくらいだろう。そんな賭け、櫻木が負けるに決まっている。

「俺が鳩とか犬とか言いだしたらどうするんですか……」

　どうみても櫻木に分の悪い賭けだ。何故そんなことを言いだしたのか理解できない。櫻木だってやはり自分なんかとは行く気はないんじゃないのか。駄目だと言っているのは自分なのに、そんな拗ねた気分が湧いてくる。

「鳩か……。君が本当に欲しいなら、鳩でも犬でもいいよ。でも約束だ、俺が君の願いを叶えたら、君も俺の願いを叶えてくれ。――俺は魔法使いになるから、君は魔法使いの弟子だよ」

きらきらした目で櫻木に告げられ、なんとはなしにハッとする想いがあった。

櫻木の輝く目――ずっと好きだった瞳が戻ってきている。恋焦がれて、その背中を追い続けた。櫻木は魔法使いになるという。もしも魔法使いがいるなら、叶えて欲しい願いがある。

「俺が欲しいのは……中学生の時の自分です」

思わず口から吐いて出た言葉は、怜士の本心からの言葉だ。

あの頃の楽しくて眩しかった瞬間――好きな人がいて、友達がたくさんいて、勉強もスポーツもがんばっていた。櫻木と並ぶために、努力し続けた。櫻木は風のように走っていくから、追いかけるためになんでも一生懸命だった。

それが叶うはずのない願いだというのは分かっていた。櫻木を困らせる願いだ。それが分かっていても、怜士は欲しいものを偽れなかった。

怜士の願い事に、櫻木が目を見開いて見つめてきた。その表情は不思議そうで、怜士の言った言葉に怒っている様子はなかった。こんな無理な願いを言ったのに。

「そうか、君が欲しいのはそれなんだ」

ふいに櫻木が目を細めて笑い出した。病室に櫻木の明るい笑いが響き渡る。

櫻木が怜士の身体からパッと手を離し、立ち上がった。思わず櫻木を見上げると、両手を合わせて櫻木がお辞儀する。

　一体何をするつもりだろうと怜士が固唾《かたず》を呑んで見守ると、櫻木が閉じた手を怜士の耳の傍に差し出してきた。

「カウントするよ、スリー、ツー、ワン――――はい！」

　既視感を覚える掛け声と共に、パン、という何かが破裂する音。その後に怜士の上から花びらが舞い下りてきた。驚いて目を見開くと、櫻木が握った手を広げて怜士に見せる。

　その手の中に、幸運のコインがあった。あまりに意外なものがあったので怜士はびっくりして大きく震えた。これはあの日、喫茶店の募金箱に捨てていったはずのものだ。どうしてここに？　偽物かと思ったが、わななく手で取り上げると、確かに自分が昔櫻木からもらったコインだった。

「これ……」

　怜士は呆気にとられて櫻木を凝視した。折り紙で作った花びらが髪や肩に舞い散る。まるであの卒業式の日みたいだ。

「これは幸運のコインなんだ、持っていてくれなきゃ困るじゃないか」

　コインを手のひらに乗せた怜士に、櫻木がにっこりと笑って告げる。まさか櫻木はあの喫茶店を利用したのか？　だとしても怜士がコインを置いていったことなど分かるわけない。そんな一万分の一のような確率――――偽物ではないかと疑い、怜士はコインを細かくチェックした。信じられないことに、何年か前に自分がつけた傷が、コインの縁に残っている。これは確かに怜士がもらったコインだ。こんな偶然あるのだろうか？　――――またこの手に幸運が戻ってきた。

「ねぇ、俺と一緒に行ってくれるだろ？」

　髪に舞い降りた花びらを手ですくい、櫻木が囁く。

「俺は君が好きなんだ、一緒にいたいんだよ」

もう拒否するのは無理だった。この人はやっぱり魔法使いなんだ。だったら逃げたって、無駄だ。

「俺……俺は…、俺だって……一緒に行きたい」

とうとう耐え切れなくなって怜士は本心を口にした。本当は自分だって櫻木について行きたかった。この人がいなくなったら、自分には何も残ってないのだから。櫻木にとって足手まといでしかないと分かっていたから駄目だと言っただけで、本心では誰よりも特別な人間になりたかった。

「じゃあ行こう、君と一緒なら世界の果てでも大丈夫。幸運のコインもあるしね」

額に優しくキスされて、怜士は無意識のうちに櫻木に抱きついていた。

涙がこぼれてきて、言葉にならない。握ったコインが妙に熱く感じて、鳥肌が立つ。

泣きながらこくりと頷くと、櫻木が破顔して抱きしめ返してきた。温かな身体に包まれて、生きる気力が湧いてくる。

重なる唇に、もう言葉は必要なくなった。


怜士が退院して落ち着いた頃、大輝や塚本、秦野が退院祝いに集まってくれた。塚本の経営する飲食店を貸し切り、盛大に祝ってくれる。櫻木が怜士を連れてドイツに行くという話をすると、大輝は帰り際までニヤニヤして怜士をからかった。

本来ならば事件に関して詳しい話をしてはいけないのだが、秦野はここだけの話だと前置きして進藤と柳下だけではなく周囲の人間も芋づる式で捕まえたと話す。事件の話が終わるとくだらない話が続き、酔った秦野が大輝にべったりとくっついた。前から薄々気づいていたが、この二人はつき合っているのではないかと思う。

十二時を過ぎ、秦野が大輝と一緒に帰って行ったので、怜士も櫻木とタクシーに乗って帰った。塚本は店に残り、まだ仕事をするという。

タクシーに乗った櫻木は、運転手に行き先を告げている。櫻木のマンションだ。

「今夜は来てくれるだろ？」

シートに背中を預けた櫻木は、怜士の手を握って囁いてくる。怜士はかすかに頬を紅潮させ、黙って櫻木と手を繋いでいた。

退院してからキスはしているが、それ以上はしていない。怜士も欲しいとは言わなかったし、櫻木も無理に家に連れ込むことはしなかった。初めて櫻木と寝た時も不安はあったが、あの画像を見た後で自分がちゃんと櫻木と抱き合えるのか心配だった。怖さや気持ち悪さが蘇ってこないだろうか？　記憶がなかった時でさえ、あんなに恐ろしかったのに、鮮明な映像で強制的に記憶を引っ張りだされた今は、もっと変な状態になるのではないか。

不安は尽きないが、もし駄目でも櫻木は怒らないし待っていてくれるという信頼があった。櫻木は自分が思うよりもずっと懐が広いから、どんな自分でも受け入れてくれる。

久しぶりに櫻木の高層マンションに着き、ホテルみたいなロビーを通り、エレベーターで上に向かった。懐かしい表札のかかった櫻木の家。

「どうぞ。このまま出発まで住んでもいいよ」

ドアを開けて櫻木がウインクしてくる。怜士は小さく笑い、櫻木の家に入った。

「お邪魔します…」

櫻木の家は相変わらず綺麗にしてあって、テーブルには小さな花が飾られてあった。松子が活《い》けたのだろう。花瓶の下に、メモ書きがあって明日の朝食は冷蔵庫に二人分用意してあると書いてある。

ふと櫻木と両親の会話を思いだし、怜士は苦笑した。信じられないことに、櫻木は怜士がついていくと頷いた翌日、怜士の両親に怜士とつき合っていると告白したのだ。両親はさすがにびっくりしてしばらくおろおろしていたが、意外なことにすんなり認めてくれた。堅物の父だが、あの日怜士を救おうとしてくれた櫻木に恩義を感じていたらしい。それに二人とも櫻木が毎日のように見舞っていたのを知っている。それだけではない、母は櫻木のことを覚えていた。

「中学生の時、怜士は先輩のことばかり話してたんですよ。だからお名前を聞いて、まだつき合いがあるんだってびっくりしましたわ」

母に苦笑しながら語られて、自分はそんなに周囲に櫻木の話ばかりしていたのかと恥ずかしくなった。

手放しで喜ぶというほどではないが、二人とも怜士の過去を思い、むやみに反対はしなかった。生きてさえいればいいと二人とも温かく見守ってくれる。

櫻木は自分の母親にも会わせると言っていて、出発前に挨拶に行くことになっていた。自分の家とは違い、櫻木の家は格式高そうなので反対されないか心配だ。櫻木は母親に会わせるのはともかく、姉や妹に会わせるのは気が進まないと言っている。鬼姉と鬼妹に怜士が苛められないか心配しているのだ。噂の姉妹に会うのは怜士も怖いので、母親にだけ挨拶に行く予定にした。

男しか好きになれないと自覚した時点で、こんなふうに双方の親にオープンにする日が来るとは思わなかった。両親にカミングアウトなんて、櫻木が言いださない限り絶対しなかっただろう。

「怜士、何か飲む？」

窓から夜景を眺めていると、櫻木がキッチンから声をかけてきた。怜士は何もいらないと告げ、しきりに胸の下をさすっていた。櫻木の家に入ってから緊張してきて、怪我した場所が気になって仕方なかった。もう抜糸はすんで、傷跡はだいぶ綺麗になったのだが、本当に大丈夫か心配だ。

「怜士、こっちに来て。緊張してるのかな……俺が怖い？」

怜士が何も飲み物を頼まなかったので、櫻木は首をかしげながら窓の前に立っている怜士に近づいてきた。よく考えたら櫻木は淡泊な男だ。この後セックスすると思っているのは自分だけで、櫻木にはその気はなかったかも。変に考えすぎた自分に嫌気がさし、怜士は櫻木に手を引かれるままソファに座った。

「怖いというか……いろいろ心配なだけです」

ソファに寄り添って座ると、櫻木がこめかみや頬にキスを降らしてきた。緊張はしているが、怖くはない。自分の中に櫻木に対する深い信頼感がある。怜士は甘えるように櫻木の首筋辺りに鼻先を擦りつけて、腕を首に回した。

「心配なんて何もないよ。怜士…」

潜めた声が耳朶に触れ、櫻木の手がうなじを撫でる。櫻木の唇が重なってきて、熱い舌先が上唇を舐めていった。舌先で唇の境をなぞられて、ぞくりと覚えのある感覚が迫ってくる。誘われるように唇を開くと、櫻木の舌が潜り込んできて、深いキスに変わった。

「はぁ…、…っ、は…」

櫻木の舌が自分の舌に絡みつき、自然と吐息がこぼれる。身を引くと櫻木の唇が追いかけてきて、口内を探られる。互いの舌先が触れ合い、湿った音を立てた。今日の櫻木は前と違い積極的で、飽きずに怜士の唇を吸ったり甘く嚙んだりする。キスだけで頭がぼうっとしてきて、しだいに櫻木に押されるようにして重心が傾いていく。

「ん…、あ…っ!!」

いつまでキスを続けるのだろうと思った時、身体を撫でていた櫻木の手が服の上から乳首の辺りを擦ってきて、つい甲高い声を出してしまった。怜士はそんな自分にびっくりして真っ赤になって櫻木の胸を押し返した。

「す……すみません…」

キスだけでかなり気持ちよくなっていたので、乳首を刺激されて変な声が上がった。乱れた息を隠すように口元を手で覆うと、櫻木が怜士の手を引っ張る。

「なんで謝るの？　俺も君を抱けるかもって思っただけで、こんなだよ」

引っ張られた手が、櫻木の下腹部に押しつけられる。櫻木がすでに下腹部を硬くしていたので、怜士はびっくりして目を見開いた。

「変な話だけど、この年になって初めてセックスの意味が分かったよ。皆がなんであんなに夢中なのかもね。君が俺の気持ちに応えてくれてからずっと、君が欲しくてしょうがなかった」

櫻木がしみじみとした口調で言う。以前櫻木はセックスを義務と思っていたという。初めて抱かれた時も怜士が取引として持ちかけたから応えてくれただけだ。けれど、今夜は違う。櫻木から求められている。それが嬉しい反面、少しだけ怖さも残っている。期待に応えられるだろうか。

「怜士、ベッドに行こう。一応俺も大人だし、嫌だったら我慢できるはずだけど、できれば前みたいに愛し合いたいな」

照れた顔で櫻木が笑い、怜士の腕を引いて立ち上がる。怜士はふらついた足取りで櫻木に腕を引かれて櫻木の寝室へ向かった。怖くなるかもと思ったが、櫻木が相手なので、不安はなかった。この前のほうがよっぽど震えていた。

「あ、先輩、俺シャワー浴びたい……」

　櫻木の寝室に入る前に、まだ風呂に入ってないのを思い出して怜士は立ち止まった。すると櫻木が困った顔で怜士の前髪をかき上げ、見つめてくる。

「そんな余裕もうないから、今夜は我慢して」

　熱っぽい目で見られて、自然と鼓動が速まっていく。求められるのは嬉しいが、シャワーも浴びないでやるのは抵抗があった。

「それは嫌です……大輝が煙草吸ってたから髪に匂いついてるし……」

　怜士が足を踏ん張って抵抗していると、櫻木が唸り声を上げて、浴室に怜士の手を引いて向かった。

「じゃあ一緒に入ろう。君が出るまで待てないよ」

　明るい声で宣言され、怜士は目が点になった。

　櫻木と一緒に風呂に入るのは二度目だ。怜士は明るいところで裸を見られるのはあまり好きではないのだが、櫻木のほうは一向に気にした様子がない。全裸になると櫻木が勃起しているのが分かって、それもなんだかいたたまれない。つい視線がそこにいってしまい、こっちまで熱くなる。

　櫻木は機嫌のよい顔で怜士の身体を洗ってくれた。時々ボディタオルではなく、櫻木の手が身体を撫でていくので、怜士の性器も完全に勃ち上がった。櫻木は愛しげに怜士の身体に触れてくる。怜士も思う存分櫻木の身体を触りたいと思うが、あちこち触られているうちに声が出るほど感じてしまい、立っているのがやっとの状態だ。

　不安だった行為は、櫻木の明るい笑顔と声に、かき消された。櫻木を見るとずっと嬉しそうに、にこにこして怜士に触れてくるから、少年の日の陰湿な行為と重ならずにすむ。きっと自分はこの先、櫻木以外とセックスできないだろう。この人だから、過去を忘れて抱き合える。この行為が愛情の行為だと感じ取れる。

櫻木は怜士が怪我をした場所に優しく触れ、まだ痛いかと聞いてきた。もうほとんど痛みはないし、よほど激しい動きをしなければ大丈夫だ。

「怜士、指入れていい？」

湯気で温まった浴室内に櫻木の声が響き、密着した身体がもどかしげに揺れる。立ったまま櫻木に抱きついていた怜士は、櫻木の手が臀部《でんぶ》を這うのに気づき、小さく頷いた。自分でならそうと思ったのだが、櫻木がしてくれるとは思わなかった。

「ん…」

櫻木はボディソープで濡らした指で、尻のはざまを撫でてくる。中指がぬめるように入ってきて、身をすくめた。櫻木の指は丁寧に内部を探ってきて、怜士が感じる場所を刺激する。櫻木の指が出たり入ったりを繰り返し、尻の穴を広げるようにぐるりと周囲を撫でていった。

「う…、ん…」

櫻木の肩に頭を埋め、怜士は熱っぽい息を吐き出した。櫻木は後ろを弄りながら、怜士の性器も軽く扱いてくる。奥と前を同時に弄られると、すぐに達してしまいそうで怜士はその手を止めた。

「先輩、すぐイっちゃうから……前はいいです…」

小声で訴えると、櫻木がほうっと息をこぼす。

「怜士ってペニスよりお尻のほうが好きなの？」

ぐねぐねと内部に入れた指を動かされながら聞かれ、怜士は息を詰めて黙り込んだ。そんなふうに露骨に聞かれるのは恥ずかしいのに、この人は素朴な疑問みたいに聞いてくる。

「あれ？　怜士？」

怜士が無言になったので、櫻木が指を増やして顔を覗き込んでくる。目が合って、うるうるしているのを見られた。

「先輩……、言葉責め……じゃないですよね」

怜士を煽るための言葉責めなら答えてもいいが、櫻木の質問はリンゴとみかんのどちらが好き？　というのと同じレベルだ。

「言葉責めって何……？　こういうの聞いちゃ駄目なのかな？」

よく分からないと言いたげに瞬きされて、怜士はぶるりと腰を震わせて櫻木にしがみついた。

「…っ、ん…っ、あ…っ」

もう声を抑えきれなくなって、怜士は切羽詰まった声を上げた。櫻木の指が増えて、尻の穴を広げられる。指がぬめりを伴い、入り口をほぐしていく。ぬちゃぬちゃと濡れた音が浴室に響き渡り、怜士は興奮して息を喘がせた。

「好き……です」

櫻木に抱きついて、怜士は上擦った声で口走った。櫻木の指がぐっと奥まで入ってきて、弱い部分を擦り上げていく。それだけであられもない声が出そうなほど、感じる。

「前を擦るより……、お尻…を弄るほうが…」

猛烈に恥ずかしかったが、思い切って言ってみた。一瞬櫻木の動きが止まって、くぐもった声が聞こえてくる。

「はぁ……言葉責めってそういうこと…。やばい、今の怜士の台詞…、脳が痺れた」

腰を押しつけられて、櫻木の熱が相当高まっているのが感じられた。あっけらかんと聞いてきたくせに、怜士が答えると櫻木は欲情したらしい。

「入れてもいい……？　まだ早い？」

かすかに乱れた声で問われ、怜士は涙目で頷いた。怜士が壁のタイルに手をつき、腰を上げるような体勢をとると、櫻木が興奮した息遣いで背後から角度を合わせてきた。

「んん…っ」

猛った熱が尻のはざまに押しつけられ、息を呑む間もなくゆっくりと潜り込んできた。まだ完全には開き切っていなかった身体が、櫻木の大きなモノで押し広げられる。

「う…っ、ぅ…っ」

柔らかいが硬度のあるモノがずずっと内部に入ってくる。性器を支えていた櫻木の手が、怜士の背中や腰をさすってきた。櫻木は慎重すぎるほどじれったい動きで、性器を埋め込んでくる。

「はぁ…っ、あ…っ、うー…っ」

揺らすようにして性器が奥へ奥へと押し込まれる。怜士は息を荒げ、引き攣れるような声を上げてタイルに身体を押しつけた。

「怜士…」

櫻木が荒い息遣いで腰を抱えた。最後は突き上げるような形で根元まで埋め込まれ、怜士はびくりと背筋を反らした。

「ひ…っ、あ…っ、はぁ…っ、はぁ…っ」

身体の奥が櫻木でいっぱいになっている。苦しくて気持ちよくて、満たされた感覚だ。怜士がはぁはぁと息を吐き背後を振り返ると、櫻木がきつく抱きしめてきた。

「気持ちいいね……、君とこうしてるのすごく好きだな…」

耳朶を甘く噛み、櫻木が囁いてくる。抱きしめられて、内部の櫻木の熱が蠢《うごめ》いて、怜士は鼻にかかった声を上げた。繋がっているから、ささいな動きも相手に伝わってしまう。櫻木の吐息や甘い声、どくどくと息づく性器が存在を主張する。求められている。怜士はとろんとした顔で腰に回された櫻木の手に手を重ねた。

「はぁ…、はぁ…、先輩好き…好きです…」

無性に感情が高ぶって、何度も好きと繰り返した。そのたびに櫻木は首筋や耳朶にキスをして怜士の身体を撫でる。

「あんまり煽らないでね…。優しくしたいのに、興奮して乱暴になっちゃうから」

好きと言いかけた唇に、櫻木の指が触れてくる。櫻木の指は怜士の口内に潜り込み、指先で歯列を辿られる。同時に軽く腰を揺さぶられて、怜士は甘い声を上げた。

「う…っ、はぁ…っ、あ…っ、あ…っ」

小刻みに内部を揺すられて、どんどん体温が上がっていく。櫻木の指が舌を撫でて、指の腹で擦られる。口内に入れた指が増やされて、唾液が唇の端からこぼれた。きっとだらしない顔をしている。全身が気持ちよくなって、声が抑えられない。

「あ…っ、あ…っ、ふ…ぅ…、んん…っ」

櫻木は優しく律動を続けている。激しい動きではなかったけれど、絶え間なく奥を刺激され切羽詰まった声がこぼれる。時々感じすぎて口の中に入れられた櫻木の指を軽く噛んでしまう。

ずるりと口内から櫻木の指が抜かれ、唾液《だえき》が糸を引いた。櫻木はぬめった指で、怜士の乳首を摘んでくりくりと愛撫した。

「ひあ…っ、あ…っ、や…っ」

乳首を弄られて声を上げると、櫻木が腰に回していた手を離し、もう片方の乳首も摘んでくる。両方の乳首を摘まれながら腰を動かされると、一気に感度が上がった。

「怜士、もうイきそう…？」

耳元で囁かれたとたん、怜士は声を引き攣らせ、タイルに手をついた。ぐりっと奥に入れた性器がいいところを刺激する。

「ひああ…ッ」

気づいたらタイルに向かって白濁した液体を叩きつけていた。内部の櫻木を締めつけ、射精を続ける。中への刺激だけで達してしまった身体に、一瞬嫌気がさして息が止まった。軽蔑されないかと怯えて怜士が震えていると、櫻木が笑って背後から頬やこめかみにキスをしてきた。

「可愛いな……、もっと感じて。怜士、君の全部が愛しいよ」

嬉しそうに櫻木が囁いて、あちこちにキスをする。櫻木の笑顔に救われた思いで、怜士は止めていた息を吐き出した。櫻木は自分のどんなところも受け入れてくれる。それが分かって全身から力を抜く。

「先輩……」

息を乱して身体を捻じ曲げ、櫻木の唇を求める。何度もキスをして、強張った身体から力を抜いた。

「俺もイっていい…？」

櫻木が熱っぽい息遣いで告げ、怜士の腰を抱え直してくる。怜士がタイルにもたれかかり、少し腰を上げる形になると、櫻木の性器がぐっと奥まで入ってきた。

「はぁ…、はぁ…、う…ん…、あ…っ」

櫻木は最初は優しく腰を動かしていたが、やがて興奮したように大きくスライドしてきた。内壁を熱で擦り上げられ、怜士はびくびくと身をすくませた。先ほど出したはずなのに、中を突かれてまた性器が反り返っている。

「あ…っ、あ…っ、はぁ…っ、あぅ…」

櫻木の動きが強くなってきて、怜士は甲高い声を上げた。激しく突き上げられて、両足が震える。櫻木の性器が前立腺を刺激すると、立っているのが困難なほど快感に震えた。甘い電流が何度も身体を走って、足ががくがくする。

「せんぱ…い…っ、俺、立ってられな…」

ぐっ、ぐっと奥を突き上げられ、とうとう耐え切れず怜士は崩れそうになった。すかさず櫻木の手が腰に回り、ぐりぐりと奥に捻じ込まれる。

「ひゃ…っ、あ…っ、や、も…っ」

気持ちいい場所を性器で弄られ、無意識のうちに内部の櫻木をきゅうっと締めつける。櫻木が熱っぽい息を吐き出し、さらに奥へと突き上げてくる。

「もうちょっと……がんばって。はぁ…っ、は…っ」

櫻木がかすれた声で深い場所を揺らす。長い間奥を突かれ続けて、身体中が熱を発していた。自分の嬌声が浴室内に響くのが恥ずかしい。足はみっともないほどわななくし、全身が敏感になっている。

「俺またイっちゃ…っ、あ…っ、あっ、あっ」

身体がおかしくなってしまったみたいに、中を断続的に突かれて甘ったるい声が飛び出た。優しくすると言ったのに櫻木は箍《たが》が外れたみたいに、激しく突き上げてきた。内部で櫻木の熱が膨れ上がり、息遣いが荒くなる。

「あ…っ、やぁ…っ、あー…っ」

わけが分からなくなって、怜士は甲高い声を放った。同時に櫻木が奥まで性器を埋め込んできて、一瞬きつく怜士を抱きしめる。

「く…っ、もう…」

次には内部に精液があふれ出し、怜士は獣みたいな息遣いでびくっ、びくっと震えた。櫻木が中で射精して激しく呼吸を繰り返している。いつの間にか怜士も達していたらしく、精液が垂れている。けれど達したはずなのに全身がまだ甘ったるくて、櫻木が残滓を吐き出すたびに甘い声がこぼれる。

「怜士…、怜士…」

櫻木が息を荒げながら濡れた身体で抱きしめてくる。怜士は声も出せないまま櫻木にもたれかかった。どろどろになった身体で、何度もキスをした。唇がふやけそうだ。

浴室から出た後は、ベッドでまた時間をかけて愛し合った。怜士は感じやすいのか櫻木に抱かれ何度も達してしまい、しまいにはぐったりして声も出せないほどだった。

裸で抱き合ったまましばらく寄り添い、怜士は感慨深い思いで櫻木の整った顔を見つめた。あれほど焦がれた相手とこんなふうになれるなんて、未だに信じられない。この人が選ぶのはもっと何もかも完璧な人だと思っていた。自分のように欠点だらけで、とりえもない人間を選ぶなんてどうかしている。どこにいても人気者だったのだから、どんな相手だって選べたのに、よりによって自分なんて趣味が悪すぎる。

櫻木の顔をじっと見つめ、初めて出会った日から、追い続けてきた日々を走馬灯のように思い出した。

ふと気になって怜士は口を開いた。

「先輩……。俺が入学式の日にやったマジック……。あれ、どうやったんですか？　ずっと教えてくれなかったけど、俺にだけタネを明かしてくださいよ」

未だに解けない謎として、屋上から一瞬のうちに校庭に現れた櫻木の姿が残っている。櫻木は最初なかなか教えてくれなかったけれど、怜士がしつこく尋ねると苦笑して教えてくれた。

「しょうがないな、秘密だよ。救助袋使って、滑り降りたんだよ」

「救助袋……？」

怜士が目を丸くして問い返すと、櫻木が懐かしそうに目を細め詳しく教えてくれた。

「避難用の救助袋って知ってる？　屋上から設置して、一気に滑り落ちるの。あの時は副会長の田宮《たみや》が下で見張っててくれたんだ。よほどのことがない限り使いたくないね、あれは緊急時には向いてないよ。角度が悪いと骨折しそうだ」

櫻木は避難用の救助袋を使って、屋上から一瞬で校庭に移動したという。いわれてみれば避難訓練で見たような気がする。だからあんなに早く違う場所に現れたのか。

「あとですごい怒られた。校長にまで呼び出されて大変だったんだから。勝手に使ったのがばれたら、真似する奴が出るかもしれないっていうんで、戒厳令が敷かれたんだ。おかげでタネがばれずにすんでラッキーだったな。俺ほど校長と親しくした生徒はいないいんじゃないかな、未だに年賀はがきがくるもの」

何か思い出したのか櫻木は笑いながら語っている。聞いてみれば簡単な話だが、櫻木という人は中学生にして目的のためには手段を選ばないというのがよく分かった。

「タネが分かってがっかりした？　君だから話したんだよ。君は俺の弟子……助手になるんだから」

櫻木の腕に抱き寄せられ、怜士は目を丸くして見つめ返した。本気で自分を櫻木のマジックの助手にするつもりなのか。今は想像もつかないが、慣れれば助けられるだろうか。

初めて櫻木を知った時のマジックのタネが分かっても、がっかりはしなかった。むしろすごいなぁと尊敬の眼差しになる。自分は多分一生櫻木の信奉者だ。この人に愛想を尽かす日は死ぬまで来ないだろう。

「先輩はいつ仕込みをしてるんですか？　今だって鳩が出せそう」

一つ教えてもらうと、他のタネも知りたくなってあれこれ尋ねた。櫻木はウインクして怜士を抱きしめる。

「出してほしいなら、出してあげるよ。鳩ね、ＯＫ。それじゃ目をつぶって」

「えっ!?」

気楽な口調で櫻木に言われ、驚いて声を上げた。どうみても櫻木は裸で、何か隠している様子はない。一体どうやって鳩を出す気だと半信半疑で目をつぶると、耳元で鳩の鳴き声が聞こえてきた。

「ぷ…っ、く、く…」

つい堪えきれず笑いながら目を開ける。櫻木が鳩の鳴き声を真似しているのだが、けっこう上手くて笑い出してしまった。櫻木は怜士の笑い声に目を細め、嬉しそうにキスをする。

「俺、本当に魔法使いになれるかも。――君の呪いを解いたからね。ずっとそうやって笑っててくれよ。俺は君の笑顔、可愛くて大好きだ」

満足げに囁かれ、笑い続けていた怜士はハッとして櫻木を見つめた。櫻木の言うとおりだ、この人は本当に魔法使いかもしれない。怜士にかかっていた呪いを解いて、笑顔を取り戻してくれた。

「先輩は俺にとって、本物の魔法使いですよ」

現代の魔法使いは、怜士に新しい魔法をかけた。この魔法が永遠に解けないようにと願い、怜士はそっと櫻木にキスを返した。

あとがき

こんにちは&はじめまして夜光花《やこうはな》です。

『サクラ咲ク』をお読みいただきありがとうございました。

この本は以前出した『忘れないでいてくれ』という本のスピンオフです。作中に出てきた花吹雪《はなふぶき》先輩の話ですね。

実はこの本の原稿は一年半前に書いたものです。本来なら去年出るはずだった本ですが、前作でイラストを描いてくださった朝南《あさなみ》かつみ先生が急逝なさって、担当さんといろいろ話し合って今回の出版となりました。

書いていた当時は、まさかまだ若い朝南先生が亡くなるとは、これっぽっちも考えていませんでした。倒れたと聞いた時も、復帰できるまで何年でも待つつもりでしたし、他のイラストレーターさんに変更する気はありませんでした。朝南先生に描いてもらうつもりで、書いた話です。朝南先生の訃報は私も含め多くの方々がショックを受けたと思います。今回出版するにあたり、イラストは入れないことに決めました。絵なしの本を出すのは初めてなので大丈夫かなと不安もありますが、この形が一番いいと思っております。

朝南先生とは『忘れないでいてくれ』のCD収録の際に初めてお会いして、その後メールのやりとりをするようになったのですが、とても純粋な方で大好きでした。この本のイラストを描くのを楽しみにしてくださっていたので、本当に悔しいです。本の感想をお聞きしてみたかった！　それにどんな表紙を描いてくれたかすごく知りたいです。朝南先生は花吹雪先輩が受けだと思っていたそうなので、意外な感じだったかも。朝南先生の描く櫻木《さくらぎ》と怜士《れいじ》が見たかったです。きっとかなりかっこいい二人だったと思うのですよね。

　突然の訃報から一年が過ぎ、今改めて思うのは朝南先生が命削って描いていらしたのだなということと時間は永遠ではないということです。素晴らしい絵描きさんとお仕事できた幸運に感謝します。朝南先生、本当にありがとう。心からありがとう。

　今回の本、どうでしたでしょうか。櫻木は気に入っているキャラです。受けがうじうじしているわりにキレやすいちょっと面倒くさいタイプの人なんですが、櫻木はおおらかなのでこのまま仲良くやっていくと思います。というか受けはちょっと信者入ってるので、この先別の意味で大変そうです。櫻木の悪口でも言おうものなら、何をするか分からないですね。

　塚本《つかもと》はまた彼女が変わっているという。いつか落ち着く日が来るのか……。

　今回タイトルは担当さんが考えてくれました。ろくなタイトルが出てこない人間なので本当に助かります。

表紙も素敵な感じに仕上げてもらいました。ピンク色で可愛いです。箔押しも本では初めてなのでどうなるのかドキドキです。

出版までに時間がかかってしまった本ですが、読んでくださった方が少しでも気に入ってくれたら嬉しいです。よかったら感想など聞かせてください。

ではではまた。別の本でお会いできるのを願って。

夜光花

この本を読んでの
ご意見・ご感想を
お寄せ下さい。

〒151-0051
東京都渋谷区千駄ヶ谷4-9-7
(株)幻冬舎コミックス　リンクス編集部
「夜光花《やこうはな》先生」係

リンクス ロマンス

サクラ咲ク

2013年1月31日　第1刷発行

著者……………夜光花《やこうはな》
発行人…………伊藤嘉彦
発行元…………株式会社　幻冬舎コミックス
〒151-0051　東京都渋谷区千駄ヶ谷4-9-7
TEL 03-5411-6434（編集）
発売元…………株式会社　幻冬舎
〒151-0051　東京都渋谷区千駄ヶ谷4-9-7
TEL 03-5411-6222（営業）
振替00120-8-767643
印刷・製本所…共同印刷株式会社
検印廃止

ISBN978-4-344-82443-0 C0293
Printed in Japan

幻冬舎コミックスホームページ　http://www.gentosha-comics.net

本作品はフィクションです。実在の人物・団体・事件などには関係ありません。